dientes de leche

dientes de leche

Jessica Andrews

Traducción de Tatiana Marco Marín

Q Plata

Argentina – Chile – Colombia – España
Estados Unidos – México – Perú – Uruguay

Título original: *Milk Teeth*
Editor original: Sceptre, un sello de Hodder & Stoughton,
una compañía de Hachette UK
Traducción: Tatiana Marco Marín

1.ª edición: febrero 2025

ISBN: 978-84-92919-86-4
E-ISBN: 978-84-10495-38-8
Depósito legal: M-26.370-2024

Fotocomposición: Urano World Spain, S.A.U.
Impreso por: Rodesa, S.A. – Polígono Industrial San Miguel
Parcelas E7-E8 – 31132 Villatuerta (Navarra)

Impreso en España – *Printed in Spain*

«Eres tan joven… Si quisieras,
podrías comerte el mundo».

Taxista. Londres. Mayo de 2019.

PARTE UNO

1

Te beso por primera vez el día de mi cumpleaños. Estoy sudando y cubierta de lentejuelas doradas, en un sótano de Peckham. Tú llevas puesta una máscara con forma de gato y te la quitas conforme nos adentramos entre el humo. Tienes los labios húmedos y tu lengua sabe a sangre. Salimos al exterior para tomar un poco de aire fresco y contemplamos cómo el cielo empieza a clarear. Un cigarrillo se consume entre tus uñas pintadas y me preguntas si tengo algún propósito para mi vigésimo octavo año. Me concentro en la voluta plateada que surge de entre tus labios y digo:

—Ser yo misma sin ningún tipo de vergüenza.

Caminamos hasta tu casa a través del parque y, bajo la luz del amanecer, los bloques de pisos parecen violetas. En la penumbra, balanceo tu mano entre nosotros adelante y atrás. Desapareces entre unos arbustos oscuros y tu pendiente resplandece bajo la luz menguante de la luna.

—Tan solo estoy meando —dices a través de la oscuridad—. No te vayas.

—Puede que, para cuando regreses, me haya marchado. —Doy vueltas bajo una farola naranja—. Entonces, no volverás a verme nunca más.

Emerges de entre la hierba mientras te subes la cremallera. Los puños de tu chaqueta vaquera negra están raídos.

—Sería una lástima —me susurras con la cabeza enterrada en mi cuello. Tu voz se estrella en torno a mis hombros como una ola.

Más tarde, en la calidez de tu dormitorio, bajo una tira de luces rojas, me preguntas:

—¿Qué es lo que quieres? —Trazas con los dedos el contorno de mis caderas—. Dime qué es lo que quieres que te haga y, sea lo que fuere, lo haré.

—Tendré que pensarlo —contesto demasiado rápido, sonrojada por el pánico.

2

En la parte posterior de la muñeca izquierda tengo un acrocordón carnoso y abultado, como si fuera una seta rosa. Cuando era pequeña, robé una aguja del costurero de mi madre y lo pinché hasta que empezó a sangrarme.

—Esto significa que eres especial —dijo ella mientras me limpiaba el líquido rojo—. Es posible que tengas poderes mágicos.

—¿Qué clase de poderes? —le pregunté.

—Tendrás que esperar hasta que seas mayor. Entonces, empezarán a manifestarse.

—Pero no quiero esperar.

—No. —Se pasó una barra de carmín por los labios, mirando su reflejo en el espejo, que estaba a mi espalda—. Pero tienes que hacerlo.

Estaba comiendo gominolas de Coca-Cola y caramelos con sidral. Tenía golosinas en forma de anillos metidas a presión en todos y cada uno de los dedos.

—Estoy casada —anuncié.

—¿Con quién? —Mi madre frunció el ceño mientras servía patatas fritas onduladas y tiras de pollo crujiente bañadas en kétchup. Después, me echó nata en la boca directamente del bote.

Me vestía con pantalones vaqueros cortos de la sección de niños o con un peto y una camiseta roja. Además, jugaba al fútbol, me sacudía la coleta al ver cómo los chicos ponían los ojos en blanco cuando se me escapaba la pelota y, con los calcetines blancos cubiertos de manchas de hierba, ignoraba las miradas de mis amigas, ataviadas con sus vestidos veraniegos a cuadros.

Recorría la calle a toda velocidad, temeraria y rauda, con mis patines que se iluminaban, mientras el viento tiraba de mi camiseta y la melena me ondeaba a la espalda como si fuera una maraña de cintas. Me sentaba en la hierba alta, arrancaba margaritas de la tierra y les quitaba los pétalos mientras canturreaba «Me quiere, no me quiere», sin estar muy segura de qué respuesta deseaba obtener.

—Nunca me pondré uno de esos —le dije a mi madre, arrugando la nariz ante dos pechos pálidos acomodados en un sujetador de encaje blanco que había en un cartel publicitario que se estaba pelando y frente al que pasamos con el coche.

—Pero necesitarás uno. —Ella subió la calefacción—. Al menos, cuando empiecen a crecerte los pechos.

—Tal vez a mí no me salgan. —Los pezones desnudos se rozaban con el interior de la camiseta.

—Ay, cariño… —comentó mi madre con tristeza—. Te saldrán.

3

Camino desde mi casa hasta la tuya, dando patadas a las hojas caídas con mis resplandecientes zapatos de cuero. Tengo las venas surcadas de plata y mi pelo casi restalla. Subo los escalones dando saltos y me coloco demasiado cerca de tu puerta azul, esperando a que me abras. Tu cuerpo se acerca tras el cristal esmerilado como si fuera una criatura submarina. La puerta se abre de golpe y, por un instante, nos tambaleamos, inseguros. Entonces, me lanzas una mirada suave y yo me caigo dentro de ella.

—¿Quieres beber algo? —Me conduces hasta la cocina—. ¿Té? ¿Agua? ¿Una lata de cerveza?

Tu desgastada chaqueta está colgada de la parte trasera de la puerta y las ajadas Dr. Martens, abandonadas de cualquier manera en el pasillo. Tu cocina huele a madera húmeda y a fruta podrida, y yo inhalo con ganas ese aroma. Te subes de un salto a la encimera y, por un instante, bajo la luz eléctrica, pareces nervioso.

Comienzo a decir «cerveza» pero, al final, digo la primera sílaba de tal manera que parece que he dicho «té».

—Está bien. Tengo uno de hierbas que lleva diente de león o algo así. Lo recogí yo mismo en las montañas.

Abres el armario y tomas un puñado de hierbas de un tarro lleno de huellas dactilares.

—¿De qué montañas? —Arqueo las cejas.

—Buena pregunta.

Me tiendes una taza amarilla desportillada y bebo demasiado rápido, así que me quemo los labios. La boca se me llena de brotes y hojas, pero tú me los arrebatas con la lengua.

La cadena fina que llevas en torno al cuello me roza el vientre suave. Tu piel tiene un olor animal, como a carne y pelaje. Me tocas cada rincón del cuerpo con tus manos apremiantes y yo me tiño de oro de pies a cabeza.

Un «te deseo» se me escapa de los labios antes de poder evitarlo. Me besas los tobillos, la clavícula y el espacio entre las rodillas. Me aferro a ti como una lapa.

Cuando me despierto, todavía está oscuro y te estás marchando.

—Buenos días —susurras—. Tengo una reunión con mi supervisor. —Lanzo una mirada en torno a la habitación en busca de mis medias y me las pongo sobre la piel húmeda y pegajosa—. Quédate si quieres.

—No pasa nada. —Me froto los ojos—. Debería marcharme. Tengo cosas que hacer.

Salimos a la calle y la luz blanca endurece nuestros contornos. Tu enorme abrigo negro está lleno de pelusas y siento ganas de estirar la mano y tocarlo.

—Que tengas un buen día. —Me guiñas un ojo mientras pasas la pierna por encima de la bicicleta.

—Nos vemos después —contesto, hecha de lunas, estrellas y miedo.

Vuelvo a casa caminando en plena hora punta matutina. Tengo los labios agrietados e inflamados y el cabello me huele a tu sudor. El aire me resulta cortante sobre la piel, en la que siento cosquilleos, así que me desabrocho el abrigo y dejo que las punzadas de frío me despierten. Porto en mi interior la emoción que supones como si fuera algo peligroso; una olla de agua hirviendo a punto de derramarse. Pienso en la luz que se colaba entre las cortinas de tu dormitorio y en tu cara velada de sueño sobre la almohada. En el pasado, jamás me habría permitido estirar el brazo y tocar cualquier parte de ti, pero intento vivir de un modo más sencillo y convertirme en alguien más tierno.

La gente pasa a mi lado a toda velocidad, cargando con tazas de cartón de café, bolsas de papel con dulces, fundas de portátil, periódicos y teléfonos móviles. Yo camino con lentitud, abriéndome paso a contracorriente. En el exterior de la frutería, las mandarinas forman hileras de cuentas naranjas y los girasoles derraman sus pétalos sobre la acera. Hay higos expuestos como si fueran una bandeja de moratones suaves y, sin pensarlo, extiendo la mano para tomar uno.

—Dos por una libra —me dice el frutero. Yo le coloco una moneda dorada sobre la palma de la mano. Tiene las uñas manchadas de tierra—. Este año son muy buenos.

Asiente en gesto de aprobación mientras escojo otro, sopesándolo en la palma de la mano. Le doy las gracias y vuelvo a salir a la luz del día mientras muerdo la fruta morada. Unos hilos rosas y pegajosos se me quedan atrapados entre los dientes. Siento la sombra de tus labios sobre el cuello y me mareo al pensarlo.

4

Cuando iba a la escuela, mi maestra siempre tenía una estatua de la Virgen María en un estante de madera que había sobre la pizarra. Me quedé embelesada con el azul del cielo que había atrapado en su velo y con el aro de pan de oro que se posaba sobre su pelo. Miré fijamente los puñales plateados que representaban los siete dolores y que le atravesaban el corazón sangrante.

—María nunca cometió un solo pecado en toda su vida —dijo la profesora—. Por eso la escogieron para que fuera la madre de Jesús.

Contuve la respiración e intenté contar todos los pecados que había cometido a lo largo de mi vida. Jamás me escogerían, a pesar de que yo apenas había comenzado a vivir.

Conté las costillas que sobresalían entre la piel de Jesús y observé los ríos granates de sangre que le corrían por el estómago cóncavo. Canté «Me azotaron, me desnudaron y me colgaron de las alturas» junto con el coro mientras me clavaba un lapicero afilado en el centro suave de la palma, apretando los dientes e intentando imaginar cómo sería que me atravesaran las manos con clavos. Leí sobre Jesús ayunando en el desierto, sobre Juan Bautista vestido con piel de camello y sobre María Magdalena arrodillada, arrepentida por los pecados de su cuerpo y frotando aceite sobre las plantas callosas de los pies de Jesús.

—Voy a meterme a monja —le dije a mi madre un domingo, cuando volvíamos de la iglesia. Llevaba mi biblia de cuero blanco metida debajo del brazo.

—¿De verdad? —Ella arqueó las cejas—. ¿Por qué quieres ser monja?

—Para poder ir al cielo.

Mi madre ocultó una sonrisa.

—Hay otras maneras de ir al cielo.

—¿Cuáles?

—Ser una buena persona.

—Pero ¿qué pasa con los pecados? —Mi madre se quedó en silencio—. ¿Tú irás al cielo?

—No. —Rehuyó mi mirada—. Probablemente, no.

«He sido impertinente con mi madre», había escrito en un trozo de papel para llevármelo a la confesión. «Me olvidé de hacer los deberes». El pastor colocó una mano cálida sobre mi cabeza y masculló una oración. La suave cadencia de sus susurros se enroscó en torno a mi cuerpo como si fuera un hechizo.

—Ve en paz —dijo mientras yo recorría el pasillo a saltitos para unirme a mis compañeros de clase, que estaban mordiéndose las mangas con nerviosismo mientras esperaban a ser absueltos por haber comido demasiadas golosinas o haberse quedado viendo la televisión hasta muy tarde.

—Es precioso, ¿verdad? —Mi profesora me sonrió—. Me refiero a sentirse pura y limpia de nuevo.

<h1 style="text-align:center">5</h1>

Nos reunimos en las puertas de la South London Gallery. Has estado en la biblioteca, trabajando en tu tesis doctoral, y tienes los ojos vidriosos tras un día de pantallas y luces fluorescentes. Cuando estoy contigo en público, me siento cohibida, y nuestros rostros están sonrojados bajo el cielo que se va oscureciendo. La exposición está a punto de cerrar, así que, con un manojo de llaves, atas tu bicicleta a un raíl y después nos metemos dentro a toda prisa. En las escaleras, tu mano me roza la cintura.

—Lo siento —murmuras en un tono de voz que gotea.

Nos sentamos en un cubo que hay en una habitación sombría y contemplamos una proyección de colores cambiantes. Hay una grabación de voz y me esfuerzo mucho por escucharla, pero tu cuerpo junto al mío me distrae. Cuando los golpea la luz, tus movimientos resultan estroboscópicos.

—La galería cerrará en diez minutos —anuncia alguien a través de un altavoz.

—Gracias a Dios —susurras—. No podía concentrarme en una sola palabra.

—¿De verdad? —intento que suene como que lo desapruebo.

—De verdad —me dices al oído.

Puedo oler la electricidad sobre mi propia piel, cremosa y amarga como la leche quemada.

Vamos a un pub cercano y no puedo concentrarme en nada. Las hileras de vasos pulidos sobre la madera oscura y los autobuses rojos que circulan por el exterior, traqueteando, me parecen irreales, como si estuviera en una obra de teatro sobre Londres, las botellas de vodka fueran de atrezo y estuvieran llenas de agua, y todo pudiera venirse abajo en cualquier momento. Bajo la mesa, me posas la mano sobre el muslo y me parece inconcebible que pueda desear algo y tenerlo tan fácilmente.

—¿Quieres volver a casa conmigo? —me preguntas en voz baja mientras apartas tu pinta de turbia cerveza amarga a medio beber.

—Sí —contesto sin aliento.

Te levantas, te pones la chaqueta, me tomas de la mano y me arrastras hasta la calle. Hacemos una parada en un quiosco para comprar una botella de vino.

—Solo me gusta el rosado —confiesas—. ¿Te parece bien?

Observo tus largas extremidades en el umbral de la puerta, la camiseta desteñida metida por dentro de unos vaqueros negros, tus rizos enmarañados y los cordones sueltos.

—Me parece bien. —Sonrío—. Muy de adolescentes.

Te sonrojas y desapareces en el interior de la tienda. Yo me apoyo en la pared, intentando recuperar el control de mí misma. Apareces unos instantes después con una bolsa azul colgando de entre los dedos.

—Sí que me siento un poco adolescente —dices mientras me empujas contra la pared y me besas.

Me río, incómoda, mientras un ladrillo áspero me roza la nuca.

—No quiero ser una adolescente —murmuro.

Mueves una mano entre mi pelo.

—En realidad, creo que, en el fondo, todos lo somos.

Pienso en mi yo adolescente y me siento aliviada de estar aquí, lejos de su perfume dulzón y sus secretos empalagosos.

—Me alegro de no serlo.

—Sí… —Me tomas la mano mientras acortamos por el parque—. Quiero decir… Yo también me alegro de no serlo. —Tus ojos resplandecen en medio de la oscuridad violeta—. Los adolescentes nunca harían el tipo de cosas que hacemos nosotros.

—¿Qué clase de cosas?

Me arrastras por la acera.

—Espera y verás.

Descubrimos todas las partes sensibles del otro. Una cicatriz en un muslo desgarrado por un tornillo. Una peca en la planta de un pie. Escamas de eczema en un párpado. La erupción causada por el afeitado en una ingle. Una marca de varicela infantil. Un tatuaje borroso de un verano caluroso pasado en la carretera. Casi somos jóvenes y, aunque nuestros cuerpos ocultan muchas cosas, todavía no se muestran en tu piel. De algún modo, sería más fácil si lo hicieran.

6

Cuando cumplí los trece años, mi madre me llevó a Marks and Spencer para comprar un sujetador de la talla adecuada.

—Nadie me llevó nunca a que me tomaran las medidas —me dijo—. Me ponía los viejos de tu tía.

—¿Teníais la misma talla?

—No. —Sacudió la cabeza con tristeza—. Ni mucho menos.

Me quité la camiseta en el probador, evitando el espejo, mientras una mujer con las manos frías me tomaba el contorno de los pechos con una cinta de medir.

—Tendremos que buscar en la sección de la copa D. —Le guiñó un ojo a mi madre por encima de mi cabeza—. Una chica con suerte.

Cuando desapareció tras la cortina, crucé los brazos sobre el torso. Odiaba mis pechos. Eran blandos y poco elegantes, se me marcaban bajo las camisetas y me aplastaban con su peso. Envidiaba a mis amigas cuando se burlaban de sus propias «picaduras de avispa» o cuando podían ponerse camisetas con la espalda al aire sin sujetador o triángulos preciosos y ligeros con tirantes finos. La mujer que me estaba tomando las medidas regresó con los brazos llenos de encaje; de prendas que se entallaban con cierres y ajustadores, con soporte lateral y tela de redecilla. Frunció el ceño cuando se me derramaron por fuera de un par de copas rosa pastel.

—¿Puedes sacudirlas un poco? —me preguntó. Yo me quedé mirándola, sin comprender—. Venga —insistió, rebotando sobre las puntas de los pies—, solo para que pueda comprobar qué tal es el soporte. —Con el rostro rojo y ardiente, meneé los hombros a regañadientes—. No; ese no te queda bien. —Volvió a mirar a mi madre—. Hoy en día, todas las chicas jóvenes tienen el pecho enorme. —Se cubrió la boca y susurró—. Son las hormonas que hay en la carne.

El padre de mi amiga Emma trabajaba en un matadero y llevaba a casa enormes bolsas de carne que goteaba dentro del plástico. Cuando fui a su casa a cenar, nos sentamos en una mesa repleta de filetes de ternera y alitas de pollo con una jarra de salsa de pimienta casera como acompañamiento. Su padre se sentó a presidir la mesa con la camisa manchada de sangre y sacudió la cabeza al ver nuestros filetes ennegrecidos.

—Sois unas blandengues —comentó mientras rebañaba un charco de sangre con un pedazo de pan blanco.

Emma tenía el cabello espeso y sedoso y las uñas, pintadas de rosa neón, muy afiladas y en punta. Mientras jugueteaba con las pieles que rodeaban mis cutículas mordisqueadas, sentí envidia de su piel despejada y su coleta abultada.

—Mi madre dice que es por toda la proteína —dijo mientras se ponía una capa de brillo de labios reluciente y se acomodaba el pelo frente al espejo—. Hace que seas fuerte.

Crucé los brazos sobre el pecho, imaginándome todos los químicos que atravesaban las pezuñas y el pelaje y que, después, se deshacían en mi lengua.

—Voy a hacerme vegetariana —le dije más tarde a mi madre mientras alejaba de mí un plato de *nuggets* de pollo.

—Si es tu decisión… —Pinchó una de mis patatas con su tenedor—. Pero tienes que asegurarte de comer adecuadamente. Tienes que ingerir todas las vitaminas necesarias.

—No te preocupes. —Di un trago de refresco de naranja—. Lo haré.

7

Salgo a tomar una copa con mi amiga Rosa. Se quita su boina negra y la cuelga del respaldo de la silla. Llevo a la mesa medias pintas de *lager* y un paquete de cacahuetes tostados. Le hablo de la máscara de gato, del té de diente de león y de los libros que hay en tus estanterías, ordenados por Poesía, Teatro y Prosa.

—Te gusta —dice de manera acusatoria.

—No sé. —Abro el paquete plateado con los dientes—. Es una sensación extraña. Estoy bien yo sola. —Rosa da un sorbo a la cerveza y sus labios dejan un borrón morado en el vaso. Machaca un cacahuete y me lanza una mirada cómplice—. ¿Qué? —le pregunto.

—Nunca te permites tener ninguna de las cosas que deseas.

Observamos a un grupo de hombres que, en un rincón, están jugando al billar. Las bolas coloridas se deslizan sobre el fieltro verde.

—Eso no es cierto. No sé qué es lo que quiero.

—¿De verdad? —Doy un trago de cerveza, evitando su mirada—. ¿Tienes hambre? —pregunta—. ¿Pedimos algo de comida?

Me lanza una carta desde el otro lado de la mesa y finjo que la estoy leyendo.

8

Cuando estaba en la escuela primaria, mi madre sufrió un aborto. Una mañana, se despertó con dolor en el vientre y yo contemplé cómo, con las manos manchadas de sangre, lanzaba directamente a la lavadora su camisón de seda.

—Estoy bien —dijo mientras yo estiraba los brazos hacia ella, horrorizada—. Es una cosa de mujeres, nada más. Ya te lo explicaré en condiciones más tarde.

Mi padre salió del trabajo para venir y llevarme a clase de modo que mi madre pudiera ir al hospital. Estaba nervioso y distraído, con sombras azules bajo los ojos.

—No sé cómo trenzarte el pelo —dijo, desconcertado ante las horquillas brillantes con mariposas que reposaban sobre la palma de su mano manchada de aceite—. ¿No puedes llevarlo suelto y ya está?

A la hora de la comida, desenvolví mis sándwiches y encontré filetes de jamón atrapados entre gruesos bloques amarillos. Odiaba la mantequilla y el olor hizo que sintiera el vómito subiéndome por la garganta.

—Tienes que comértelos, cielo —me dijo con un suspiro la supervisora del comedor—. Voy a sentarme aquí y voy a mirarte hasta que acabes. —Mastiqué la corteza a regañadientes, pero sentía algo duro alojado en la garganta que palpitaba cuando intentaba tragar—. Hay niños muriendo de hambre en África —me regañó la mujer—. Y, sin embargo, tú no quieres comerte algo tan rico. —Mis lágrimas se derramaron sobre el papel albal. Las mejillas de la supervisora estaban moteadas de rosa—. ¿Qué ocurre? —me preguntó.

Sin embargo, no podía hablarle de lo que sentía en la garganta, de la sangre en la lavadora o de que mi padre no sabía qué cosas me gustaban.

—Mi madre está en el hospital —dije, atragantándome, así que la mujer cedió y me ayudó a deshacerme de la comida.

Un borde metálico me separó de mis compañeros de clase el resto del día. Me sentía diferente a ellos, como si cargara con cuidado con un secreto que me impedía unirme a sus ruidos al masticar y al sorber y al clamor del patio del recreo. El hambre contenía mis preocupaciones y mis miedos como si fuera un dique y, así, no tenía que seguir sintiéndolos.

9

Me invitas a tu casa para cenar y el día pasa como un borrón de nervios. Termino mi turno en la cafetería y, después, voy de casa en casa de mis alumnos, mirando mi teléfono y esperando a que se ilumine con tu nombre. Estoy preocupada por lo que vayas a cocinar y por si seré capaz de comérmelo o no.

«¿Llevo algo?», te escribo en un mensaje con la esperanza de que me des una pista. Tu respuesta brota con verdor en mi pantalla y hace que se me revuelva el estómago.

«Lo siento mucho. No puedo quedar esta noche. Tengo una fecha de entrega mañana por la mañana y creo que va a ser una velada larga. ¡Tengo muchísimas ganas de verte! Dime cuándo estás libre».

La respiración se me entrecorta en el pecho y lo odio. A estas alturas, llevo mucho tiempo siendo fuerte y conteniéndome. No dependo de nadie más. Sin embargo, ahora estás en mi interior y, así, sin más, sostienes entre tus manos el músculo blando y húmedo que es mi corazón expuesto.

«No te preocupes —respondo de manera despreocupada—. No estoy segura de cuándo voy a estar libre. Ya te diré algo».

Me envías un corazón roto y yo entierro el teléfono al fondo de mi mochila sin contestarte.

10

Cuando nací, mi madre renunció a su trabajo como profesora de apoyo para poder cuidar de mí. Mi padre ganaba bastante dinero en una fábrica farmacéutica, pero era él el que controlaba la cuenta bancaria y mi madre tenía que rogarle todas las semanas para que le diera dinero para la comida.

—Tan solo me quedan dos libras en el monedero —le suplicó bajo la luz pálida del amanecer mientras él se marchaba a trabajar—. Ya no hay ni leche ni pan y necesito echarle gasolina al coche.

Mi padre dejó un puñado de monedas en la mesa de la cocina y mi madre rebuscó más peniques en el forro de los bolsillos de los abrigos y metió los dedos tras los cojines del sofá, sacando borra y pelusas.

Nuestra pequeña casa adosada rebosaba juguetes de plástico y pilas de ropa para lavar, así que mi madre siempre le preguntaba a mi padre si podíamos mudarnos a algún lugar más grande, pero él le decía que no podía permitírselo. En secreto, había comprado una casa para alquilarla y mi madre encontró una carta del agente inmobiliario en la guantera del coche.

—Mira. —Me la mostró con las manos temblorosas por la ira—. Nos ha mentido.

A veces, cuando acababan las clases, mi madre y yo íbamos en coche hasta el centro comercial y recorríamos las tiendas, suspirando por las blusas de seda y los vestidos florales que prometían convertirnos en una mejor versión de nosotras mismas si pudiéramos permitirnos pagarlos. Mi madre encontró un par de botas de cuero altas que le envolvían los gemelos y hacían que pareciera Kylie Minogue. Mientras se quedaba de pie frente a un espejo alargado, yo le cerré la cremallera y el cuero me resultó flexible y ceroso entre los dedos.

—Tienes un aspecto increíble —le dije mientras se ahuecaba el pelo de manera ansiosa.

—¿Tú crees? —Comprobó la etiqueta del precio y se le desfiguró el rostro—. Son caras. —Miró su reflejo mientras se estiraba la minifalda negra y se colocaba bien la chaqueta vaquera.

—Creo que deberías comprártelas —dije en un susurro al contemplar la corriente de energía que se arremolinaba bajo su piel.

—Pero no puedo permitírmelas —replicó con el ceño fruncido mientras se agachaba para quitárselas.

—Cárgalas en tu tarjeta de crédito.

—Eres una mala influencia. —Se irguió y volvió a mirar el espejo—. ¿De verdad crees que debería comprarlas?

Cuando llegamos a casa, metimos las bolsas brillantes dentro mientras mi padre fumaba en el jardín y enterramos las botas al fondo del armario, donde no podría encontrarlas.

—¡Rápido! —Mi madre se sonrojó al oír cómo abría la puerta trasera—. No le digas que hemos ido de compras. Será nuestro secreto, ¿de acuerdo?

Con mímica, hice el gesto de sellarme los labios y tirar la llave, emocionada ante la idea de tener un secreto compartido. No me pregunté por qué mi padre podría enfadarse. Tan solo sabía que deseábamos cosas que no eran para nosotras; cosas caras que no nos merecíamos.

11

Voy a nadar a la piscina del barrio, me sumerjo en el agua azul y estiro el cuerpo todo lo posible. Mis músculos se expanden conforme separo con los brazos las aguas como la seda. El sol de la tarde atraviesa los ventanales y esparce gotas plateadas mientras nado entre los rayos de luz, que motean mis brazos de olas fantasmales. En el agua me siento poderosa, propulsándome hacia delante y moviendo las piernas para hacer largos hasta que dejo de pensar en mi cuerpo, ya que su peso, su masa y su densidad quedan ocultas bajo la superficie. Pienso en ti mientras me abro paso entre las olas; pienso en tu habitación desordenada, en tus consonantes suaves y envolventes y en los rizos de pelo que tienes en la nuca.

Te conté que me gusta nadar y dijiste:

—Es agradable imaginarme tu cuerpo en el agua, acunado por todo ese azul.

Ojalá fuese así. Ojalá nadase para sentirme abrazada por algo más grande que yo misma, pero existe una sensación aguda y cortante que siempre me empuja a llegar más lejos, a ir más rápido y a nadar con más fuerza. Llega a ser cruel y deja mi cuerpo hambriento y dolorido. A veces, mis pensamientos me parecen tan díscolos y mi cuerpo me resulta tan pesado que me asalta un pánico ardiente y al rojo vivo hasta que me sumerjo en el agua, desesperada por perderme a mí misma en las respiraciones, los largos y el ritmo. Pienso en mi cuerpo bajo tus dedos y en cómo surge en mí un deseo que no puedo contener. No quiero negarme a mí misma la vida, pero en mi sangre siguen atrapados rastros de la chica que fui, que me empujan a encerrarme en mí misma y huir. Me pregunto dónde estarás y qué estarás haciendo. Te imagino pedaleando de vuelta a casa con la luz de la bicicleta apagada y el rostro sonrojado por el aire plateado. Nado más rápido hasta que las piernas me tiemblan. Me fuerzo todavía más para intentar recuperar el control.

En mi clase del colegio, había algunas chicas que eran nadadoras. Todas las mañanas se levantaban en medio de la oscuridad para hacer largos en una piscina cristalina. Sus voces rebotaban contra los azulejos blancos. Llegaban a clase apestando a cloro y con el pelo mojado que les dejaba manchas húmedas en los cuellos de las camisas. Se comían unos recipientes pequeños de zanahorias con requesón, *hummus*, apio y algunos puñados de almendras. Arrugaban la nariz al ver mis almuerzos preparados de la marca Dairylea, mi paquete de Hula Hoops y el Twirl morado que mi madre metía con cuidado en mi fiambrera.

—Comes mucho chocolate —me dijeron con una sonrisa de medio lado mientras yo mordía el dulce, llenándome los labios de migajas.

Cuando volví a casa de la escuela, le conté a mi madre lo que me habían dicho.

—No les hagas caso, cielo —replicó ella, sacudiendo la cabeza.

Al día siguiente metí un paquete entero de KitKats en la mochila del colegio y, a la hora de comer, los coloqué en fila con solemnidad, uno detrás de otro, sobre la mesa. Me deleité con los susurros de horror que dirigían hacia mí entre dientes, ocultas tras sus manzanas y naranjas. Resté importancia a las palabras hirientes de aquellas chicas con una carcajada pero, aun así, sentí que eran buenas y puras mientras que yo era sucia y débil al sucumbir ante mis deseos mientras ellas se abstenían.

Entablé amistad con una de las nadadoras y, un sábado, se quedó en mi casa. Llegó con una botella de agua de plástico llena de hielo y limón y el pijama perfectamente doblado dentro de su bolsa de deporte rosa. Mi madre nos preparó patatas asadas con judías y ensalada. Ralló queso cheddar en un cuenco de plástico y yo tomé un buen puñado para esparcirlo sobre mi cena. Comimos de rodillas en el salón mientras veíamos la televisión. Pasé la mano por el borde del plato y me lamí la sal y el tomate frito de los dedos. Después, volví a la cocina para servirme una segunda ración. La nadadora me observó mientras masticaba con gesto desafiante, negándome a mirarla a los ojos.

—Qué raro… —me dijo más tarde mientras nos poníamos el pijama, girándonos hacia la pared para ocultarle el cuerpo a la otra—. Estás muy delgada pero comes muchísimo.

13

Me reúno contigo frente a la tienda de comestibles que está en tu calle. Debajo del abrigo, llevas una camisa arrugada y del hombro te cuelga una bolsa de tela sucia. Me fijo en el único aro de plata que te abraza el lóbulo de la oreja y estiro la mano hacia él antes de poder evitarlo. Me besas en los labios y dices:

—Me alegro de verte por aquí.

—Lo mismo digo.

Sonrío y te empujo suavemente a través de la puerta.

Hay calabazas envueltas en plástico, partidas por la mitad y abiertas de par en par. Entierro las manos en un cubo de patatas marrones y contemplo el limo que me dejan en los dedos.

—¿Qué necesitamos? —te pregunto.

—Habas —contestas—. Puerros. Albahaca. Calabacín. Y, si tienen, *crème fraîche*.

Froto la piel de un tomate brillante y olfateo el toque a limón que tiene el cilantro. Escudriño las hileras de latas en busca de las habas, pero regreso con las manos vacías.

—Creo que no tienen habas —comienzo a decir. Sin embargo, tú sacas una vaina verde justo de delante de mis narices.

—Están aquí.

Me miras extrañado. Nunca antes las había visto dentro de las vainas y se me enciende el rostro.

—Cierto.

Abro una bolsa de papel y empiezo a llenarla. Encontramos un puerro alargado y con mucho frufrú y lo acuno entre los brazos durante todo el camino hasta tu casa.

—Es como un bebé —declaro, y tú te echas a reír.

Tu cocina está repleta de platos sucios y espirales de piel de naranja. Las bolsas de té sobresalen de sus cajas y los granos de café se han apelmazado en una cafetera a medio beber.

—Animales… —Señalas hacia arriba, en dirección a tus compañeros de piso.

—No es tan horrible.

Quito un poco de mantequilla solidificada de un cuchillo. Tú te encoges de hombros, te quitas el abrigo y te subes las mangas. En el antebrazo llevas tatuado un helecho que se muestra desafiante.

—Espera. —Levantas la tapa de una olla naranja grande que hay sobre un fogón—. Prueba esto.

Miras a tu alrededor en busca de una cuchara. La preocupación se asienta en mi estómago como si fuera arena.

—¿Qué es?

—Una sopa que he preparado antes.

Te quito la cuchara y la pruebo de manera tentativa.

—Deliciosa.

—¿Puedes adivinar lo que le he puesto?

—Eh… ¿tomates? Tal vez ajo. —Cierro los ojos, intentando pensar desesperadamente en más ingredientes—. No sé qué más —mascullo.

—Solo tienes que concentrarte en el sabor.

Me permito sumergirme en él, tratando de calmar mis pensamientos, que se han alzado como hoces. Un regusto ácido me asalta las encías. Abro los ojos.

—¿Le has puesto limón?

—¡Sí! —Tu rostro se deshace en una sonrisa—. Tienes unas papilas gustativas excelentes. Me alegro mucho de tenerte a bordo.

Abro el grifo y comienzo a lavar las hortalizas. El agua fría me calma la piel ardiente y me siento aliviada, como si acabara de pasar una prueba que confirmara que sé cómo reconocer el placer.

Pones a los Temptations y comienzas a cortar y picar. Abro una cabeza de ajo para separar los dientes y saco las habas de su vaina. Aplastas una masa con la palma de la mano y mezclas requesón espeso con albahaca fresca y queso parmesano. Observo cómo tus dedos cuidadosos espolvorean y remueven y un dolor ardiente me retuerce el estómago. Conforme engraso un molde de horno, siento hambre al oler las hierbas y la mantequilla y dejo que la sensación me atraviese mientras pienso en tu mano posada en mi nuca al tiempo que me decías que me concentrara en el sabor. Rallas la peladura de un limón y el fuerte aroma de su piel inunda la cocina. Casco un huevo con el lateral de un cuenco de cristal y corto un calabacín en círculos pálidos. La puerta delantera se cierra de golpe cuando sale uno de tus compañeros de piso y, de pronto, tu mano está bajo mi vestido, sobre mi muslo.

—¿Te gusta? —susurras.

Entonces, te beso a modo de respuesta. Me empujas contra el frigorífico y acabo empapada de deseo. Una lista de la compra cae flotando hasta el suelo. Te meto las manos bajo la camisa y clavo las uñas en la suavidad de tu espalda. Me muerdes el hombro con tanta fuerza que me sale una moradura negra. Nos quedamos sin aliento junto a las cáscaras de los huevos y las pieles de la cebolla. Tus ojos son grises y me miras con cariño.

—¿Quieres que vayamos a dar un paseo mientras está en el horno?

Te sostengo la mirada y en mi interior se alza un calor como si se estuviera formando una tormenta. Metemos el pastel en el horno y lo dejamos para que se dore. Las hojas de la calle están amarilleando y arrugándose. Los días entre estaciones siempre han sido mis favoritos, pues son el momento en el que las cosas empiezan a cambiar.

En el colegio, tenía un profesor de Ciencias cuyos ojos recorrían mis muslos cada vez que entraba en su aula. Su mirada enrojecida y brillante hizo que me quedara sin aliento y, cuando me senté en el banco frente a él, el sudor me empapó las axilas. Le gustaba verme avergonzada y la forma en la que la preocupación me teñía el rostro y me esponjaba los labios.

—Mirad todos aquí —dijo, atrayendo todas las miradas hacia mí—. Vamos a observar. —Frotó una tabla de cortar verde, preparándola para una disección—. Si la miramos el tiempo suficiente, se pondrá roja como un tomate. Una curiosa cualidad de los humanos adolescentes.

Una tarde, hizo que nos subiéramos a un par de básculas que había al frente de la clase para hacer un experimento sobre la masa y el peso. Todos teníamos que escribir nuestro nombre en la pizarra y apuntar nuestro peso con tiza junto a él. Una corriente atravesó el aula. Los chicos se pavonearon hacia las básculas, deseosos de demostrar su solidez, pero las chicas enterramos la cara entre los libros de texto, negándonos a unirnos a ellos.

El profesor puso los ojos en blanco.

—Venga, chicas… No significa nada. No es más que un número.

Me subí a la báscula con cuidado y escribí el número junto a mi nombre. Algunas de mis amigas rechazaron participar, pero yo sentí que tenía que hacerlo; que tenía que ser lo bastante valiente como para tomar nota de mi peso y de mi masa para descubrir cuál era mi densidad ya que, tal como nos recordó el profesor, «demuestra la existencia de algo».

15

Salimos a bailar a un bar de Deptford iluminado por luces de discoteca. Las paredes rezuman y la ginebra es amarga. La purpurina que llevo alrededor de los ojos me deja rastros en la visión cuando miro a mi alrededor, buscándote. Te encuentro con una camisa de seda de color rojo sangre, los ojos cerrados y los párpados pintados de plata. Cuando alzas los brazos por encima de la cabeza y me miras directamente, mueves las estrechas caderas de forma sinuosa. Mantenemos la vista fija el uno en el otro mientras nos movemos en torno a la sala, dando vueltas en círculos. Tus pies se deslizan hacia mí y, después, se alejan. Me estás haciendo una pregunta con tu cuerpo, conduciéndome hacia un precipicio y retándome a que salte. Nos acercamos tanto que nuestros labios casi se rozan. Puedo oler el ron oscuro en tu aliento. La música es elástica y nos zambullimos en ella. No tenemos límites y somos volátiles, como una alegría plateada y cambiante.

—¿Quieres que nos larguemos? —me susurras al oído.

Asiento. Agarramos nuestros abrigos y nos tambaleamos hacia el exterior.

Tomamos un taxi hasta tu casa y, al otro lado de la ventana, las calles son un borrón. Apoyas la cabeza sobre mi hombro y mascullas algo que no consigo oír. La luz de los semáforos se derrama sobre tu rostro y te tiñe de esmeralda, rubí y dorado.

En la oscuridad de tu dormitorio, nos desprendemos de la ropa como si fuera la piel de una serpiente. Tu cuerpo es un peligro y quiero subirme a él. Quiero arrancarte los músculos y deshacerme de tu frágil caja de huesos.

—Me siento muy unido a ti —me susurras al oído.

Estoy muy cerca de ti, pero quiero estarlo más; quiero sentir la fricción de nuestros pulmones al rozarse, pero hay cosas en mi interior que no conoces. Hay una astilla oscura y afilada clavada en mi pecho y me asusta la avalancha y el derramamiento de sangre, así como el agujero que dejará si extiendo la mano y la arranco.

Me despierto con las extremidades pegadas a las tuyas. Tengo las piernas manchadas de negro y me duelen los talones. Entierro el rostro en tu abrazo matutino, en el sudor rancio y el aliento cálido. Te remueves, me clavas las uñas en la espalda y pasas las manos por mis pechos. La luz del día se cuela entre las cortinas como si las hubieran rasgado de golpe. Estamos ardiendo y sudorosos bajo las sábanas. Gruñes y te das la vuelta.

—Me duele la cabeza.

—Ay, mi pobrecito niño —bromeo. Te ríes, te apartas y, de pronto, te quedas callado—. ¿Estás bien? —murmuro mientras estiro el brazo hacia ti.

Te das la vuelta para mirarme y una tristeza que no consigo entender se posa sobre tus ojos antes de que te desprendas de ella rápidamente con un pestañeo.

—Estoy bien —me susurras al oído mientras aprietas tu cuerpo contra el mío hasta que acabo derritiéndome.

Preparas tortitas mientras estoy en la ducha: bates los huevos, lavas los arándanos y sirves la miel de un tarro. Te observo desde el umbral de la puerta mientras el pelo mojado empapa una camiseta que me has prestado. Sacudes las caderas al ritmo de Talking Heads. Quiero preguntarte por la tristeza que he visto enroscándose bajo tu piel, pero no sé por dónde empezar. Tienes una mota de purpurina en el rostro, así que me adelanto y extiendo un dedo para quitártela.

—¡Dios! —exclamas, sobresaltado—. ¿Cuánto rato llevas ahí de pie?

—Solo un minuto.

Bajo la luz del día, me siento translúcida, como si la noche hubiera dejado a la vista algo de mí misma que no pudiera volver a ocultar.

—¿Tienes hambre?

Colocas una pila de tortitas sobre la mesa de madera, llenas un vaso de zumo de naranja y pones en marcha el hervidor. Me siento frente a ti y espolvoreo mi plato con un poco de canela.

—Son perfectas —te digo mientras te guiño un ojo.

Me como tantas tortitas que arqueas las cejas, incrédulo, y yo me siento complacida. Quiero impresionarte con mi apetito y mi capacidad para el placer.

16

Cuando estaba en los primeros años de la adolescencia, mis amigos y yo nos pasábamos las tardes de los sábados apelotonados en el salón de los padres de alguno de nosotros. Las ventanas se empañaban gracias a nuestro aliento y nuestras hormonas mientras sacábamos los cojines del sofá y nos tumbábamos en el suelo para escuchar a los Red Hot Chili Peppers y soñar con el futuro. Hablábamos durante horas en la oscuridad, con los cuerpos pegados los unos a los otros mientras nos pasábamos cuencos con patatas fritas y botellas gigantes de Coca-Cola cuya boca acababa resbaladiza por la saliva. Estábamos al borde de algo que no podíamos nombrar mientras un ardor extremo y espeso se posaba entre nosotros.

A veces, todos nos quedábamos a dormir en la misma casa. Bebíamos tragos del vodka que habíamos robado de un armario y nos metíamos en los sacos de dormir sudados con toda la ropa puesta. Alguien ponía Babestation en el canal Freeview, por lo que, de fondo, había mujeres en ropa interior metiéndose los teléfonos móviles entre los pechos y pasándose los dedos por la cinturilla de las bragas mientras fingíamos no estar interesados a pesar de que todos estábamos empapados por nuestro propio ardor. Los chicos siempre querían jugar a la botella y las chicas aceptábamos porque no queríamos parecer unas estiradas. A menudo, acababa teniendo que besar a Jamie que, en aquella ocasión, me metió la lengua entre los labios y la movió con vigor mientras todos los demás nos observaban, sumidos en un silencio cargado y juzgando nuestra técnica.

Después, fui a la cocina con mis amigas Emma y Katie. Nos servimos tazas con vodka mientras nos pasábamos las lenguas por los dientes.

—Eso ha sido asqueroso —gruñó Emma mientras se inclinaba sobre el fregadero y se enjuagaba la boca con agua salida directamente del grifo.

—De hecho, no puedo pensar en ello —dije antes de darle un trago a mi bebida.

Katie se ahuecó el pelo mientras contemplaba su reflejo en la ventana.

—A mí me ha gustado un poco. —Nos dedicó una sonrisa nerviosa.

—¡Ay, Dios mío! —farfullamos—. ¡No puede ser verdad!

A veces, los chicos se pegaban a nosotras cuando nos acomodábamos para ver una película y nos rodeaban las cinturas y las caderas con las manos. Su deseo cubría nuestros cuerpos como el aceite y yo notaba la electricidad sobre mi propia carne, pero sentía que, de algún modo, procedía de ellos, como si pudieran desviar la mirada hacia otra parte y desconectarla en cualquier momento.

Una noche, no podía dormir, sintiéndome pegajosa por la Coca-Cola derramada e inquieta por la película de miedo que acabábamos de ver. Me removí en mi saco de dormir, que estaba cargado de electricidad estática, hasta que Jamie se acercó y se tumbó a mi lado.

—¿Estás bien? —El aliento le olía a rancio.

—Sí; es solo que no puedo dormir.

Apretó su cuerpo contra el mío.

—Yo tampoco.

Le di la espalda y cerré los ojos, pero arrastró las manos al interior de mi saco de dormir y debajo de mi ropa, tocándome la piel húmeda y pegajosa. Cuando metió la mano entre mis piernas quise decirle que parara pero, de algún modo, estaba paralizada, estática e incapaz de hablar. Cerré los ojos con fuerza hasta que se apartó, dejando la mano suelta sobre mi cintura. Me sentí atrapada sobre la alfombra, como si algo increíblemente pesado me estuviera presionando contra ella.

—Dulces sueños —me susurró al oído.

Me quedé despierta durante horas, contemplando la pared. Quería levantarme y marcharme, pero no tenía a dónde ir, tan solo las calles oscuras del exterior, los callejones tristes, fríos y húmedos y los campos abiertos.

Por la mañana, en el cuarto de baño diminuto, Katie y yo nos pusimos pasta de dientes en los dedos y nos frotamos las encías. Después, nos pasamos las manos por el pelo y olisqueamos nuestra ropa. Le conté lo de Jamie.

—¿Ah, sí? —Se sentó en el lavabo y comenzó a orinar—. A mí también me lo hizo una vez.

—¿Qué? ¿Cuándo?

—Puede que haga un par de meses.

—Oh. —Sus palabras me destrozaron. No quería a Jamie, pero quería que me desearan; ser escogida y marcada como especial—. En realidad, no estoy segura de si me ha gustado o no —le confesé.

—¿No? —Se limpió y le echó un vistazo al trozo de papel—. ¿Por qué no?

—No lo sé. —Intenté encontrar las palabras—. Olía un poco raro.

Katie frunció los labios frente al espejo.

—A mí me parece que siempre huele bien.

Se alisó la camiseta de tirantes, encogió la tripa y sacó pecho. Me miró a los ojos a través del espejo y yo aparté la vista.

17

Caminamos por Peckham Rye con los brazos entrelazados. De las puertas de las tiendas cuelgan vetas plateadas de bacalao y los plátanos se aferran los unos a los otros, formando medialunas amarillas. El cielo empieza a oscurecer y los bares y los restaurantes derraman charcos dorados sobre las aceras sucias.

—Por aquí —dices mientras me conduces hasta un pequeño bar de tapas con la bufanda arrastrando por el suelo. Yo me agacho para recogerla mientras le dices algo en español al camarero, que sonríe y nos invita a pasar a una mesa.

Los ajos cuelgan del techo en matas humeantes. Las mujeres aferran enormes copas de vino tinto mientras se ríen en voz alta con las cabezas echadas hacia atrás, mostrando todos los dientes. Observo tus labios agrietados bajo la luz pegajosa y me siento como si hubiera aterrizado en la vida de otra persona. Miras la pizarra que cuelga sobre la barra con los ojos entrecerrados.

—¿Quieres que pidamos croquetas? ¿Unos *arancini*? ¿Qué te parece una tortilla? —Asiento, aturdida, mientras contemplo cómo el aceite de oliva brilla al otro lado del cristal verde—. ¿Qué te apetece? Tú tienes que elegir algo también.

Le echo un vistazo a la carta.

—¿Olivas?

—¿Eso es todo? Puedes pedir lo que quieras —dices, pero sé que no es cierto.

Asiento.

—Elige tú el resto.

Miro a mi alrededor y me percato de los platos que reposan sobre la barra del servicio de la cocina abierta, del vapor que emerge con un silbido del lavavajillas y de las cajas de vino apiladas en el suelo. Sé cómo llevar platos, cómo cambiar el barril de cerveza, cómo preparar un *latte* con un remolino perfecto, cómo servir una pinta con la cantidad justa de espuma, cómo tallar las velas para que quepan dentro de las botellas de vino y cómo hacer que la gente se marche a última hora de la noche. No conozco los nombres de todas las hierbas y las especias. No entiendo nada sobre sabores, texturas o matices. No sé cómo escoger porque es algo que no me han pedido que hiciera muy a menudo. El ambiente está cargado por el chile y la pimienta y las personas se mueven a nuestro alrededor mientras se desabrochan y se quitan los abrigos.

—¿Te parece bien esto? —me preguntas mientras cuentas los platos con los dedos.

El camarero trae un platito de olivas saladas. Asiento y doy un sorbo a mi copa de vino. Es espeso y tiene un sabor profundo como el del regaliz que suaviza mis molestos nervios. Aquí sentada contigo, comiendo y bebiendo, gastando dinero y haciendo todas las cosas que hace otra gente, me siento como una persona completa.

—¿Vienes aquí a menudo? —te pregunto.

—Dios, no. La mayor parte del tiempo, cocino en casa. La verdad es que no puedo permitirme salir. —Pareces nervioso—. Pero es una ocasión especial.

—¿Y eso?

—Ayer entregué mi tesis doctoral.

—¿Qué? ¿Por qué no me lo habías contado?

Te encoges de hombros.

—No sé… No parecía real.

—¡Enhorabuena! —Entrechoco mi copa con la tuya—. Es algo enorme.

Te apartas el pelo de los ojos. Llevas una camisa dorada y arrugada a la que le faltan tres botones.

—Hay algo más.

—¿El qué?

—A través de la universidad, me han ofrecido un trabajo de investigación. En el campo de la migración y la lingüística.

Siento un destello agudo de resentimiento por el mundo que se despliega ante ti de modos que jamás podría hacerlo para mí, pero me lo trago.

—¿Qué? ¡Es increíble! ¿Por qué no me habías contado nada de todo esto?

—Bueno… —Jugueteas con el tenedor—. El puesto es en Barcelona.

—Oh.

Noto una sensación de caída, como si el suelo se estuviera precipitando hacia mí.

—Bueno, eso es maravilloso. Deberías ir, sin duda.

Tus ojos se iluminan ante la mera posibilidad, como si ya estuvieras de pie bajo un sol más cálido. Me lanzas una mirada de culpabilidad y yo pestañeo demasiado rápido.

—Llevo años queriendo marcharme de Londres —dices con suavidad—. Desde que murió mi padre. —Presionas un dedo sobre la cera de la vela, que deja surcos rojos sobre la mesa—. Es solo que siento que, en este lugar, hay demasiada historia que me aplasta con su peso. —Tenso las piernas—. Me he pasado toda la infancia aquí. ¿Entiendes lo que quiero decir?

Entiendo de pesos y de cómo es sentir que el pasado se abalanza sobre ti mientras lo arrastras a lo largo de cada día. Entiendo de espacio; de cómo ocultarse en él y hacerse más pequeña. Entiendo de reinventarse a uno mismo y de huidas.

Estiro el brazo y te toco lo mano.

—Eso creo.

Me estrechas los dedos.

—No esperaba que aparecieras tú.

—No. —Noto las mejillas encendidas—. Yo tampoco.

Llega nuestro pedido y tú comes con ganas mientras quitas las cáscaras color melocotón de las gambas. Doy vueltas a las croquetas con el tenedor, obligándome a comer más de lo que deseo realmente para que no te des cuenta de mi falta de chispa. Hablamos de los libros que estamos leyendo y de nuestros planes para el fin de semana, pero algo se ha endurecido en mi interior. No quiero pensar en el futuro, porque está cerca del momento en el que te vayas.

—¿Cuándo te marchas? —te pregunto mientras jugueteo con uno de los botones de mi blusa.

—Lo más probable es que el mes que viene. Necesito buscar a alguien que ocupe mi habitación.

—Eso es muy pronto —digo en voz baja.

—Sí. —Tu pierna roza la mía bajo la mesa—. Pero todavía nos queda algo de tiempo.

Más tarde, en tu dormitorio, permanezco despierta, con los brazos en torno a tu pecho, mientras tú te sumerges en sueños, suspirando y removiéndote bajo las sábanas frías. Noto tu pulso en la muñeca y me da miedo lo frágil que parece, lo descuidados que somos y lo rápido que cambia todo.

Cuando era una niña, mi padre solía encerrarse en el baño y beber latas de cerveza. Derramaba en el agua mi baño de burbujas y se sumergía en ella durante horas, hasta que la espuma del jabón se quedaba fría y las latas vacías amontonadas dentro de la papelera de mimbre alcanzaban gran altura.

—Ve a ver cómo está tu padre —me decía mi madre.

Yo me tumbaba bocabajo en el pasillo, prestando atención para ver si escuchaba algún chapoteo y esforzándome por verlo a través del hueco delgado que había bajo la puerta. A veces, se quedaba dormido y nos preocupaba que fuera a deslizarse bajo la superficie del agua y ahogarse.

Una noche, mis padres discutieron. Mi padre se encerró en el baño y se negó a salir. Mi madre golpeó la puerta de madera con el puño.

—Por favor —le dijo con la voz astillada—, sal y habla conmigo.

Presioné el rostro contra las espirales de la madera, preguntándome qué verían con sus ojos ennegrecidos.

—¿Papá? —pregunté, intentando bajar la manecilla dorada con mis dedos diminutos.

—Ve a buscar una moneda —me susurró mi madre—. Tengo el monedero en la cocina.

Abrí su cartera de charol rojo e hice rodar entre mis dedos una moneda sucia de una libra. La cerradura podía abrirse desde fuera al meter una moneda en una ranura metálica y girarla. A mi madre le temblaban las manos mientras hacía sonar el mecanismo. El tirante fino de su camisón se le resbaló por el hombro y dejó a la vista sus pecas. Oímos un crujido y un golpe procedentes del interior.

—¡Oh! —dijo mi madre, ahogando un grito—. Está abriendo la ventana. —Sacudió la cerradura pero la puerta seguía aguantando. A través de las rendijas se coló un aire frío—. ¡No te atrevas a abandonarnos! —exclamó.

—Papá —dije, uniéndome a ella—, no te vayas.

Oímos un ruido sordo justo cuando el mecanismo se liberó de golpe con un chasquido. Mi madre abrió la puerta de un empujón y se encontró con la ventana colgando de las bisagras allí donde mi padre la había forzado. Vimos cómo saltaba la valla trasera y se adentraba en el callejón que estaba detrás de nuestra casa. Nos quedamos de pie un momento, sumidas en el frío y temblando bajo nuestros camisones. La luna arrojaba reflejos plateados sobre nuestros rostros. Mi madre me estrechó la mano.

—Le he dicho que no se marchara —le dije, sintiendo un pozo negro en el vientre. Ella tenía los ojos oscuros y distantes.

—Siempre se marcha.

Me incliné sobre el lavabo y miré por la ventana. La porcelana fría hizo que se me pusiera la piel de gallina.

—¿Tú vas a marcharte?

—No. —Se estiró por encima de mí para cerrar la ventana—. Yo tengo que quedarme.

Tu compañero de piso trabaja en la recepción del ICA y nos da entradas gratis para un documental sobre John Coltrane. Subimos al piso de arriba del autobús que nos lleva al centro de la ciudad y contemplamos los edificios acristalados que atraviesan el cielo como cuchillos.

—¿Alguna vez te preguntas para quién es Londres? —te digo. Estamos sentados en la parte delantera, con los pies pegados contra el parabrisas.

—¿Qué quieres decir?

—¿Sientes que Londres es para ti?

Jugueteas con un paquete de tabaco que llevas en el bolsillo de tu abrigo.

—Mi vida siempre ha estado aquí. —Cruzamos el río y las luces se reflejan en el agua como si fueran estrellas ahogadas—. Así que, en cierto sentido, supongo que sí.

Me parece injusto que tu lugar esté en Londres y que, aun así, vayas a marcharte a un sitio nuevo.

—A veces, tengo la sensación de que solo estoy jugando a vivir aquí —digo mientras nos acercamos a Trafalgar Square, donde las fuentes escupen luces rosas—. Voy a una cafetería o a un pub, pero no me parecen reales.

—¿En serio? —Te remueves en tu asiento y presionas el botón de la parada.

—Sí. —Me cuesta encontrar las palabras—. No sé… Es difícil de explicar.

Te enciendes un cigarrillo mientras recorremos The Mall con la hilera de Union Jacks observándonos desde lo alto.

—¿Cuál sientes que es tu lugar? —me preguntas conforme te abrochas el abrigo.

Pienso en ello mientras oigo cómo nuestros zapatos repiquetean contra el suelo. He vivido en muchos sitios diferentes y en ninguno de ellos me he sentido realmente en casa. Siempre he sentido que otras personas tienen más derecho que yo a ocupar los espacios, como si mi forma no terminara de ser la correcta; como si nada me perteneciera por derecho propio.

—No lo sé —contesto. Después, cambio de tema.

Nos acomodamos en nuestras butacas en la oscuridad. Intento concentrarme en la pantalla, pero los lugares en los que nuestros cuerpos se rozan parecen cargados de electricidad estática. Cierro los ojos mientras la música se desmadeja a nuestro alrededor. Me pregunto si alguna vez tendré algo que de verdad sea mío. Me pregunto si podré encontrar el extremo de la crueldad que atraviesa mi vida como un hilo de plata y arrancarlo. En la oscuridad, estiro la mano para tomarte el brazo y siento tu chaqueta de lana bajo los dedos. Me pregunto si no será mejor aferrarme a las cosas en lugar de limitarme a abrir las palmas de las manos y permitir que se alejen volando.

Después, paseamos por el parque y nuestros alientos dibujan siluetas en la noche.

—¿Qué te ha parecido la película?

Entrelazas tu brazo con el mío. Un coche pasa a nuestro lado y nos baña de luz.

—Ha estado bien. —Intento pensar en algo interesante que decir—. ¿Y a ti?

Te encoges de hombros.

—Para ser sincero, siempre he preferido a Alice Coltrane.

Llegamos a la parada de autobús. Me siento inquieta.

—¿Quieres que vayamos a alguna parte? —te pregunto mientras ojeo la ruta del autobús.

—¿A dónde quieres ir?

—No lo sé; podríamos ir a cualquier sitio. Podríamos subirnos a cualquier autobús y ver a dónde nos lleva.

Arqueas las cejas.

—Eso no suena muy divertido. Hace frío. Y es tarde. —Me acercas más a ti—. ¿Por qué no vamos a casa? Puedes quedarte si quieres.

—De acuerdo.

En ese momento llega el autobús y me siento un poco tonta. Pasamos las tarjetas Oyster y, después, apoyas la cabeza sobre mi hombro mientras observo a través de la ventanilla cómo la ciudad se mueve sobre mi reflejo, como si apenas existiera dentro de ella. Le doy vueltas en la boca a la palabra «casa», pesada y sólida como una piedra preciosa.

Cuando regresamos a tu apartamento, nos quitamos toda la ropa y nos metemos bajo el edredón. Me tocas los pechos y yo extiendo los brazos hacia ti mientras mi cuerpo se retuerce de placer, pero en lo único que puedo pensar es en que vas a marcharte y, entonces, todo cambiará.

—Quiero que me penetres muy fuerte —te digo en un susurro.

Lo haces y casi me duele, pero los límites del dolor me parecen reales de un modo que no puedo cuestionar;

son algo sólido a lo que aferrarme en este mundo de cosas cambiantes.

20

La relación de mis padres se derrumbó y mi madre y yo nos fuimos a vivir varios meses con mi tía. Tuve que compartir habitación con mi primo, que era unos años más joven que yo y, en algunas ocasiones, tuve que cuidar de él. Le preparaba varitas de pescado y le ayudaba con los deberes mientras nuestras madres estaban en el trabajo.

Eché un vistazo al dormitorio de mi primo, a todos sus ositos de peluche y los coches de juguete apilados en estanterías. Entonces, sentí miedo, como si mi propio dormitorio se hubiera convertido en polvo, lo que significaba que nunca podría regresar a él y que, por lo tanto, ya no quedaban señales de quién era. Oí a mi madre llorar a altas horas de la noche y enterré mis propios miedos en el almohadón prestado. Sabía que tenía que ser fuerte y responsable. Mis preocupaciones, que me revolvían el estómago, eran pequeñas en comparación con las suyas.

Pasé con cuidado por encima de las vías del tren de mi primo y rodeé su barco pirata de Playmobil, pero no dejaba de tropezarme con piezas de Lego y de pisar loros de plástico mientras daba saltitos y me agarraba el pie.

—¡Estás rompiendo todas mis cosas! —me gritó él con las mejillas hinchadas.

—¡Pues no lo dejes todo tirado por el suelo!

—Es mi suelo; puedo hacer lo que me dé la gana.

Mi primo se iba a dormir antes que yo, así que intentaba colarme en la habitación sin hacer ruido y leer bajo el edredón con una linterna.

—Apaga esa luz —gruñía él con la voz amortiguada por las sábanas—. No puedo dormir.

En mi diario, con un bolígrafo de gel con olor a arándanos, dibujaba casas y castillos con torres en espiral y girasoles creciendo por los muros; dibujaba caravanas tiradas por caballos y casas en árboles demasiado grandes, barcos de canal e hileras de cómodas casas adosadas con todas las ventanas pintadas de dorado. Decidí que, si tuviera mi propia casa, construiría un tobogán y una piscina cubierta de lentejuelas azules. Todas las puertas tendrían pequeñas cerraduras redondas con llaves especiales plateadas que colgaría de una cadena y llevaría en torno al cuello como un collar de diamantes para que nunca se perdieran.

A los veinte años, cuando acababa de mudarme a Londres, alquilé una habitación en un piso compartido en Turnpike Lane. Recorrí Green Lanes y pasé por delante de las panaderías turcas con sus barriles de pistachos y albaricoques deshidratados, de las casas de apuestas con sus luces fluorescentes y de los escaparates de las tiendas de periódicos repletas de botellas del color de las joyas.

Un hombre en la treintena, con una barba espesa y una sudadera de Nirvana, me abrió la puerta.

—Espero que te guste la habitación. —Me condujo por el pasillo y las escaleras oscuras—. Es bastante pequeña. En realidad, nadie más la quería.

Eché un vistazo desde el umbral de la puerta, observando la cama individual pegada contra la pared, el papel pintado de flores muy recargado, la moqueta marrón con remolinos y el armario blanco y barato. Llevaba toda la semana viendo pisos y aquella era la única habitación que podía permitirme que tuviera puerta y ventana y que no implicara tener que compartir una litera con otra persona.

—Es perfecta para mí.

Me encaramé al borde de la cama, mareada por mi buena suerte. El hombre echó un vistazo a mi pesada mochila, que estaba llena hasta los topes con mis pertenencias. Después, me miró de arriba abajo.

—Sí... —dijo mientras bostezaba—. Bueno, tú misma eres bastante pequeña.

21

Encuentras a alguien que ocupe tu habitación y empiezas a hacer las maletas, metiendo los libros en cajas de cartón y llenando bolsas de basura con billetes de tren usados, bolígrafos que pierden tinta y pañuelos de papel arrugados. Me ofrezco a ayudarte, pero me dices:

—No, tranquila. No tienes por qué ayudarme con toda esta basura.

Me mandas una fotografía de tu habitación vacía con una capa de polvo cubriéndolo todo de plata. Ya echo de menos nuestras mañanas aterciopeladas tras tus pesadas cortinas mientras mi cuerpo se volvía líquido bajo tus manos.

—¿Cómo te sientes con respecto a su partida? —me pregunta Rosa mientras estamos sentadas sobre una manta extendida en la azotea de la pollería que se encuentra debajo de la ventana de su dormitorio, bebiendo café bajo el sol otoñal.

—Bien. —Miro los árboles que hay en la calle, a nuestros pies.

—¿Bien? —dice con una sonrisa ladeada.

—Bueno… —contesto, ganando tiempo—. Tal vez sea lo mejor.

—¿Qué quieres decir?

—Es un asunto intenso. Y algo serio. Así, tendremos algo de distancia entre nosotros para poder decidir qué es lo que queremos.

Rosa se lía un cigarrillo.

—¿Y qué es lo que quieres?

—Dios, Rosa, no lo sé. Todavía es pronto.

—¿Cómo vas a saber lo que quieres si estáis a miles de kilómetros de distancia?

Me río y le doy un sorbo a mi café, estirando las piernas bajo la luz de la tarde. Me pregunto si una parte de mí se sentirá más segura teniéndote lejos de mí; si me calmará las manos temblorosas o la necesidad jadeante y dolorosa que siento.

—No lo sé —admito mientras jugueteo con los puños de mi jersey.

—Nunca antes te había visto así. —Presiona el mechero con el pulgar, pero no sale la llama.

—¿Así, cómo?

El mechero chisporrotea y ella inhala, agradecida. Me pregunto si, en realidad, alguien sabrá lo que quiere en lo más hondo de su ser sin que las personas y las situaciones le nublen el juicio. Me pregunto si de verdad llegamos a querer algo en algún momento o si tan solo respondemos al mundo que nos rodea; si nuestros sentimientos son reactivos o si proceden de algún lugar más profundo.

—¿Qué es lo que quieres tú, Rosa? —le pregunto en voz baja.

—Tan solo quiero que me quieran —contesta, sorprendiéndome—. Eso es lo que quiere la mayoría de la gente. —Me mira—. ¿No es así?

22

Crecí en Bishop Auckland, una antigua ciudad comercial del condado de Durham. Tiene vistas al valle de Wear, que es verde y marrón y está surcado por un río de plata. Hay una calle principal repleta de pubs bulliciosos, tiendas de beneficencia y locales de comida para llevar con neones que derraman su luz fluorescente sobre los adoquines. A veces, después del colegio, mi mejor amiga, Tara, y yo nos colábamos en Lacey's y pedíamos pintas de Kronenbourg porque pensábamos que el nombre francés sonaba sofisticado y nos hacía parecer mayores de lo que éramos en realidad. Nos las bebíamos con pajitas y me encantaba cómo la primera pinta desdibujaba los límites del mundo, haciendo que el día brillara en torno al borde, como si pudiera ocurrir cualquier cosa. Beber hacía que me sintiera anclada a mi cuerpo y, al mismo tiempo, fuera de él. Era consciente de la sangre diluyéndose en mis venas conforme las atravesaba el alcohol y también me sentía separada de mi cuerpo, como si estuviera flotando sobre él, olvidándome del peso de mi carne y mis huesos.

Anhelaba las cosas extremas porque parecían lo contrario a Bishop a pesar de que, a su propia manera, también era un lugar extremo. Al pueblo se lo conoce como «Bish Vegas» a causa de las mujeres que salen de los pubs ataviadas con vestidos con lentejuelas y zapatos de tacón de aguja, y de los hombres con camisas de manga corta y tatuajes de fútbol que se tambalean bajo el castillo que, en el pasado, fue el hogar de los príncipes-obispo. Un torrente hortera de glamur desfasado al que le faltan tanto el dinero como el sol del desierto.

Parecía que estaba a muchos kilómetros de cualquier parte, separada de las ciudades vecinas por pueblos mineros venidos a menos y rodeados de campos sin fin. Me pasaba horas en el autobús, con la cabeza apoyada en la sucia ventanilla, observando cómo la carretera se movía a toda prisa y esperando a que mi vida comenzara. Me pasaba los domingos largos y vacíos tumbada en la cama, hojeando revistas y tocándome por debajo del camisón rosa con la piel de gallina por el deseo. Los pensamientos se me retorcían bajo los párpados, hambrientos e inquietos, ansiosos por algo que no podía determinar. No quería ningún trabajo en concreto, una casa o un coche; nada que pudiera ser fácilmente cuantificable. Quería cosas abstractas: un mar de cristal tallado a través del que se filtrara la luz y el asfalto abrasador del verano en medio de una autopista en plena noche. Quería sensaciones; salir al mundo y dejar que me atravesara; aprender el contorno de mi costa y descubrir si tenía bordes. No sabía qué hacer con todo ese anhelo que crecía en mí como un río que transcurría a toda velocidad, agitado, empapando todo lo que se cruzaba en su camino.

—¿Por qué no vas a dar un paseo o algo así? —me dijo mi madre cuando me descubrió quitándome granos frente al espejo del baño con los ojos vidriosos y el pelo enmarañado—. Deja de acicalarte tanto y de ir llorando por las esquinas.

23

En la ducha, me desprendo de tu olor, que me cubre la piel, e intento recomponerme en aquellas partes en las que mi capa exterior endurecida se ha suavizado bajo tus manos. Me cepillo los dientes con tanta fuerza que me sangran las encías y escupo sangre sobre la porcelana blanca, apartando a un lado los pensamientos sobre ti.

El día antes de que tengas que marcharte, jugueteo con mi teléfono móvil, nerviosa, preguntándome si debería intentar verte de nuevo o si es mejor dejar las cosas como están. Las luces de mi pantalla se encienden y se me hace un nudo en el estómago.

«Cambio de planes —me escribes—. Mi nuevo piso no está listo todavía, así que voy a estar en la ciudad una semana más. —Me muerdo las pieles de los dedos mientras observo los puntos suspensivos que indican que estás escribiendo. Estaba lista para olvidarte y dejar todo esto atrás, pero el destello de tu presencia tan cercana a mí resplandece en mi pecho con una fuerza que me toma por sorpresa—. Voy a cuidar una casa en Highgate. ¿Quieres venir a pasar la noche?».

Meto unas medias y unas bragas de repuesto en un bolso y me dirijo al metro antes de tener tiempo de pensarlo.

Estás cuidando una casa adosada llena de recovecos que es propiedad de una amiga de tu madre y que la compró barata en los ochenta, antes de que la ciudad se endureciera a base de dinero y cristal. Va a estar fuera un par de semanas y dice que puedes quedarte allí hasta que te marches siempre y cuando cuides el jardín y le des de comer al gato.

—Estás aquí —dices con nerviosismo cuando llego, con los pies descalzos sobre las frías baldosas de la cocina. Yo cierro los puños con inquietud dentro de los bolsillos y, entonces, te inclinas para besarme y yo me rindo ante ti.

Mi casa es fría y está plagada de humedades. La pintura del techo está desconchada y mis compañeros de piso suben y bajan las escaleras dando pisotones con sus deportivas sucias. Highgate es un lugar tranquilo, de color crema y con sábanas planchadas y dobladas con cuidado. Por las tardes, se bajan las persianas para que no entre el sol y destiña los muebles. En la ducha hay un limpiacristales de plástico para quitar la humedad perlada de la mampara.

Derramo café sobre la mesa mientras leemos los periódicos, fingiendo ser un tipo de gente diferente. Dejamos libros a medio leer y los jerséis colgando de las sillas sin preocuparnos de que vayan a desaparecer. Los plátanos que hay en el frutero se están pasando, así que horneamos pan caliente con ellos, con la vainilla y el sexo enterrados bajo nuestras uñas. Por las noches, llenamos la cocina de velas y bebo vino color ciruela de una copa de jerez de cristal, manchamos las encimeras de cúrcuma e inundamos el aire con el aroma del clavo y el cardamomo. Observo el cepillo de dientes que tienes en el baño, tu mochila, que derrama calcetines y camisetas sobre la moqueta, y la pila de libros sobre la mesita de noche. Lo devoro todo, desesperada por recordar tu sabor peculiar, a humo y regaliz, antes de que te hayas marchado y tu contorno empiece a desdibujarse en mis recuerdos, perdiendo su definición.

Bajo una claraboya, nos damos juntos baños largos y resbaladizos mientras nos esforzamos por encontrar las estrellas entre las chimeneas y las antenas de televisión oxidadas. Nos tumbamos mojados en el suelo del salón, riendo y tocándonos, mientras nuestro pelo húmedo empapa la moqueta. Podamos las rosas con los pies descalzos y arrancamos gruesos tallos de ruibarbo de la tierra para hacer un *crumble*, hirviendo el azúcar a fuego lento en un recipiente cerámico. Corto lavanda y arciano y coloco las flores en jarrones sobre la mesa de la cocina. Sacamos CD rayados de sus fundas y bailamos en la cocina, desnudos bajo las batas prestadas mientras el cielo se tiñe de carbón. Nuestras vidas parecen más apacibles y difuminadas con un enfoque suave.

Decido preparar un curri de patatas. Doro cebolla y echo cucharadas color óxido de *garam masala* en la sartén.

Pongo *jazz* en la radio y tú lees un libro en la mesa de la cocina mientras te bebes una botella de vino que has robado de su estante. La estancia se llena de vapor y nos reímos de las vidas que estamos interpretando, lejos de la realidad de las nuestras. Quiero preservar el calor y las especias porque sé que todo esto llegará a su fin, pero no puedo hacer nada al respecto y la condensación empieza a evaporarse en cuanto roza un cristal frío.

Te muestras nervioso e inquieto mientras abro una lata de leche de coco y te sobresaltas cada vez que hago ruido con una sartén o se me cae una cuchara.

—¿Estás segura de que no necesitas ayuda? —me preguntas por tercera vez mientras dejas el libro bocabajo sobre la mesa.

—Estoy segura —espeto de malas maneras pero, después, me ablando—. Estará bueno, te lo prometo. No tienes de qué preocuparte.

—Lo sé —contestas, sintiéndote culpable—. No quería decir eso.

—Entonces, ¿qué ocurre?

—Es que no estoy acostumbrado a esto. —Haces un gesto en mi dirección—. A que cocinen para mí. Normalmente, soy yo el que cocina para otras personas.

—¿Siempre?

—Supongo que sí. Me resulta extraño que me cuiden. No sé qué hacer.

Con cuidado, pongo la tapa sobre la sartén.

—¿Es que la gente no te cuida?

—Sí, pero de otras maneras. No sé… Es como lo que te dije sobre mi padre en el restaurante. Cuando murió, adopté el hábito de cuidar a otras personas, como mi madre y mi hermano; de ser alguien en quien se pudiera confiar; de ser útil. —Relleno las copas de vino y me siento frente a ti, contemplando tu rostro bajo la luz de las velas—. En parte, por eso necesito ir a España; para escoger algo en lugar de toparme con ello sin más.

Pienso en el modo en el que he estado viviendo, mudándome de un lugar a otro. Me pregunto si habré estado tomando decisiones y poniendo a prueba mi voluntad frente al mundo. Sin embargo, hay muchas cosas que no he podido elegir, ya que nunca he tenido dinero suficiente o un lugar para vivir en condiciones y he estado intentando dejar cosas atrás, lo que es muy probable que no sea una elección en absoluto. Me pregunto si escogemos el amor o si tan solo nos enamoramos sin más; si es posible escogerlo o, sencillamente, es algo que nos ocurre, resplandeciente y cegador, destrozando todo a su paso.

—Escoger es importante —digo mientras le doy vueltas al vino oscuro con la copa. Siento envidia de ti, que estás al borde de una nueva vida, y, entonces, me siento culpable de mi envidia, ya que todo procede de la pérdida de tu padre.

Tú miras por la ventana, evitando mis ojos.

—Sí, así es.

A las patatas les cuesta demasiado hacerse y, para cuando están tiernas, el arroz se ha quedado frío y ambos estamos borrachos. Sirvo el curri en unos cuencos hondos y lo derramo sobre los fogones. Comemos demasiado rápido y nos quemamos la lengua.

—Está muy bueno —dices.

A mí me complace poder picar y cortar cosas y cuidarte; me complacer estar aprendiendo a cuidar de mí misma aunque, tal vez, si de verdad lo hiciera, no estaría aquí, donde soy vulnerable y estoy abierta a hacerme añicos.

Apartamos a un costado los cuencos sucios y extiendes el brazo desde el otro lado de la mesa para tomarme la mano. Hay algo duro detrás de tus ojos; algo cerrado y distante, que ya se está alejando de mí y desplegándose en un lugar nuevo.

—Gracias —dices mientras me besas el interior de la muñeca.

—¿Por qué? —No soy capaz de desentrañar tu mirada y eso me pone nerviosa.

—Por la cena. —Recorres los surcos de la palma de mi mano con un dedo—. Y por ser comprensiva.

Siento rabia en las entrañas, pero no sé si estoy enfadada contigo por fingir que tengo elección o conmigo por ser incapaz de admitir lo mucho que quiero que te quedes.

—De nada —contesto de modo sarcástico, haciendo que frunzas el ceño y me sueltes la mano.

—¿Por qué te comportas así?

—¿Así, cómo?

Cierras los ojos sin responder. El aire es pesado y denso. Quiero que te marches y encuentres más espacio para ti mismo, pero has abierto de par en par algo que no puede cerrarse. Una parte de mí está resentida contigo por alejarte hacia una nueva vida y dejarme aquí, bordeando el contorno de tu ausencia.

—Me alegro de que te vayas —digo. Tú pareces herido.

—¿De verdad?

—Me alegro por ti.

—¿Y qué hay de ti?

Sacudo la cabeza. El espacio que nos separa resulta tenso, como si pudiera cortarse. Ojalá pudiera estirar la mano y tomar las cosas que deseo, pero no sé cómo hacerlo. Me termino lo que me queda de vino y siento un cosquilleo en las encías.

—Ven aquí —dices con suavidad. Entonces, mi cuerpo se tensa—. Por favor.

Extiendes el brazo hacia mí desde el otro lado de la mesa. Yo me pongo en pie y me muevo en tu dirección, buscándote entre la estática. Te aprietas contra mí y el aliento se me escapa de entre los labios como una bola arrugada. Me metes la mano por debajo del vestido y yo me dejo, ofreciéndote mi cuerpo como una oración. Cierro los ojos, intentando memorizar la aspereza de tu mejilla, el roce de tu lengua y el modo en el que mis pensamientos se disuelven en azúcar en tu boca. Nos sumergimos en el cuerpo del otro sobre las baldosas frías de la cocina, arañándonos las costillas hasta dejarnos marcas. Toco las moraduras con forma de mano que sangran bajo tu piel. Tú me miras y dices en un susurro:

—¿Qué vamos a hacer?

—No lo sé —contesto, intentando pensar con claridad.

Nuestro deseo inunda la casa de un olor carmesí, pura sangre y sal.

24

Tuve una hermana gemela que murió durante el embarazo de mi madre. Oí a mi tía mencionarlo en una ocasión, cuando vino a casa a tomar el té. Sus labios dejaron una mancha color coral en el borde de la taza. Mi madre me miró; después, le lanzó a mi tía una mirada cargada de significado y cambió de tema de conversación.

—No estaba destinado a ocurrir —me dijo en voz baja, acariciándome el pelo, cuando le pregunté más tarde.

Intenté imaginarme a mi hermana gemela a mi lado, haciendo girar mi cuerda de saltar o empujándome en el columpio. Me obsesioné con la idea de que formaba parte de mí; de que sus pensamientos y sentimientos se habían filtrado en mi cuerpo mientras compartíamos el útero y que, si aprendía a escuchar con la suficiente atención, podría llegar a ser capaz de comunicarme con ella. Por las noches, me quedaba tumbada en la cama, intentando comprender la textura de sus pensamientos, así como cuáles de mis sentimientos eran suyos y cuáles eran míos. Hablaba con ella mientras jugaba en el jardín o mientras chapoteaba en la bañera. Comencé a poner un plato para ella en la mesa del comedor y mi madre tuvo una charla conmigo.

—Era muy pequeña cuando murió —me explicó—. Estaba muy mal y no habría sobrevivido.

—¿Te pusiste muy triste?

—Sí. —Me acarició la mejilla—. Pero te tenía a ti, y tú me hiciste muy feliz.

Miré el cuchillo y el tenedor que había colocado sobre la mesa.

—¿Fue culpa mía?

—Ay, cariño… Por supuesto que no; no fue culpa de nadie.

Me dio un beso en lo alto de la cabeza y recogió los cubiertos sobrantes. Miré el asiento que había a mi lado y me sentí culpable, como si estuviera ocupando el espacio que le pertenecía a mi hermana gemela. No conseguía deshacerme de la sensación de que yo había recibido demasiado y mi hermana demasiado poco, como si yo me hubiera tragado todo lo bueno del útero materno de modo que a ella no le había quedado nada.

25

Yacemos en la cama con el pelo esparcido por el almohadón. Mis dedos trazan el contorno del helecho de tu antebrazo y una lámpara con cristales de colores cubre la habitación de un resplandor rosa.

—¿Qué quieres hacer? —me preguntas de forma tentativa.

—¿A qué te refieres?

—A nosotros.

Me quedo en silencio un momento, intentando llegar a una conclusión. Quiero estar contigo pero me da miedo decirlo en voz alta y admitir siquiera que quiero algo. Me aprieto las sábanas en torno al cuerpo.

—Tal vez deberíamos mantener una relación abierta —digo en voz baja—. Así, no hay tanta presión.

Entierras el rostro en mi hombro.

—De acuerdo.

—Bueno… ¿Es eso lo que quieres? —te pregunto mientras me giro para mirarte a la cara.

—¿Qué es lo que quieres tú?

Cierro los ojos. Me asusta la cavidad que has abierto en mi interior, desbordada de hambre y deseo, y, aun así, la idea de unos labios desconocidos rozando tu vientre hace que sienta vértigo, como si el suelo se hubiera abierto a nuestros pies.

—No lo sé.

Abres la boca para hablar pero, entonces, te detienes. Te imagino bajo unas palmeras, bebiendo cerveza, con la piel resbaladiza por el sudor, con los hombros flexibles desnudos en medio de la noche cerrada y riéndote en un idioma que no puedo comprender. La culpabilidad, sucia y ácida, me inunda la boca. Quiero que te vayas y que ocupes tu propia vida, pero me has hecho algo que no comprendo del todo. Estoy acostumbrada a ser independiente, a tragarme mis necesidades y seguir adelante como si nada. Sin embargo, ahora, siento cosquilleos de deseo en las plantas de los pies y entre los pechos. No soy de ese tipo de gente que se permite enroscarse con cuidado entre los pliegues de otra persona, pero tomaste mi caparazón moteado entre tus dedos amables y yo emergí de dentro, anhelante.

—Vamos a dejarla abierta por ahora. —Te acercas a mí bajo las sábanas—. No sabemos qué va a ocurrir.

—No —contesto con sinceridad—; no lo sabemos.

Nos despertamos al amanecer, hechos un ovillo bajo el murmullo dorado de la mañana. Tu pesada maleta está apoyada junto a la puerta.

—¿Crees que he tocado todas y cada una de las partes de tu cuerpo? —te pregunto mientras te rodeo con los brazos, con el vientre apretado contra tu espalda.

Te echas a reír.

—No lo sé; probablemente, no.

—¿Crees que no?

Quiero pasar los dedos por cada uno de tus rincones para dejar mis huellas sobre tu cuerpo como si fueran signos en braille. Cuando suena tu alarma, anunciando el final, entierro la cara en el almohadón.

Nos quedamos de pie en el andén mientras el tren del aeropuerto entra en la estación a toda velocidad, apartándonos el pelo de la cara. Me besas con fuerza y dices:

—Me visitarás, ¿verdad?

Cierro los ojos. Quiero que te vayas y sientas el sol desgarrándote el cuerpo; que te alejes de la moradura amarillenta que es la muerte de tu padre y que te desprendas de todo el peso con el que cargas. Entiendo la importancia de huir, pero me he abierto y temo volver a encerrarme en mí misma. De normal, soy la persona que se marcha y resulta extraño estar al otro lado. La idea se retuerce en mi estómago como un pez.

—¿Quieres que lo haga?

—Claro que sí.

Observo cómo arrastras tu maleta hasta el tren, ataviado con tus botas negras y tu chaqueta oscura y sucia. Los rizos te caen sobre los ojos, como si fueras un gato callejero. Un desconocido te hace una pregunta y contemplo cómo le contestas a través de la ventana. Ya has salido al mundo y te has alejado de mí. Te imagino con tus camisas coloridas, caminando por Barcelona entre las enredaderas que se desparraman de los balcones y los periquitos verdes que hay en los árboles, pero jamás te he visto en pleno verano y no sé cómo te afecta esa época del año. Cuando tu tren empieza a salir de la estación, presionas la nariz contra la ventanilla y agitas tu libro como si fuera un pañuelo. Me río y te despido con la mano hasta que el tren pasa junto a mí. Entonces, el rostro se me resquebraja y mi corazón se derrama entre las grietas.

26

Cuando era pequeña, mi padre me llevó a Durham y alquiló una barca de remos para pasar la tarde. Nos alejamos de la orilla y navegamos sin rumbo bajo los viejos puentes de piedra, alzando la vista hacia las constelaciones de musgo verde y los rayos de luz que se reflejaban en los ladrillos sucios y estirando el brazo para agarrar puñados de hojas de sauce llorón allí donde los árboles rozaban el agua turbia. Estaba disfrutando de su atención y observé cómo los músculos se le abultaban mientras empujaba los remos adelante y atrás con la cadena dorada que llevaba en torno al cuello resplandeciendo bajo la luz del sol. Llegamos a un recodo del río y él soltó los remos, dejando que flotáramos sin rumbo durante un rato. Yo me incliné por el lateral de la barca y metí la mano en el agua fría mientras observaba cómo el movimiento dibujaba anillos a nuestro alrededor. Me encantaba la sensación de estar a solas con mi padre, lejos de tierra firme, como si fuéramos las dos únicas personas del mundo.

El barco empezó a moverse y, cuando alcé la vista, me encontré con que mi padre nos estaba dirigiendo hacia la orilla con el remo. Saltó a tierra con un golpe sordo, se sentó en el tocón de un árbol, se encendió un cigarrillo y se rio de mi gesto de pánico cuando empecé a ir a la deriva, alejándome de él.

—¿Papá? —Lo llamé, tratando de agarrar los pesados remos.

—Solo tienes que empujar. —Soltó el humo—. Venga —añadió, riéndose de nuevo—. Puedes hacerlo.

Extendí los brazos hacia los remos para intentar empujar, pero estaban mojados y resbaladizos y mis brazos eran demasiado cortos. Observé con impotencia cómo la corriente me arrastraba, tirando de mí hacia el puente. Sentí ganas de vomitar al imaginarme lo que ocurriría si no conseguía ponerme a salvo y me pregunté si llegaría flotando hasta el mar.

—¿Papá? —grité de nuevo.

Entonces, él apagó su cigarrillo y, con sus largas piernas, comenzó a seguir la ribera a grandes zancadas. Rompió una rama y me la tendió para que la agarrara. Cerré las manos en torno a ella y él tiró de mí hasta tierra firme, sacudiendo la cabeza.

—¿Qué ha sido eso? —Contempló mi rostro pálido y me dio un apretón en el brazo, sintiéndose culpable—. No hay necesidad de ser tan blandengue.

—No he tenido miedo —mentí, desesperada por impresionarlo.

Sentía un miedo profundo a no ser lo bastante buena para él. Temía decepcionarlo y darle otro motivo para que me dejara atrás. Sacó un cigarrillo nuevo del paquete.

—Esa es mi chica. Claro que no has tenido miedo.

27

A los días les crecen hongos; una capa de vello en torno a los bordes. El invierno se asienta entre las grietas de la ciudad y salgo a pasear sola por el cementerio de Nunhead, pisando la escarcha perlada. En las noches frías, Rosa y yo bebemos vino tinto y, después, comemos *dumplings*. Los domingos por la tarde voy sola al cine y deambulo por la calle principal bajo la lluvia. Por las noches preparo estofado de guisantes y, desde la cama, envío solicitudes de empleo para trabajos que no deseo.

En el baño, me lavo la piel con jabón y descubro una pequeña moradura en el interior del muslo. La presiono con el pulgar hasta que me duele e imagino tus dedos clavándose en mi carne. Me percato de cómo cambia de negro a morado y cómo se convierte en un amarillo como el del cielo sobre una ciudad, lleno de polución, al amanecer. Es el último rastro de una época en la que casi nos pertenecimos el uno al otro. Te imagino trabajando en la universidad, lleno de ideas, bebiendo cerveza al atardecer, haciendo reír a tus colegas, con los brazos bronceados bajo las mangas subidas de la camisa y con un cigarrillo entre los dientes mientras le pides a un desconocido que te deje un mechero. Te visualizo invitando a alguien a tu apartamento y con la piel moteada por la luz de las velas. Entonces, un dolor agudo me atraviesa el pecho. Ojalá supiera cómo pedir las cosas que deseo en lugar de limitarme a tragármelas con un nudo de miedo y vergüenza en el estómago. No quiero poseerte, pero quiero algo, lo que sea, y esa idea me quema en la garganta hasta que empiezan a llorarme los ojos y la boca se me llena de un sabor amargo.

Pedaleo bajo la lluvia para ir a las tutorías con mis alumnos. El aroma de la cebolla y el ajo dorándose en sus cálidas cocinas hace que me sienta sola mientras me empapo de su calefacción central. Los niños leen las historias, enfurruñados, mientras yo envidio sus estuches organizados, sus horarios escritos a mano y la estabilidad digna de un reloj que hay en sus vidas. A veces, desearía que sus padres me invitaran a que me quedara a tomar el té. Los imagino preparándome un baño caliente, tendiéndome una toalla suave y asegurándose de que tenga todo lo que necesito.

Acepto turnos adicionales en la cafetería. Observo a la gente tecleando en sus portátiles y me quemo la muñeca al servir la espuma de leche. Clientes que me miran de arriba abajo intentan entablar una conversación conmigo y, por un momento, pienso en sus manos sobre mi cintura. Sin embargo, cuando cierro por la noche mientras la gente vuelve a casa corriendo por las calles bañadas de luz eléctrica para encontrarse con otros, solo puedo pensar en ti. En el bolsillo de mi abrigo encuentro una lista de la compra con tu letra y la dejo ahí dentro. Sentada en el piso superior del autobús que va al Soho, la froto entre los dedos mientras intento recordar qué era lo que, en el pasado, amaba de esta ciudad. Presiono el rostro contra la ventana, observando cómo los neones que hay sobre los restaurantes de kebab parpadean y se apagan con los tubos rotos y resquebrajados y el mercurio derramándose desde el interior.

Recorro las calles húmedas y oscuras, alzando la vista hacia las luces que cuelgan de las grúas y que envían señales de alerta rojas a los aviones que vuelan bajo. Una niebla espesa se asienta sobre el río. Me quedo en el centro del puente de Londres y no puedo ver nada. Entrecierro los ojos ante la bruma blanca y pienso en ti. Saco mi teléfono y escribo:

«¿Dónde estás?».

Entonces, lo borro.

<h1 style="text-align:center">28</h1>

Un día, en el colegio, a la hora de comer, mi mejor amiga Tara arrancó una página de su libro de Matemáticas y escribió en ella nuestros nombres con florituras moradas.

—Vamos a puntuar los rasgos de la otra —me dijo.

Yo la miré.

—¿Qué quieres decir?

Presionó su bolígrafo de gel sobre el papel.

—Por ejemplo: yo sería preciosa si no fuera por la nariz. Así que mi nariz recibe un uno, pero mis ojos pueden recibir un ocho.

Fruncí el ceño.

—¿Por qué querríamos hacer algo así?

—Venga ya… —replicó, poniendo los ojos en blanco—. Solo es un juego. —Dibujó un corazón junto a mi nombre—. A tu pelo le doy un nueve, pero tus piernas son más bien un seis.

Me sentí indispuesta. Tenía mucho miedo de no ser lo bastante buena y no ser capaz de cumplir las expectativas que se tenían de mí. Bajo la falda del colegio, crucé los muslos, intentando hacer que mis piernas tuvieran mejor aspecto.

—¿Qué pasa? —dijo ella mientras sonreía de medio lado—. Solo estoy siendo sincera. Yo odio mi barriga, así que, en ese caso, me doy un cero.

Durante el descanso para comer, hicimos fila en la cafetería, ansiosas por el hambre.

—Das asco —se burló un chico al que no conocía de nada cuando pasó a mi lado. Llevaba el pelo brillante por la gomina y los hombros se le marcaban bajo la camisa del colegio.

Puse los ojos en blanco cuando sus amigos pasaron junto a mí como una oleada de desodorante Lynx y rabia contenida mientras coreaban: «Das asco, das asco, das asco».

Escogí un *panini* de jamón y queso, cuya grasa empapaba el papel en el que estaba envuelto. Me lo metí en el bolsillo de la americana y me dediqué a arrancar trocitos y metérmelos en la boca mientras deambulaba por los terrenos del colegio con el brazo de Tara entrelazado con el mío o mientras me sentaba con las piernas cruzadas sobre la hierba.

—¿Sabías que tienen muchas calorías? —Mi amiga arrugó la nariz.

—Tengo hambre —contesté, encogiéndome de hombros.

Tara frunció los labios, pero no dijo nada. Me sentí avergonzada y me estiré la falda para cubrirme los muslos mientras me prometía a mí misma que, la próxima vez, escogería mejor. Siempre caía en la tentación y optaba por pan tostado y queso fundido en lugar de por una ensalada sosa y húmeda, por lo que comía con prisa y torpeza. Todavía no había aprendido a silenciar mis deseos y, con una sensación de culpabilidad, acababa sucumbiendo todas y cada una de las veces.

A veces, me llevaba la comida de casa. Me sentaba en el comedor con un grupo de chicas. Manteníamos las piernas cruzadas, los codos pegados al cuerpo y las fiambreras de plástico sobre las rodillas. Algunas de ellas traían comidas olorosas como pasta con atún o huevos cocidos, así que nos alejábamos de ellas mientras nos cubríamos las bocas y las narices con las manos y a ellas les ardía el rostro. Otras chicas no podían comer mientras las miraba la gente, así que desmenuzaban sus sándwiches en pedacitos pequeños y daban bocados furtivos cuando pensaban que nadie las estaba observando.

Varias chicas, sentadas con las piernas abiertas, comían hamburguesas y se lamían el kétchup del dorso de las manos. Eran graciosas y un poco masculinas. Llevaban los cordones sueltos y zapatillas de deporte y no parecían preocupadas por encajar con nuestros cuerpos ansiosos. Yo observaba sus dedos gruesos e inteligentes y cómo caminaban con los hombros relajados y las rodillas un poco dobladas, como si fueran las dueñas del mundo entero.

29

Salgo a bailar con mis compañeros de piso, vestida con purpurina y pieles. Mientras esperamos en medio del frío que hace en la cola, nos vamos pasando una botella de ginebra.

—¿Estás bien? —me pregunta Ada con amabilidad mientras me ofrece darle una calada a su cigarrillo—. Estás un poco callada.

—Tiene el corazón roto —gorjea Dan, haciendo que ponga los ojos en blanco.

—No es muy propio de ti. —Ada se acaba la ginebra—. Normalmente, eres muy independiente.

—Estoy bien. —Me rodeo el cuerpo con el abrigo—. Solo es cansancio. Estaré bien en cuanto entremos.

En la puerta, mostramos las muñecas para que nos pongan el sello y, después, nos topamos con un muro de ruido y calor. Escondemos nuestros abrigos en un rincón y me acerco a la barra mientras intento deshacerme de los pensamientos que giran en torno a ti. Sin embargo, tengo las palabras de Ada pegadas a la piel. Estoy acostumbrada a ser independiente y se me da bien ir a mi aire, pero, ahora, todos mis pensamientos están atrapados en tu persona y no sé cómo desprenderme de ellos. Me enfado contigo por quitar el tapón de mi vida a la fuerza para, después, abandonarme aquí, deslumbrada por el cielo. Pido una copa y me la bebo de un trago, aliviada de que no estés aquí para arrastrarme hacia ti y recordándome que soy una persona por mí misma y que puedo hacer lo que quiera.

Busco a Ada y a Dan entre la multitud y nos movemos al mismo son bajo los focos ardientes. La camiseta dorada de Ada, que le deja el ombligo al descubierto, resplandece con las luces estroboscópicas mientras Dan da vueltas en círculos con la camiseta desteñida empapada en sudor. Cierro los ojos y me concentro en mi cuerpo, sintiendo cómo las estrellas surgen de mi interior y me inundan la boca. La sangre me arde en las venas y noto las extremidades sueltas, ligeras y suaves como la mantequilla.

Un desconocido me mira a los ojos desde el otro lado de la habitación y se dirige hacia mí con anillos en los dedos y un canuto colgándole de entre los labios. Me acerco más a él, bailando, e inhalo su aroma a cerveza y almizcle mientras el humo de la hierba se me enrosca entre el pelo. No lo deseo, pero quiero ser deseada. Quiero sentirme brillante y poderosa, menos permeable, como si fuera algo sólido. Me apoya las manos en la cintura, que está desnuda bajo la camisa anudada, y yo se lo permito mientras me sumerjo en la música con los brazos dibujando siluetas en el aire. Acerca su rostro al mío y pienso en Rosa intentando encender su cigarrillo contra el viento mientras me decía que quería ser amada. Su lengua es gruesa y húmeda y, entonces, recuerdo el sabor de la palabra «casa» cuando cruzaba tus labios, resplandeciente, segura y pura. El desconocido aprieta más su cuerpo contra el mío, así que le apoyo las manos en los hombros y lo empujo hacia atrás con cuidado.

—Voy fuera a tomar un poco el aire —le digo al oído.

—Voy contigo —contesta mientras le da una palmadita al tabaco que lleva en el bolsillo de la camisa.

—No, gracias. Estoy bien.

De camino a la salida, paso junto a Ada y a Dan, que se mecen bajo la bola de discoteca.

—Bien hecho, amiga —me grita Dan con los pulgares en alto. Las pupilas le dan vueltas y se enjuga la frente con el dorso de la mano.

Me deleito con el golpe de aire frío y noto cómo las gotas de sudor que me recorren el cuello se evaporan. Me siento sobre un barril de cerveza que está bocabajo y observo a las personas que me rodean mientras hablan. En los límites de mi visión, las puntas naranjas de sus cigarrillos son como diamantes partidos. Desde el interior me llegan las vibraciones del bajo, pero todo me parece monótono. Mi teléfono se ilumina con un mensaje tuyo.

—Joder —mascullo en un susurro.

Entonces, lo abro. Me has mandado una foto de tus botas de montaña abandonadas bajo un pino y la luz parece muy diferente, amarilla y pura. Hay otra fotografía de una casa okupada llena de guirnaldas de papel y de gente bebiendo cerveza en el exterior, sentada en sofás rotos. Hay una captura de una frase que has subrayado en un libro pero no puedo discernir las palabras, ya que estoy demasiado distraída con el contorno serrado de la uña mordida de tu pulgar.

«Te deseo», tecleo a modo de respuesta. Entonces, la borro, pero las palabras resplandecen como neones tras mis párpados. Te deseo. Deseo la sal de tu piel, el gris de tus ojos y el modo en el que mi nombre se desprende de tu lengua, húmedo. Soy una experta en tragarme mis necesidades y anhelos, enterrándolos en las profundidades y siguiendo adelante con mi vida, pero mis reglas están rotas y todo está desbordándose hacia el exterior. Te envío una hilera de palmeras y tú contestas con un signo de interrogación.

30

Tara y yo nos tumbábamos en el parque para beber sidra dulce y pegajosa y paseábamos en torno a las urbanizaciones con los brazos entrelazados y las bailarinas baratas empapadas de lluvia. Veíamos *The Hills* y *The O.C.* en la MTV, anhelando unas extremidades torneadas y atardeceres de color rosa pastel e imaginándonos bulevares flanqueados por palmeras y puestos de trabajo en *Teen Vogue*. Nunca soñábamos con convertirnos en médicas, abogadas o empresarias, pero sabíamos que la belleza tenía el poder de hacernos libres, pues era sedosa, llena de lentejuelas y suponía una oportunidad de lograr algo mejor. Olíamos el glamur que desprendían las chicas más guapas de los últimos cursos de secundaria, aquellas que conseguían trabajo bailando en ropa interior en las tarimas del club más pijo de Newcastle, en el que, en una ocasión, habían visto a Kanye West con una botella de vodka Grey Goose. Conocíamos a una chica que se pasaba los fines de semana en la terminal de llegadas del aeropuerto local con las gafas de sol puestas con la esperanza de que alguien la reclutara como modelo y se la llevara a un lugar más deslumbrante.

Vimos a Victoria Beckham encogerse en su asiento de la Copa del Mundo y trazamos la curva de los muslos de Kate Moss ataviada con su minivestido de lurex dorado en Glastonbury. Ardíamos de anhelo cuando las lentejuelas caían de los hombros estrechos de las gemelas Olsen y suspirábamos de envidia ante las margaritas que Peaches Geldof tenía tatuadas en torno al vientre y que la estrechaban hasta darle una silueta más pequeña y angulosa. Presenciamos cómo Alexa Chung dibujaba una larga línea negra con sus vaqueros ajustados y nos comimos con los ojos a Cassie de Skins, con su melena angelical y su vestido verde y dorado, mareada por las pastillas bajo la luz del amanecer.

Aprendimos el idioma de la autodestrucción a través de los huesos de las caderas y el *heroin chic*. Las mujeres a las que admirábamos podían hacer cualquier cosa si eran lo bastante guapas y delgadas. Alardeaban de su apetito por el sexo y las drogas y eran chicas divertidas que podían cargar con todo el bullicio del mundo entre sus dedos esbeltos siempre y cuando no comieran demasiado. Lo asimilábamos todo, comprendiendo que teníamos que sacrificar el sabor y el sentirnos llenas a cambio de la belleza y las deslumbrantes luces de los clubes. Aprendimos a reprimir nuestras necesidades para poder rozar el placer; para estirar las manos y agarrarlo nosotras mismas.

Todas las mujeres que conocíamos estaban a dieta. Estaba la dieta Atkins, la de la sopa de repollo, la «2-4-6-8» y aquella tan rápida y drástica que, supuestamente, recomendaba la British Heart Foundation a los pacientes que estaban a punto de someterse a alguna operación.

Las revistas del corazón destrozaban a las estrellas de los *reality shows* cuando estaban en la playa, ataviadas con sus bikinis, y rodeaban sus vientres con los anillos fluorescentes de la vergüenza.

«¡El michelín cervecero de Jade!», nos gritaban las portadas mientras hacíamos cola en el quiosco para comprar bolsas de Space Raiders, aquellos aperitivos con forma de alienígenas. «¡La impactante barriga de Kerry!».

La belleza era trascendental y se hallaba lejos del atractivo fluorescente de los restaurantes de kebab, de las ofertas 2×1 de los supermercados y de las uñas largas y acrílicas escarbando con necesidad. Ojeábamos con detenimiento el catálogo de Jack Wills y enterrábamos las caras entre aquellas chicas elegantes con piernas largas que languidecían sobre pacas de heno, brillando bajo el resplandor de un sol de aspecto caro. La delgadez nos parecía deslumbrante, propia de personas educadas y ricas; de mujeres que controlaban su apetito porque siempre podían saciarlo. Mirábamos boquiabiertas las fotografías de los foros en favor de la anorexia, acercándonos cada vez más al peligro, y firmábamos los mensajes que nos mandábamos con las palabras:

«Mantente delgada <3».

Nos animábamos la una a la otra, nos saltábamos la comida juntas y bebíamos latas de Coca-Cola light para calmar el hambre. Después, juntábamos todo el dinero para la comida y nos lo gastábamos en alcohol. Yo me llevaba un termo de café instantáneo al colegio y me pasaba el día bebiendo tazas aguadas, apretándome las manos contra el estómago revuelto e ignorando la sensación de pesadez que sentía tras los ojos. A veces, compartíamos un recipiente de ensalada o un paquete de Quavers y observábamos con envidia cómo la otra se iba encogiendo mientras ambas deseábamos ser cualquier otra persona que no fuera nosotras mismas.

Un invierno, tanto Tara como yo sufrimos la «enfermedad del beso».

—Creo que debes de contagiarte con las mamadas —dijo mi amiga con tono sabio, pero lo más probable era que nos la hubiéramos pasado entre nosotras al compartir latas calientes de Red Bull y tubos pegajosos de brillo de labios.

Yo me pasé una semana en la cama, sumiéndome una y otra vez en sueños febriles, con la garganta inflamada y dolorida. Tara se puso tan enferma que tuvieron que ingresarla y tuvo que faltar al colegio durante seis semanas.

Cuando entró en el aula el primer día de su regreso, toda la sala se quedó en silencio. Las chicas se amontonaron a su alrededor con la envidia rozando sus muñecas.

—Eres diminuta —cacareaban, maravilladas por sus muslos encogidos y sus pómulos afilados.

Cuando vi su carita pequeña al mirarme, me estremecí. Fue como si hubiéramos estado al borde de un precipicio y me hubiera percatado por primera vez de la caída cavernosa que se abría a nuestros pies.

31

Me mandas largos correos electrónicos sobre tu investigación, tu nueva bicicleta roja, los artistas y activistas a los que estás conociendo y las bibliotecas llenas de luz. Me escribes sobre la independencia de Cataluña, sobre las calles repletas de lazos amarillos, sobre el hormigueo de la ruptura y sobre el mundo despedazándose a sí mismo.

«Demasiadas salidas —tecleas cuando el Reino Unido talla una cicatriz en la piel de Europa—. ¿Cuándo voy a encontrar una entrada?».

Estás lleno de ideas y observaciones, y avanzas a toda prisa, dejando atrás todo lo viejo.

Imprimo tus correos y los guardo doblados dentro de mi cuaderno para poder tener algo a lo que aferrarme. Me escribes sobre nuestros cuerpos pegados y sobre cómo no dejas de encontrar hebras de mi melena en tu jersey. Me dices que piensas en mí cada vez que nadas desnudo en el mar frío y verdoso. Paso los dedos sobre las letras que tecleas con las manos, imaginándome la textura de tu piel. Sin embargo, lo único que siento es tu ausencia, tan pura y dolorosa.

La costra calcárea de los días se forma en mi interior. Los bloques de pisos se recortan, afilados, contra un cielo que les hace frente a duras penas. Presento una solicitud para escribir artículos en una revista de peluquería, para hacer de niñera, para vender entradas en un teatro y para trabajar como becaria en un museo, pero no recibo respuesta. En la cafetería, la gente me devuelve el café, diciendo que lo quieren especialmente caliente, y yo les preparo uno nuevo sin molestarme en explicarles que la leche es delicada y se quema demasiado rápido.

Los padres de mis estudiantes están estresados por las lecciones de piano, las clases de francés y los exámenes de acceso a los colegios privados.

—No sé qué vamos a hacer si no consigue entrar —susurra una madre ansiosa sobre la cabeza de su hija de once años—. La escuela pública del barrio es una pesadilla.

—Entrará —le digo mientras meto los libros dentro de mi mochila.

La madre suspira mientras descarga la bolsa de la compra sobre la isla de la cocina.

—Ay, mierda. —Abre la cremallera de su monedero—. Se me ha olvidado ir al cajero. ¿Puedo pagarte la semana que viene?

—No hay problema —contesto con una sonrisa alegre a pesar de que ya me falta dinero para el alquiler.

Compruebo mi teléfono mientras desato la bicicleta y veo que he recibido un nuevo mensaje tuyo.

«Estoy sentado en lo alto de una colina desde la que se ve toda la ciudad. Aquí, parece como si las calles estuvieran en llamas. Acaba de llover y el cielo está del color de un melón cantalupo. Las nubes parecen limones amoratados y estoy sentado bajo un naranjo. Estoy escribiendo en mi diario, preguntándome quién recoge las naranjas cuando caen del árbol y qué le pasa después a la fruta. Es el tipo de pregunta que harías tú, lo que ha hecho que me diera cuenta de que, en realidad, te estoy escribiendo a ti. ¿Por qué no vienes y te quedas un mes conmigo? Podemos vivir a base de olivas y cerveza barata. Podemos caminar bajo las palmeras y nadar en el mar. Podrías dar algunas clases. Podemos hacer que funcione. ¿Qué te parece?».

Vuelvo a casa en bicicleta en medio de la luz menguante y paso volando frente a paradas de autobús y tiendas de barrio con el pelo flotando a mi espalda, entrelazado con el humo del tráfico. Quiero preparar una maleta e ir directa hasta ti y, aun así, tengo miedo de lo rápido que hemos caído en esto y del poco control que tengo sobre lo que siento. Estoy intentando vivir de un modo diferente, tomar las decisiones correctas y saber qué es lo que quiero en esta ocasión.

Me mandas fotos de cipreses, de la luz sobre el agua azul y de un cielo que tiene el color de las posibilidades. Nos imagino recorriendo las calles antiguas y comiendo naranjas bajo un cielo violeta. Visualizo días convirtiéndose en noches oscuras como el vino, motocicletas que sueltan petardazos y el sol atrapado en nuestras pieles. Pienso en lo fácil que me pareció todo en la casa de Highgate y el recuerdo está bañado de una luz suave. Sé que debería intentar olvidarte, pero pensar en ti enciende la parte de mí que desea cosas inalcanzables como la belleza o las tormentas y me precipita hacia una sensación que no puedo explicar.

Recuerdo cómo te sientes al irte, al observar a la gente que sale a correr o que va de camino al trabajo, todo ello cubierto por la certeza liviana y sin ataduras de que te estás marchando, mientras la ciudad se vuelve cada vez más pequeña conforme la vas dejando atrás y el cielo entero se derrama a través de la ventanilla del avión.

Tal vez, en un lugar nuevo, contigo, podría convertirme en una mejor versión de mí misma; alguien que fuera más ligera, más despreocupada y menos intensa. Tal vez podría suavizar las partes afiladas y serradas de mí misma y, de ese modo, tú no tendrías que llegar a descubrirlas jamás. Seré siempre brillante, resplandeciente y luminosa; el tipo de mujer que conoce los nombres de todas las hierbas y las especias, que no tiene miedo del placer y que se ríe fuerte y con ganas, mostrando todos los dientes.

PARTE DOS

32

El avión dibuja círculos sobre el mar antes de aterrizar. El cielo está teñido de un color rosa salmón y el aire huele a mantequilla caliente. Arrastro mi maleta con ruedas entre las palmeras mientras me desenredo el pelo con dedos ardientes. La ciudad es tuya y, en ella, no hay ni rastro de mí. Te mando un mensaje con torpeza.

«Estamos en la misma zona horaria».

Me respondes rápidamente.

«Delicioso».

Me bajo del tren y serpenteo por las calles cada vez más oscuras en dirección a tu apartamento, que está pagado por la universidad. Enredaderas de aspecto gomoso se descuelgan de los balcones. En medio de este calor, hay ropa tendida como si fuera una serie de banderines de colores y la sisa de las camisetas está amarillenta a causa del sudor viejo. Hay hombres sentados en bares fluorescentes, masticando pulpo mientras ven partidos de fútbol en grandes pantallas de televisión y sacuden la ceniza de sus cigarrillos a través de las ventanas. Las mujeres, ataviadas con vaqueros ajustados y peinados enormes, beben vino tinto frío en las mesas que hay en la calle mientras se ríen y hacen repiquetear las uñas sobre las copas. Los punkis se sientan en los parques con latas brillantes de Estrella y sus perros estirados frente a ellos, atados con trozos de cuerda. Me siento cohibida por el ruido de mi maleta de ruedas y, bajo las gruesas medias negras, tengo la piel húmeda y pegajosa. Me vibra el teléfono al recibir un mensaje tuyo.

«¿Dónde estás? No puedo soportarlo más».

Doblo una esquina y encuentro tu apartamento escondido en un rincón ruinoso de Poble-sec. Hay bicis atadas a las farolas con doble candado y grafitis garabateados en las paredes. Presiono el timbre y el interfono emite un chasquido.

—Sube rápido —dices—. Cuarto piso. No hay ascensor. ¿Necesitas que baje a ayudarte con tus cosas? —Me detengo un momento, saboreando la idea de que estés tan cerca de mí y nerviosa por qué pensaremos el uno del otro, ahora que nos ha cambiado la distancia y el aire cálido y amarillento. Tu voz ronronea a través de la caja metálica—. ¿Subes?

—No te preocupes; puedo arreglármelas.

La puerta de tu apartamento está entreabierta y la empujo. Tú estás ahí, tostado por el sol, con un chaleco corto arrugado y los gemelos manchados con el aceite de la bicicleta bajo unos vaqueros cortos y negros. Nos quedamos mirándonos fijamente un momento mientras los meses que hemos pasado separados se expanden entre nosotros como la niebla. Me aparto el pelo de los ojos con cuidado, preguntándome si tendré un aspecto diferente y deseando haberme cambiado de ropa al bajar del avión.

—No me puedo crees que estés aquí —dices con timidez mientras me arrastras hacia ti. Entonces, mis dudas se disipan entre tus manos. Hueles a sudor y a mar y siento un cosquilleo en la piel. Entierro la cabeza en tu hombro, inhalando tu aroma—. ¡Joder! —Te fijas en mi maleta—. ¿Has cargado con eso por las escaleras? ¡Te habría ayudado! ¿Por qué no me lo has dicho? —Te apoyo un dedo sobre los labios y te beso con fuerza—. Dios… —murmuras—. Te he echado tanto de menos…

Veo un destello en las paredes y miro a mi alrededor. El apartamento tiene techos altos y está abarrotado de muebles oscuros y sombras violetas. Has colocado ramos de mimosas de un amarillo brillante en viejos tarros de olivas y sus hojas dibujan patrones en el techo. Todas las superficies están cubiertas de velas y se han formado espirales de vapor sobre dos cuencos de estofado.

—¿Tienes hambre? —me preguntas.

Te miro con ternura.

—¿Has hecho todo esto para mí?

Te muerdes las pielecillas que tienes en torno al pulgar.

—Sí… ¿Te gusta?

Te imagino caminando hasta casa con los brazos llenos de flores, cortando los tallos y enjuagando la sal de los tarros de olivas.

—Sí —digo en voz baja y con la piel sonrojada por el placer.

Voy hasta el balcón y bajo la vista hacia la calle. Las motocicletas pasan renqueando y los monopatines traquetean sobre el asfalto. Debajo de la ventana hay una hilera de naranjos y hay gente paseando por la acera a sus perros, cuyos ladridos resuenan entre los edificios antiguos. Puedo ver el interior del apartamento que está justo enfrente del tuyo. Hay un anciano sentado en una cama blanca que está justo debajo de la ventana abierta. Está fumándose un cigarrillo bajo el resplandor de una lámpara de noche. Inhalo la textura de tu nueva vida. Hay ollas y sartenes apiladas en un fregadero pequeño y del balcón has colgado una toalla a rayas para que se seque. Me preocupa que pueda parecerte que, aquí, estoy fuera de lugar; que mis movimientos son ruidosos y desgarbados y que mi piel pálida es casi translúcida.

—¿Quieres comer aquí fuera?

Cargas con los dos cuencos y una jarra alta de agua. Yo asiento.

—Aquí huele muy diferente. Lo he podido notar en cuanto he bajado del avión.

—¿Tú crees? —Colocas la comida sobre un taburete de madera y me lanzas un cojín para que me siente—. ¿A qué huele?

—Como a algo ardiendo. O derritiéndose. Como si todo estuviera en llamas.

Me quito las medias y las cuelgo de la barandilla. El aire es como un bálsamo para mis piernas calientes.

—Oh. —Te pones de rodillas en el suelo y me besas los gemelos—. He echado de menos tus piernas.

Me río y, después, me estremezco cuando me levantas la falda y me besas las rodillas y dentro de los muslos. Entierras tu lengua en mi interior y cierro los ojos. Respiro el aire chamuscado, los gases de los tubos de escape y la cera de vela ardiendo. Había sentido miedo de verte en tu nueva vida, en un lugar cuya forma no conozco. Me había preocupado que todo el mercurio que había entre nosotros se hubiera disipado con la distancia. Sin embargo, mientras el calor me inunda el vientre, me doy cuenta de que hemos sobrepasado el punto en el que podíamos elegir. Nos estamos adentrando en las profundidades de algo húmedo, rojo y peligroso; de un amor tan crudo que casi puedo olerlo. Te clavo las uñas en la cabeza mientras la ciudad sigue quemándose a nuestros pies. Con tu lengua, me estás haciendo una pregunta, y yo te respondo con todo el cuerpo.

Tienes una cama individual, así que dormimos muy apretados, con el vientre aplastado contra una columna y las rodillas encajadas entre sí. La luz del día se vierte a través de las persianas. Te remueves y abres los ojos, bostezando como un gato con la boca abierta de par en par.

—Hola —susurro mientras me pasas los dedos por la cadera.

—Estás aquí de verdad —murmuras—. Pensaba que había sido un sueño.

—¿Te complace que sea real? —te pregunto, preocupada por estar entrometiéndome en tu nueva vida. Aprietas tu rostro aún más contra el mío y, con cuidado, me das un tirón en los labios con los dientes.

—Me complace mucho —respondes contra mi boca.

Entierro la cara en tu cuello e inhalo el aroma amargo de tu sueño. El vello de tu pecho me pincha la lengua mientras recorro con ella tu contorno. No sé qué estoy haciendo aquí exactamente, pero me pierdo entre la sacudida agria de tus muslos. Sé que no debería depositar mis necesidades en ti, pero se derraman de entre mis labios y estallan sobre tu cuerpo, empapándote de deseo. Presionas los labios sobre las venas que me tiñen las muñecas de violeta y quiero pelarte; quitar la piel que te cubre el corazón para encontrar tu núcleo reluciente.

33

Cuando acababa de mudarme a Londres, me sentía torpe e inepta, como si fuera diferente a las personas que conocía en los bares y en las fiestas y cuya piel brillaba gracias a algo que sabía que no podía permitirme. Creía que la gente educada y glamurosa podía controlar sus apetitos y me sorprendí al descubrir que mis nuevos amigos hablaban de comida a todas horas. Compartían recetas de los periódicos y libros lustrosos de gastronomía. Tenían chefs y restaurantes favoritos y pedían pizza de masa madre para llevar. Yo no comprendía el idioma que hablaban. Era un mundo muy diferente a aquel en el que había crecido, en el que las mujeres se solidarizaban las unas con las otras con sus procesos de Slimming World y hablaban el lenguaje de las fajas reductoras y las básculas de baño. Mis nuevas amigas competían entre sí y cada una de ellas aseguraba estar más hambrienta que la anterior. Yo no sabía si su hambre era auténtica o si tan solo era otro tipo de actuación que yo no podía comprender. Las mujeres que conocía de mi ciudad se enorgullecían de lo poco que se permitían comer; admiraban la disciplina de las otras y su capacidad para menguar.

Al principio, apartar mi hambre a un lado dejó más espacio en mi interior para poder sentir todo lo demás. Anhelaba los colores, el peligro y la belleza; cosas que parecían alejadas de la monótona rutina diaria de comer, dormir y mi nuevo trabajo en un pub. Disminuí mis necesidades de comida, seguridad y comodidad en busca de la poesía y la magia. Quería vivir como un rayo, lo que me parecía lujoso y fuera de mi alcance.

Después del trabajo, salía casi todas las noches. Tomaba del brazo a chicas que olían a Marlboro y pachuli, bailaba sobre el asfalto y besaba a desconocidos en la oscuridad. Mis días eran compactos y estaban muy controlados pero, por las noches, me permitía soltarme y me rendía ante una maraña de sonidos, luces y sueños. Íbamos al apartamento de alguien, comprábamos ginebra y limones en la tienda de la esquina, bailábamos sobre el sofá al ritmo de Fleetwood Mac y rociábamos la moqueta de ceniza de cigarrillo. Nos tumbábamos sobre la hierba húmeda de los parques, atrapando estrellas con las puntas de las pestañas. Mis nuevas amigas decían cosas como: «Este parque no tiene un buen corazón» o «El cielo se está desmoronando». Yo entendía lo que querían decir y entrelazaba mis dedos con los suyos mientras corríamos a través del amanecer lavanda con los abrigos flotando tras nosotras.

Conocí a unos estudiantes de arte que me llevaron al aparcamiento de un supermercado, donde posé para sus portafolios a medianoche, desnuda bajo un abrigo de pieles y con el humo de los cigarrillos dibujando espirales ante los focos delanteros de un coche. En un bar, conocí a un grupo de mujeres con tatuajes en la cara que me metieron en un taxi y me sirvieron vino en su cocina industrial mientras las bolas de discoteca esparcían motas de plata por toda la habitación. Bebía un Bloody Mary a la hora de la comida y, después, iba en bicicleta al trabajo, me estrellaba contra el retrovisor de un coche, me hacía cortes en las rodillas y el vestido se me pegaba a las heridas rojas y pegajosas durante el resto del turno. Vivía a base de café solo, tostadas y vodka y nunca tenía resaca. Corría hacia el caos, lo que me hacía sentir bien en ciertas condiciones: que el caos pendiera de mis reglas secretas como una fuerte columna vertebral de control; como un desorden con su propia lógica interna.

En una zona de fumadores, le pedí a un hombre un cigarrillo mentolado. Su rostro parpadeaba bajo una luz roja. Me sentía invencible, como si necesitara menos que otras personas. No necesitaba comer, dormir o pasar las noches viendo la televisión. Era un destello de neón con la melena de fibra óptica y la energía estática crepitando entre mis dientes. Ninguna de mis acciones parecía tener consecuencias.

—Me siento como si estuviera al final de un largo túnel y la realidad estuviera al otro lado —le dije al hombre—. ¿Sabe lo que quiero decir?

Él se echó a reír, sujetando el mechero frente a mi rostro.

—No mucho, preciosa. Aunque suena bien. Dame de lo que sea que te hayas tomado.

34

Te pones una camiseta cualquiera arrugada y bajas corriendo a la calle para ir a la panadería. Yo te observo desde el balcón. Las piernas largas te asoman por los vaqueros cortos y llevas el pelo enmarañado. Saludas con un gesto de la cabeza al frutero, que está frente a la puerta de su tienda, junto a las ciruelas oscuras, pensativo. Preparo café en tu fogón diminuto y echo un vistazo a tu apartamento. Mientras toco las tazas y las cucharas tan poco familiares, me siento como una extraña; como una chica gigante en una casa de muñecas. Miro tu bañador, que se está secando en el balcón, y las fotografías desconocidas que hay enmarcadas sobre la pared. Entonces, me siento inquieta, como si apenas te conociera. Me tranquilizan tus botas abandonadas en un rincón y tus libros, que están apilados en la mesa de la cocina con las cubiertas mostrando títulos que ya he visto antes. La piel me vibra con los rastros de tu persona y dejo que la sensación me recorra de arriba abajo tras haber sentido tu ausencia durante tanto tiempo.

Subes corriendo las escaleras e irrumpes por la puerta, aferrando una bolsa de papel que brilla por la grasa.

—He comprado bollería —dices con una sonrisa.

Desprendes emoción y se me contrae el estómago. Quiero disfrutar del pequeño placer que me ofreces sin darle demasiadas vueltas y esparcirme migajas por el regazo, pero me siento demasiado expuesta bajo el sol ácido y se me cierra la garganta.

—Maravilloso —miento.

Después, llevo dos platos al balcón. Nos sentamos sobre las baldosas calientes con los pies descalzos apoyados sobre la barandilla. Cierro los ojos ante la luz de la mañana y, cuando los abro, ya te has terminado el cruasán y tienes migas pegadas a los labios.

—¿No vas a comerte el tuyo? —me preguntas.

Siento la cara encendida porque me estás ofreciendo una alegría sencilla y soy incapaz de tomarla.

—No tengo demasiada hambre —mascullo—. Creo que debe de ser cosa del vuelo.

—¿Estás segura? —dices con el ceño fruncido—. ¿Quieres alguna otra cosa?

—Estoy bien. —Le doy un trago al café.

—¿Puedo comérmelo yo?

Extiendes la mano. Por un momento, pareces un niño y sonrío mientras te tiendo mi plato. Observo cómo masticas y tragas mientras te estiras bajo el sol como si fueras un gato. Me ruge el estómago y lo presiono con las manos para que se detenga. Te enciendes un cigarrillo y le doy una calada de entre tus dedos, llenando el hueco vacío que hay en mi interior con humo y alquitrán.

35

De adolescente, pasaba los fines de semana lluviosos en el sótano de una librería de Darlington, mirando las guías de viaje. Me sentaba con las piernas cruzadas sobre la moqueta rasposa, abría páginas al azar y pasaba los dedos sobre los tejados de terracota y los cielos de un azul imposible mientras leía palabras en idiomas diferentes y probaba cómo sonaban con mi lengua.

Encontré un libro repleto de edificios en espiral con coronas y criaturas aladas incrustadas, ramas de piedra enredándose las unas con las otras y ventanas inundadas de luz. El libro decía que los había construido un arquitecto catalán llamado Antoni Gaudí, así que leí sobre él con avidez, reteniendo sus formas y colores en mi interior mientras salía a la húmeda calle principal y pasaba frente al bazar cerrado. El pavimento estaba gris por la lluvia.

Con veinte años, cuando vivía en Londres, conocí a Dylan. Era un diseñador gráfico al que le gustaban las líneas despejadas y rectas y las camisetas negras sencillas. Se frotaba un frasquito de aceite en la barba para que le quedara suave y metía hormas en sus botas de cuero para que conservaran la forma. Tenía siete años más que yo y su vida parecía real y sólida, mientras que la mía no era más que un primer borrador, apenas formada.

Cuando llevábamos un año de relación, compró billetes de avión para que fuéramos a Barcelona. Bebimos vino tinto frío en las terrazas de barès pequeños y observamos a los periquitos mientras caminábamos con los brazos entrelazados por las calles cálidas y densas, tomándonos fotos el uno al otro con cámaras desechables. Yo me sentaba en el balcón diminuto de la habitación que habíamos alquilado y miraba cómo la iglesia se teñía de dorado en la montaña del Tibidabo, y todo me parecía un sueño febril.

Fuimos a visitar la Sagrada Familia y Dylan se negó a pagar para entrar.

—Es una trampa para turistas. —Se recolocó las gafas de sol—. ¿Por qué no vamos a hacer algo auténtico?

—Pero esto es auténtico… —Alcé la vista hacia las torres a medio construir, las espirales de las agujas y los ángeles que se estiraban hacia el cielo.

—De todos modos, es un poco fea —dijo Dylan. Yo me sentí avergonzada por pensar que era hermosa cuando él sabía mucho más que yo sobre el mundo—. Además, ya la he visto antes.

Me quedé atrás mientras me fijaba en cómo la luz atravesaba las vidrieras y absorbía las palmeras con su color verde oscuro y deslumbrante.

—Venga, vamos.

Dylan me arrastró a un museo. Lo contemplé con su ropa negra y elegante, recortado contra las paredes de la galería, y me sentí desastrada y desgarbada, como si mis sueños cargados de ángeles fuesen horteras. Demasiada decoración, demasiadas hojas y demasiadas flores. Lo escuché mientras hablaba sobre las lisas esculturas de arcilla y comprendí que necesitaba refinar mis gustos, deshacerme del caos y reducirme al mero borde limpio de un hueso.

36

Unas barras doradas destellan sobre tu rostro cuando el tren sale de la ciudad. Apoyo la cabeza contra la ventanilla y contemplo cómo los bloques de pisos desteñidos por el sol dan paso a un resplandor de piedra blanca. Tú vas leyendo un libro con la mano apoyada en mi pierna y el aire acondicionado hace que se te erice el vello de los brazos.

Nos bajamos del tren en Vilanova i la Geltrú y pasamos frente a cafeterías, tiendas de móviles de colores fluorescentes, estancos que venden cigarrillos y tarjetas de rasca y gana, y montones de naranjas y plátanos apilados frente a las fruterías con las pieles calientes por el sol.

—¿Quieres tomar un vermú? —me preguntas mientras recorremos una plaza moteada de luz. Bajo un toldo descolorido, unas sillas de metal rascan el pavimento. Nos sentamos y nos protegemos los ojos de la luz. Tú le echas un vistazo a la carta—. Mira, tienen berenjenas con miel. Están muy buenas. ¿Las has probado alguna vez? —Niego con la cabeza—. ¿Quieres que pidamos?

Me limpio las gafas de sol con el dobladillo del vestido. Me resulta difícil probar comidas nuevas y en este lugar me muestro dubitativa, pues no estoy muy segura de quién soy bajo un cielo más brillante y temo equivocarme y no ser lo bastante buena.

—Sí —contesto con una sonrisa forzada—. Suena bien.

Me miras por encima de la carta.

—No estás segura.

Por un segundo, la decepción te tiñe el rostro y llego a verla antes de que te desprendas de ella.

—Sí, estoy segura —digo con una voz que no es la mía—. Pidámosla.

La berenjena llega caliente y con un rebozado ligero. Entrechocas tu copa con la mía y las uvas negras estallan sobre mi lengua.

—¿Qué te parece? —preguntas, nervioso.

Siento la garganta tensa y los muslos pegados a la silla. Ensarto la berenjena con el tenedor. Está blanda y crujiente y me trago las partes de mí misma que protestan. Ya he perdido demasiado tiempo.

—Está muy buena.

Hago caso omiso del aceite que tengo en los labios y me centro en el dulzor, en el rebozado ligero y en la carne suave y cálida del interior. Te echas sal en la mano con el salero y la espolvoreas con los dedos. Atrapo la oliva que hay en mi copa y me la como, obligándome a centrarme en tus brazos largos, en las servilletas de papel blancas y en el cielo totalmente despejado.

—Aquí, la vida es buena —dices mientras te recuestas en tu asiento. Yo te observo, insegura y con envidia de cómo la ciudad parece haberse abierto para ti y la facilidad con la que tú has entrado en ella—. ¿En qué piensas? —me preguntas. La preocupación te forma arrugas en torno a los ojos.

—En nada.

Regreso de golpe al presente y sonrío.

—¿Vamos a la playa? —dices mientras rebuscas el dinero en tus bolsillos.

Llegamos a un puerto y el mar se arruga a nuestros pies como una lámina de papel de plata. La sal que desprende el agua me cubre el pelo y la piel. Me detengo un momento, inhalando.

—Echaba de menos el mar —digo en voz baja.

Tú presionas los labios contra mi hombro.

—Yo te echaba de menos a ti.

Trepamos por las rocas y desembocamos en un paseo costero sinuoso. Caminamos junto a las vías del tren y nos apoyamos contra los arbustos de romero silvestre cuando los trenes pasan a nuestro lado en un borrón de luz y velocidad. De la tierra ardiente surge el aroma del limón y el eucalipto. Un avión pasa sobre nuestras cabezas y pienso en el cielo pesado de Londres, en mi madre, que estará en su cocina pequeña y brillante de Bishop Auckland, y en toda la distancia que hay entre nosotras. Observo cómo levantas polvo con las botas frente a mí y me pregunto si de verdad es posible convertirse en alguien diferente que come cruasanes y berenjena con miel bajo un cielo en expansión, o si siempre seré simplemente yo.

Encontramos una cala, bajamos por un sendero rocoso y lanzamos nuestras mochilas sobre la arena. Las olas son enormes y rompen contra la orilla, bañándola de espuma. Todavía no es primavera, pero el sudor se me acumula entre los pliegues de la piel y me quito la ropa sin pensarlo, ansiosa por meterme en el frío del agua. No hay nadie en los alrededores, así que miras mi cuerpo desnudo y te quitas los pantalones cortos. Nos sumergimos en el mar mientras la espuma burbujea a nuestro alrededor. El gélido oleaje es un alivio para mi piel; se apodera de nuestros cuerpos y tira de nosotros con la corriente. Nos vemos arrastrados bajo las olas y emergemos riéndonos. La alegría surge en mi interior como una joya dura y brillante.

Flotamos un momento en la superficie y, después, volvemos nadando hasta la playa. Me tomas de la mano y me subes a las rocas. Tu piel resbala sobre la mía. El deseo me atraviesa y me rindo a él, desprendiéndome de la preocupación por la comida y por tu apartamento desconocido y de la inseguridad con respecto a mi presencia en tu nueva vida. Sabes a limón y a sal y me abro a ti. Siento como si mi hambre pudiera devorar el mundo entero.

Más tarde, cuando volvemos a tu apartamento con el pelo rizado por el agua del mar, cortamos aguacates con cuchillos de cocina sin filo y apilamos sus pieles duras sobre una tabla de cortar de madera. Corto un mango en trocitos y me lamo la pulpa naranja de los dedos. Bates limón y vinagre blanco en una taza y esparces la mezcla sobre unas hojas de rúcula. Yo echo un puñado de pipas de girasol, que golpean el cuenco de cristal como la lluvia. Me siento segura y como con avidez, sentada en tu balcón mientras el atardecer rosado cae a nuestro alrededor y el hielo se derrite con rapidez en nuestros vasos.

Me besas el hombro desnudo y dices:

—Salado.

Sobre nuestras cabezas, los aviones dejan sendas ardientes en el cielo.

—¿Crees que esos aviones de verdad están volando justo sobre nosotros? —pregunto—. ¿O están en algún otro lugar, más lejos?

—Supongo que podrían estar en cualquier parte del norte de España —contestas—. Tan solo parece que están justo por encima de nosotros. Creo que tiene algo que ver con la luz.

Nos quedamos sentados en silencio, con los cuerpos exhaustos por la sal y el azúcar. Muerdo una onza de chocolate negro y me deja un regusto amargo en la lengua.

Dejamos las persianas abiertas para que la luz de la luna nos bañe y nos derrumbamos sobre tu cama con arena entre las sábanas. Siento un cosquilleo en la piel por los rastros del sol.

—¿Has disfrutado del día? —murmuras con las palabras pesadas por el sueño.

—Sí. —Curvo mi cuerpo para pegarlo al tuyo—. ¿Y tú?

Cierro los ojos y me recorre el movimiento de las olas. Pienso en el cielo rosado, en la berenjena con miel, en la ilusión de los aviones volando sobre nosotros y en cómo las cosas parecen más cercanas de lo que están en realidad. Visualizo nuestros cuerpos desnudos en el agua fría, moviéndose bajo la espuma, y algo antiguo y que se me había encostrado en las entrañas comienza a resquebrajarse. Se trata de una pequeña fractura; un destello de luz, un atisbo de otra forma de ser.

37

Al comienzo de mi decimosexto verano, me encontré de pie en la bañera vacía de la trastienda de un salón de belleza, ataviada con unas bragas de papel y temblando.

—Las manos sobre la cabeza —dijo la esteticista con una sonrisa mientras blandía una boquilla con la que me rociaba con un líquido naranja—. Tengo que hacerte las tetas o no quedará natural.

Steve, el nuevo novio de mi madre, nos llevó de vacaciones a Grecia. Era mi primer lugar cálido y el sol envolvía el mundo en unas formas que nunca antes había visto. La luz brillante hacía que las casas encaladas y las aguas esmeraldas parecieran muy puras, como si, hasta ese momento, tan solo hubiese presenciado una versión barata del mundo.

El deseo estaba echando raíces en mi interior, pesado y verde. Se desplegaba bajo el calor amarillento y se apretaba contra la pared de mi estómago, envolviendo mi columna en espasmos. Mi madre se untó las piernas con crema solar y yo me estiré sobre mi toalla, ataviada con un bikini de leopardo. Me conté las costillas con los dedos, nerviosa por mi vientre expuesto y el tamaño de mis muslos. Cerré un poco los párpados tras las gafas de sol con forma de corazones y observé el cielo infinito con los ojos entornados. Me quedé dormida y me desperté con una sombra cerniéndose sobre mí.

—Vaya tetas más grandes, ¿no? —comentó una voz masculina, riéndose, y el cuerpo se me tensó a modo de respuesta.

—¿Algún problema, amigo? —dijo Steve en tono de advertencia, con sus características palabras suaves listas para atacar.

Abrí los ojos y me encontré con un chico adolescente, alto y bronceado, que estaba de pie sobre mí. El agua le brillaba sobre el pecho desnudo y tenía los rizos oscuros recortados contra el cielo. Pasó los ojos sin vergüenza por todo mi cuerpo y yo metí la tripa.

—Vete a la mierda, muchacho —gruñó Steve.

El chico se encogió de hombros y se alejó.

El pecho se me agitó con una sensación rezumante y peligrosa que no podía nombrar. Me asustaba la forma despreocupada en la que aquel chico mostraba sus deseos y anhelaba la misma indiferencia para mí misma. Sabía que Steve lo había alejado para protegerme, pero no quería que me protegieran. Quería conocer el placer, habitar con facilidad mi piel bajo el sol. Me sentía incómoda con mi cuerpo pero no con mi sexualidad, pues me parecían cosas interconectadas pero separadas. Quería que me miraran y quería poder mirar.

Las paredes del apartamento de alquiler eran finas. No dejaba de dar vueltas bajo una única sábana y el sudor me mantenía despierta. La cama de mi madre chirriaba en la oscuridad y sus jadeos y gemidos se amontonaban en los rincones de mi habitación. Enterré el rostro en el almohadón y empecé a contar ovejas, estrellas y botellas de cerveza, pero el chico de la playa se abrió paso a empujones hasta mis sueños.

Por la mañana, estaba bebiendo zumo de naranja en una silla de plástico de terraza cuando rocé con los dedos un insecto negro que me sobresalía del muslo. Intenté apartarlo con la uña, pero se mantuvo aferrado.

—Ay, cariño… —Mi madre se quitó las gafas de sol al percibir mi pánico—. Es una garrapata. Se te habrá pegado entre la hierba alta. Espera un segundo, voy a buscar las pinzas para las cejas.

Sentí náuseas mientras observaba cómo estrujaba su cuerpo hinchado, rojo, negro y gordo gracias a mi sangre.

Regresamos a la playa e hice una mueca mientras caminaba sobre las piedras ardientes con los pies descalzos y la cabeza palpitándome por el calor. Mi madre se metió en el agua y me fijé en cómo las caderas se le desparramaban sobre la parte inferior del bikini y en los pelos rizados de la espalda de Steve.

—¡Métete! —me dijo con una carcajada mientras chapoteaba bajo el cielo—. Estamos en el mar Mediterráneo. ¿Puedes creértelo?

Los vi nadar hasta una piedra negra que había en el agua y me protegí los ojos del resplandor mientras buscaba al chico de los rizos oscuros con la esperanza de que volviera mientras ellos estuvieran lejos. Quería refrescarme en el agua, pero me preocupaba que fuese a disolver el espray bronceador y la gente descubriera que estaba fingiendo; que no me sentía cómoda con mi cuerpo; que jamás había visto el sol partiendo un higo en dos o que mis deseos nunca resultaban lujosos. Sabrían que deseaba demasiado y que ni siquiera podía darle un nombre a ese deseo; que quería que me miraran pero me daba demasiado miedo devolver la mirada.

38

El fin de semana es inesperadamente cálido y nos tumbamos en la arena sobre una manta mientras leemos y bebemos cerveza con limón. Sacas una lata de melocotón en almíbar, giras la anilla y abres la tapa.

—No he vuelto a comerlo desde que era pequeña —digo con una sonrisa mientras tomo un trozo resbaladizo y el dulce almíbar me corre por los brazos hasta los codos.

—Están bien para traer a la playa. —Metes toda la mano dentro de la lata—. No se pudren al sol.

Mantengo el tierno trozo de fruta en la lengua, intentando recordar cómo me sentía siendo una niña, cuando comía cualquier cosa que me apeteciera sin darle demasiadas vueltas.

Observamos a las personas que nos rodean, esparcidas por la arena. Un grupo de hombres está jugando a vóleibol con bañadores negros estilo Speedo. Tienen los vientres lisos y los músculos se les tensan cuando se estiran para tocar la pelota. Una mujer se escurre agua del pelo y las gotas reflejan la luz como si fueran cuentas de cristal. Una niña pequeña, que tendrá unos cinco o seis años, corre por la playa con las braguitas del bikini y el pecho desnudo.

—Aquí, me siento mucho mejor habitando mi cuerpo —dices mientras te incorporas y te sientas con las rodillas dobladas y los talones separados.

—¿Qué quieres decir?

—No lo sé. Supongo que vengo mucho a la playa. —Sonríes—. Pero creo que, aquí, la gente acepta mucho más los cuerpos. Son menos mojigatos.

—¿Por el clima cálido?

—Tal vez. Es solo que me siento más presente en mi propio cuerpo, más cómodo conmigo mismo.

Miro tu pecho aniñado, tus caderas estrechas y la tinta de tatuaje que se arremolina bajo tu piel, dibujando hojas y pétalos.

—A mí me gusta tu cuerpo —digo, oculta tras las gafas de sol.

Me apoyas la mano en la espalda.

—A mí también me gusta el tuyo.

Soy consciente del elástico del bañador, que se me clava en los muslos, de los granos de arena que se me pegan a las piernas y de la tela ajustada que me cubre los pechos. Cuando salgo del mar, me preocupa el pliegue húmedo de licra que resalta la curva de mis caderas y la redondez de mi vientre, así como los ojos que se detienen en mi pecho durante demasiado tiempo mientras recorro la playa. Siempre me he sentido demasiado presente en mi cuerpo, consciente de la tensión de mi piel sobre los huesos. Pensaba que la libertad consistía en olvidarse del cuerpo propio, pero tal vez no sea cierto.

—¿Es que antes no te sentías cómodo con tu cuerpo? —te pregunto mientras se me cae un trozo de melocotón sobre la arena.

Tú lo piensas un instante.

—En realidad, no. No me sentía dentro de mi cuerpo. Era como si ni siquiera estuviera ahí; como si hubiera desaparecido de su interior.

—Eso suena agradable.

—No lo era. —Te proteges los ojos del sol—. Era como si solo existiera a medias.

—¿Y por qué te sentías así?

—La verdad es que no lo sé. No lo odiaba. Ni lo amaba. Sencillamente, no significaba nada para mí. No era más que un recipiente.

Estiro la mano y te toco el brazo. Me pregunto qué es peor: ser consciente de tu cuerpo con cada pequeño movimiento o sentir que ni siquiera está ahí, contigo.

—No puedo imaginármelo —digo. Doy un sorbo de cerveza y noto la arenilla que se ha quedado atrapada en el borde.

Tú entierras los dedos en la arena, incómodo.

—Tal vez sea diferente para las mujeres.

Me quedo callada, pensando en todos los lugares pequeños en los que mi cuerpo se ha visto forzado a encajar, en las manos descarriadas y en las miradas persistentes que nunca pedí. Me pregunto qué supone acumular todas estas esquirlas diminutas de violencia como si fueran las cuentas de un collar, comunes y anodinas, enroscadas con fuerza en torno a mi garganta.

La niña pequeña se dirige corriendo hacia el agua y se tropieza en la arena. Rompe a llorar y su madre se acerca a toda prisa y la toma en brazos con el vientre flácido y surcado de estrías. Intento imaginarme qué sentiría al portar otro cuerpo en mi interior y si, en tal caso, me cuidaría mejor. Pienso en mi propia madre y en la hija que perdió, preguntándome qué se siente al perder una parte de ti mismo que también es parte de otra persona. Intento imaginar cómo sería desaparecer de mi cuerpo del modo que tú describes. Creo que eso es lo que iba buscando cuando bebía, cuando me moría de hambre, cuando iba a correr o a nadar… Cosas que me sacaran de mí misma. Y, aun así, nunca pude escapar; siempre me veía arrastrada de vuelta a la tierra por los contornos de mi carne y la inescapable realidad de mi esqueleto enterrado bajo todo ello.

La madre sacude la arena de las rodillas de su hija y se las besa. Recuerdo cómo mi madre solía hacerme lo mismo para quitarme el dolor y el pecho me duele al pensar en todas las maneras en las que no he cuidado de mí misma desde entonces. Veo cómo el padre de la niña abre una neverita llena de refrescos y bocadillos envueltos en papel de plata. La pequeña toma uno y él le sonríe. Después, despliega una toalla y la envuelve con ella con fuerza, manteniéndola sana, salva y calentita.

39

Cuando acabé el colegio, celebramos un baile de promoción para los de último curso. Todo el mundo había empezado a pensar en ello años antes de que ocurriera. Mirábamos las fotografías de las chicas mayores que nos habían precedido y nos dedicábamos a criticar sus peinados y admirar sus vestidos. Nuestros sueños estaban teñidos de bronceador en espray y colores pastel mientras planeábamos cómo llevaríamos el pelo y las uñas y cómo serían las fiestas posteriores. Nerviosas, nos preguntábamos si alguien nos pediría que fuéramos su pareja. La gente alquiló limusinas para que la llevara al recinto mientras todos bebían Shloer en copas de champán de plástico y gritaban desde el techo corredizo del vehículo con el viento cargado de suciedad enredándoles las extensiones del cabello.

El divorcio de mis padres finalizó unas pocas semanas antes del baile y mi madre me llevó a comprar vestidos como una especie de disculpa. Mientras toqueteábamos las nubes de tul y los broches de pelo repletos de diamantes falsos, parecía cansada.

—Son como vestidos de novia —dijo mientras sacudía la cabeza y se retorcía de forma inconsciente el dedo anular, que llevaba desnudo.

Acabé escogiendo una prenda corta y negra de Topshop.

—¿Crees que me queda bien? —pregunté mientras encogía el vientre dentro del probador.

—¿A ti te gusta? —Comprobó la etiqueta del precio.

Miré mi reflejo sonrojado con el ceño fruncido y me ahuequé el pelo.

—Eso creo.

Ella sonrió con un gesto de aprobación.

—Bueno, eso es lo más importante.

El día del baile, me sentí enferma por culpa de los nervios. Me depilé las piernas con cuidado y me delineé los ojos de negro. Me calcé los zapatos de tacón y salí dando tumbos hasta el jardín para hacerme la fotografía. Sentía que mi cuerpo, ataviado con un vestido corto y negro, era todo un escándalo. Tenía las piernas a la vista y los pechos apretujados dentro de mi nuevo sujetador sin tirantes.

—Estás preciosa.

Mi madre hizo varias tomas con su cámara digital mientras yo posaba, incómoda, junto a un rosal.

—¿Estás segura? —le pregunté mientras jugueteaba con el dobladillo del vestido.

Empezó a sonar el teléfono, así que ella entró para contestar la llamada y me dejó sola, hundiéndome en el césped.

—Es tu padre —dijo con gesto dolido mientras me pasaba el móvil con cuidado, como si fuera peligroso.

—Pásalo bien esta noche. —La voz de mi padre sonaba ronca—. Haz que tu madre te saque muchas fotos. Ten cuidado, ¿de acuerdo?

Mientras me llevaba a casa de Tara, mi madre permaneció en silencio. El asiento del coche hacía que me picara la parte trasera de las piernas y me sentía nerviosa al pensar en las miradas de todos mis compañeros del colegio, que se me clavarían en la piel como astillas.

Mi madre me lanzó una mirada mientras cambiaba de marcha.

—Ten cuidado en la fiesta posterior. Llámame si quieres volver a casa.

—Voy a estar bien —espeté. Condujo en silencio durante un rato y me mordí el labio—. ¿Crees que mi vestido es demasiado corto? —le pregunté, preocupada, conforme entrábamos en la calle de Tara.

Ella le echó un vistazo a mis piernas.

—Bueno, ahora ya es un poco tarde.

—¿Entonces, crees que es demasiado corto? —insistí, entrando en pánico.

Mi madre negó con la cabeza.

—Ese vestido costó caro, cariño. No deberías habértelo comprado si no estabas segura.

Sentí cómo se me endurecía el estómago.

—¿Estoy horrible?

Ella frunció los labios.

—Ya basta, estás preciosa. ¿Qué te ocurre?

Aparcamos frente a la casa de Tara. El aire del coche estaba cargado. Sentí náuseas al ver la onda de satén rosa y amarillo que había en el jardín delantero y el destello fantasmal de las cámaras a plena luz del día.

—Bueno, pásalo bien —dijo mi madre sin mirarme.

Tragué saliva con fuerza mientras abría la puerta. La madre de Tara se acercó hacia nosotras como un suspiro, ataviada con un vestido largo veraniego y una copa de *prosecco* en la mano.

—Sarah —gorjeó, dirigiéndose a mi madre—, pasa y tómate una copa.

Mi madre se miró los vaqueros y la camiseta vieja que se había puesto.

—Oh —comentó, mirándome a mí—. No, será mejor que me marche. Mira cómo voy vestida.

La madre de Tara nos dedicó una sonrisa resplandeciente.

—No seas tonta; estás bien. Pasa. Iré a buscarte una copa.

Los padres de mis amigas estaban en el jardín delantero, vestidos con camisas de manga corta y vestidos florales, sonriendo tras las gafas de sol y sujetando copas cálidas de vino.

—Chicas, estáis todas preciosas —comentó con un guiño de ojos un padre borracho, que portaba una cámara.

Era cierto que mis amigas estaban preciosas con sus elegantes vestidos, los labios pegajosos y brillantes, y los ojos ahumados y resplandecientes. Tiré hacia abajo del dobladillo de mi propio vestido, eché los hombros hacia atrás y respiré hondo. Miré a mi alrededor, buscando a Tara, pero no pude encontrarla entre las sonrisas cubiertas de brillo de labios y la nube de perfume. Una hilera de banderines de plástico ondeaba en la brisa.

Mi madre estaba sola en una mesa, picoteando el contenido de un cuenco de patatas fritas. Alguien le pidió que tomara una foto y observé cómo uno de los padres rodeaba con el brazo la cintura de su esposa mientras la hija de ambos se colocaba entre ellos con su vestido rojo y largo, centelleante y orgullosa. A mi madre se le crisparon las mejillas y, entonces, nuestras miradas se cruzaron.

—¿Te avergüenza estar aquí, conmigo? —me preguntó mientras cruzaba el césped hacia ella. Se me estaban formando ampollas en los pies por culpa de los tacones.

—¿Qué?

Aquello me desconcertó. No estaba avergonzada; estaba demasiado centrada en sentirme mal con mi propio cuerpo, atormentada por los nervios y anticipando ya las fotografías que se subirían a Facebook al día siguiente.

Mi madre sacudió las llaves del coche.

—Me voy a casa.

—¿Qué? ¿Por qué?

Ella tenía el rostro tenso.

—Es evidente que no quieres que esté aquí. Ni siquiera me hablaste de todo esto.

Miré a mi alrededor, preocupada de que los demás pudieran estar escuchándonos.

—No lo sabía.

Quería que estuviera presente, pero podía ver lo dolida que estaba y lo pequeña que se sentía entre aquellas familias borrachas y sonrientes con sus colores radiantes.

Dejó la copa sobre la mesa.

—Me marcho. Disfruta de la noche.

Me senté en el borde de una silla de plástico, pestañeando para deshacerme de las lágrimas y observando a mis amigas con sus preciosos vestidos. No podía comprender qué había hecho mal; tan solo sabía que mi madre estaba sufriendo y que la maldad que sentía se había pegado a mi cuerpo y goteaba desde el dobladillo de mi vestido, dejando a la vista mis muslos. No podía evitar sentir que mi madre se había marchado porque yo no era lo bastante brillante o lo bastante bonita; que ninguna de las dos éramos lo bastante buenas para mi padre y que la tristeza se aferraba a nosotras, dando a nuestra piel un resplandor enfermizo. La promesa que representaban mis compañeras de clase me parecía distante, como si se dirigieran hacia un lugar lleno de luz; un lugar al que no podía seguirlas.

Más tarde, miré las fotografías en Internet y vi mi fracaso escrito en mi pose torpe y en mi gesto de incomodidad. Después de aquello, me pasé toda una semana a base de tostadas y agua, castigando a mi cuerpo por habernos defraudado tanto a mi madre como a mí.

40

Te despiertas temprano, me das un beso en el hombro y sales de la cama. Te oigo hacer ruido por la cocina y, después, bajar las escaleras con fuerza para marcharte al trabajo. Cierras la puerta de golpe a tus espaldas. Yo me quedo tumbada en la oscuridad, sola, observando las láminas amarillas de luz que se cuelan a través de las persianas y escuchando las voces que resuenan en la calle más abajo y que no puedo entender, así como el ruido metálico del butanero al transportar las bombonas de gas entre los altos edificios.

Preparo café en tus fogones y me lo bebo en una silla de madera. Entonces, me fijo en mi maleta, que está olvidada en una esquina de la habitación. Miro tus pilas de libros y papeles, las chaquetas que cuelgan de la parte trasera de la puerta y los platos amontonados en el fregadero. Tu desorden me reconforta, pues es la evidencia de una vida, pero, aun así, soy demasiado consciente de que todo son cosas tuyas. Pienso en las escasas pertenencias que he dejado en Londres, apiñadas en cajas que he metido debajo de la cama mientras un desconocido subarrienda mi dormitorio. Quiero esparcirme, desordenada y expansiva, pero me da miedo tener más cosas de las que pueda meter en un par de maletas que sean compactas y fáciles de transportar. Una parte irritante de mí misma se pregunta si todo esto, el jugar a vivir aquí contigo, no será más que una distracción para no construir nada real en Londres.

Me pongo un vestido ligero y salgo a la luz del día. Paro en la frutería y lleno una bolsa de plástico con cerezas mientras sonrío al vendedor, esperando que no me haga ninguna pregunta que no pueda contestar. Me siento insustancial, cohibida en mi papel de forastera que es incapaz de pedir lo que necesita.

Atravieso Sant Antoni y me adentro en el Raval mientras contemplo las enredaderas que se enroscan en los balcones y los edificios estrechos y en decadencia con la colada tendida en las alturas, por encima de la calle. Algunas de las vías son tan estrechas que los apartamentos opuestos están separados por apenas unos metros y se inclinan hacia delante, como si fueran a derrumbarse. Parece como si fuera muy fácil saltar de un apartamento a otro, de balcón a balcón, pero, entonces, pienso en lo difícil que es realmente dejar atrás una vida y colarse en otra.

Las calles son caóticas y hermosas, con adoquines que forman dibujos y mosaicos de azulejos, tiendas de comestibles teñidas de oro por las especias, escaparates cubiertos de pasteles y plazas bañadas de luz. Me pregunto si podría construir mi propia vida aquí; si podría quedarme más tiempo o qué significaría vivir contigo en condiciones. Sin embargo, recuerdo que apenas nos acabamos de conocer y me siento avergonzada, así que me deshago de esos pensamientos.

El hedor de la orina y de la fruta podrida emana de las alcantarillas mientras me abro paso entre bares con luces rojas y bazares abarrotados, de cuyas puertas cuelgan ristras de luces de plástico y plantas enmarañadas. Solía encantarme la emoción de estar en un lugar nuevo, de sentir mis capas exteriores resquebrajándose y pelándose o de aprender la cadencia de una forma diferente de vivir, pero mientras veo los escaparates de las tiendas llenos de imanes de nevera y camisetas de fútbol o a la gente bebiendo cerveza bajo el sol del mediodía, me siento desconectada de todo ello. Pienso en mi madre, trabajando en un *call center* y respondiendo llamadas todo el día. El peso de esa idea me aplasta y me hace sentir una desagradecida por estar en una ciudad arrasada por el sol, bajo un cielo azul brillante, sin ser capaz de abandonarme a todo ello.

Paso frente a un grupo de hombres que están sentados en una plaza y que me miran abiertamente.

—Hola, señorita —me dicen con voces incitantes y cargadas de humo. Tienen los párpados pesados y sonrisas despreocupadas en el rostro.

Los ignoro y atravieso la plaza mientras siento el aguijón de sus ojos sobre la piel. Sé que se olvidarán de mí en cuanto doble la esquina, lo que es un alivio, y, aun así, siento en mi interior una necesidad de algo sólido que crece con cada día que pasa. Estoy cansada de vivir de forma precaria, rodeando los límites como una extraña atrapada en la periferia de una fotografía; como una mujer sin rostro y sin nombre que solo está de paso.

41

Un fin de semana, Dylan tuvo que viajar por trabajo y me dejó las llaves de su apartamento blanco y limpio. Caminé por allí descalza, tocando las encimeras vacías. Le gustaban las paredes lisas, los muebles sencillos y que todo estuviera recogido y sin adornos. Mi maleta vomitó ropa en el pasillo, creando desorden y caos. La vida de Dylan era elegante y cuidada. En ella me sentía vulgar, como si me faltara el buen gusto y tuviera demasiadas posesiones baratas; como si ocupara demasiado de su espacio ordenado y limpio.

Me coloqué frente al espejo de su dormitorio y me miré la curva de las caderas, los pechos redondeados, el estómago pálido y las estrías marmoladas que me marcaban los muslos. En el exterior, mi cuerpo parecía muy tranquilo. No había rastro de las cosas que le había hecho: ni cicatrices, ni cortes, ni moraduras; ninguna evidencia de la incomodidad ardiente y roja que crecía entre mis huesos. Me pregunté cómo era posible existir de ese modo, con un aspecto tan ordinario y, aun así, llena de una agitación tan grande bajo la superficie.

Las ventanas estaban abiertas y había albañiles trabajando en la casa que estaba al otro lado de la calle. Estaban subidos en un andamio con los pechos desnudos quemándose bajo el sol. Oí un grito atrapado en el aire cálido, pero hice caso omiso mientras levantaba los brazos por encima de la cabeza y observaba cómo se me elevaban los pezones. Tomé aire, preguntándome qué aspecto tendría si hubiera menos de mí misma, o si mi cuerpo me sentaría mejor si tuviera más espacio a su alrededor.

—¡Eh, preciosa! —Resonó una voz contra la ventana. Dirigí la vista hacia el resplandor, buscando el rostro que emitía aquel sonido—. ¡Qué sexi! —dijo la voz de nuevo—. ¡Eh, chica sexi!

Al echar la vista hacia afuera vi una hilera de albañiles apiñados sobre una plataforma de madera, mirándome directamente a través de la ventana.

—Mierda —susurré mientras me dejaba caer de rodillas y me arrastraba por el suelo para salir de la habitación.

Estuve a punto de reírme. Tenía que marcharme a trabajar y, preocupada, me puse un vestido limpio, pensando en el momento en el que tuviera que dejar el piso y enfrentarme a los albañiles sin la protección del muro exterior. Sin embargo, no había manera de evitarlo. Respiré hondo, me puse unas gafas de sol, abrí la puerta y salí a la luz del día. Caminé por la calle a toda prisa, sin mirar hacia arriba y clavándome las uñas en las palmas de las manos con la esperanza de que no se hubieran fijado en mí.

Había recorrido la mitad de la calle cuando oí unos pasos pesados golpeando el pavimento a mis espaldas. Alguien venía corriendo detrás de mí, así que, en un momento de pánico, aceleré el ritmo. Conforme los pasos se acercaban, me sentí acalorada y mareada. Oí el ruido de unas llaves chocando. Un hombre estiró el brazo y me agarró del hombro. Entonces, me di la vuelta para mirarlo a la cara. Se trataba de uno de los albañiles. Estaba cubierto de una capa de polvo amarillo y llevaba el cuello de la camiseta roto. Me fijé en los músculos abultados bajo las mangas cortas y en el tatuaje negro que le rodeaba el bíceps. Olía a sudor rancio y a luz de sol.

—Estoy trabajando en la casa que está enfrente de la tuya —dijo con una sonrisa mientras me apartaba de él con la ira nublándome la visión.

—Sí —contesté—; me he dado cuenta.

Por un instante pareció avergonzado pero, entonces, volvió a sonreír.

—Tan solo quería pedirte el número de teléfono.

—¿Qué? —Lo miré, boquiabierta.

—¿Tu número? Me gustaría que tuviéramos una cita.

—No. —Sacudí la cabeza y me giré para darle la espalda mientras buscaba las palabras adecuadas. Me sentía como la rabia misma, como si fuera una línea roja palpitante—. No —dije de nuevo con la lengua hinchada e inútil dentro de la boca.

Él observó cómo me alejaba por la calle. Me temblaban las manos. Me sentía invadida, como si hubiera metido los brazos por la ventana y me hubiera tocado el cuerpo desnudo con sus manos fuertes y curtidas. Una parte de mí, horrible y exasperante, encontraba aprobación en sus acciones; una sugerencia de que, tal vez, después de todo, mi cuerpo no fuese tan repugnante. Odié aquella idea porque no quería que mi opinión de mí misma estuviera definida por los hombres y, aun así, en muchos sentidos, ya lo estaba. Mientras me subía al autobús, me sentí avergonzada y patética, como si hubiera defraudado a alguien.

Más tarde, cuando se lo conté a Dylan, me dijo:

—Qué raro, ¿no? Siempre te pasan esas cosas.

42

Voy al supermercado y compro todo lo que necesitamos para la semana. Apilo con cuidado las latas de garbanzos y lentejas dentro de los armarios, alineo los tarros de arroz y pasta, lavo las verduras y coloco la fruta en un cuenco. Doy un paso atrás y contemplo mi obra, satisfecha. Pero, entonces, un miedo irritante me invade y comienzo a reordenar los estantes. Me preocupa haber comprado demasiado, que nunca seamos capaces de comérnoslo todo y haber revelado que hay algo hambriento y deficiente en mi interior. Sé que tengo que enfrentarme a esta sensación; que no pasa nada por comprar lo que necesito para sobrevivir o, a veces, más. Aun así, me descubro empujando las abultadas bolsas de cuscús y los paquetes de galletitas saladas al fondo del armario, allí donde no pueda verlas.

Decido visitar el Mercat de Sant Antoni antes de que regreses del trabajo. Tomo un pequeño papel azul de una máquina de plástico y espero con paciencia mientras un hombre con gorro blanco y guantes destripa un bacalao y echa puñados de gambas, cuyas cáscaras repiquetean contra el metal, sobre una báscula. Escojo unos mejillones enormes con las valvas cubiertas de algas y agua salada. El hombre los envuelve en plástico y yo me los llevo a tu apartamento. Quiero llenar el espacio con algo hecho por mí y demostrar que soy capaz de escoger, que ya no estoy cautiva del miedo que se ha enroscado en mis entrañas durante tanto tiempo.

Busco las instrucciones en Internet, preocupada por cocinar mal los mejillones y que acabemos los dos intoxicados. Lleno de agua una olla oxidada y espero a que salgan burbujas. Entonces, añado sal, ajo, perejil, limón y una caja entera de vino blanco barato. Pongo a Billie Holiday y su voz quebradiza inunda el eco del apartamento mientras un aire cálido sopla a través de las puertas abiertas del balcón. Echo a la olla un puñado de mejillones y me quedo nerviosa junto al fogón, observando cómo el vapor les abre las valvas, saladas y jadeantes. Esparzo una cucharada colmada de mantequilla sobre una *baguette* crujiente y la caliento en el horno.

Cuando llegas a casa, tienes la mirada cansada. Te quitas las botas de cualquier manera y olfateas el aire de un modo caricaturesco, como si fueras un perro. Mientras los llevo a la mesa, los mejillones chapotean en el caldo emborrachado.

—¡Jesús! —Observas mis mejillas sonrosadas, las ollas que hay en el fregadero y la botella de vino que he dejado en la mesa—. No espero que cocines para mí.

Pareces inquieto y yo me siento avergonzada.

—Lo sé —replico, poniendo los ojos en blanco—. Tan solo quería probar a hacer algo.

—Bueno, pues muchas gracias. —Te sientas a la mesa—. Es un honor.

Me sirvo caldo en el cuenco con una cuchara y me lo llevo a los labios, caliente, espeso y amargo. Tú abres los mejillones con ansia, esparciendo las valvas por la mesa.

—Me preocupaba que acabáramos intoxicados —confieso mientras unto un trozo de pan en el cuenco.

—Qué va. —Sorbes el caldo de una valva vacía—. Si no estuvieran bien cocinados, no se abrirían con facilidad. No te comas los que te cueste abrir.

Jugueteo con los mejillones, incapaz de diferenciar cuáles puedo abrir con facilidad y cuáles me resultan más difíciles. Entro en pánico y, en su lugar, empiezo a beberme el caldo, ignorando las delicias que se enfrían en mi cuenco. Tú estiras el brazo y los abres con facilidad.

—Estos están bien. ¿Ves? Se abren fácilmente.

—No puedo distinguirlos —contesto, sofocada—. ¿Y si me equivoco y me como uno que esté malo?

Comienzas a reírte y te detienes cuando te percatas de mi rostro serio.

—Solo tienes que confiar en ti misma. Le estás dando demasiadas vueltas.

Dejo la cuchara sobre la mesa y me froto los ojos. Estoy muy cansada de cargar con este peso a todas partes; de dejar que su silueta negra me separe de otras personas con sus dedos oscuros atrapados en mi garganta, rascándome las encías.

—¿Estás bien? —Me observas bajo la luz de la lámpara.

—Lo siento. —Vuelvo a frotarme los ojos. Entonces, veo tu rostro preocupado y las palabras se me escapan—. A veces, me vuelvo un poco rara con la comida.

—¿A qué te refieres?

—No sé… —Toqueteo mi copa—. Hubo un tiempo en el que no comía demasiado y, cada tanto, esa época vuelve a mí, arrastrándose.

—Sí, creo que me había dado cuenta.

Tu voz es amable y yo me siento expuesta, así que jugueteo con los cubiertos mientras intento encontrar las palabras adecuadas.

—Lo siento. Me he estado esforzando por no traer ese asunto hasta aquí.

—¿Qué quieres decir?

—No quiero que se interponga entre nosotros.

—¿Por qué iba a interponerse entre nosotros?

—Ya ha ocurrido en otras ocasiones.

—No es un problema importante.

Alcanzas tu vaso de agua. Sí que es un problema importante, pero no sé cómo explicarlo. Quiero que sepas lo esencial que ha sido para configurar la forma en la que me muevo por el mundo; cómo aprendí a ocultar la vergüenza y la ira en las profundidades de mi cuerpo y cómo, aun así, hablar de ello lo arrastra al presente cuando lo único que quiero hacer es dejarlo atrás.

—Gracias —digo en voz baja.

Enciendes una vela y observamos cómo se derrite, derramando la cera sobre la mesa.

—Pero los mejillones están muy buenos —dices mientras tomas uno de mi cuenco.

Yo me detengo un momento. Entonces, me llevo el cuenco a los labios y bebo caldo hasta que me siento mareada. Abro las valvas con las uñas y me meto los mejillones en la boca hasta que dejo de pensar en todo.

43

Dylan y yo asistíamos a proyecciones de cine y a inauguraciones de exposiciones de arte; sosteníamos copas de vino en galerías desnudas y blancas y corríamos para llegar al último tren de vuelta a casa. Veíamos tocar a grupos de música en pubs abarrotados y pasábamos los domingos en el parque, sin zapatos y tumbados entre la hierba alta mientras bebíamos café tibio de tazas de cartón.

Él invitaba a sus amigos a las cenas de los viernes. Ponía discos poco conocidos y liaba cigarrillos en la mesa mientras yo le daba vueltas a la comida en el plato.

—¿No tienes hambre? —me preguntó una de las amigas de Dylan, que llevaba un jersey plateado de cuello alto y tenía unos ojos enormes bajo un flequillo pesado.

—Nunca tiene hambre —contestó él con una carcajada mientras se levantaba para cambiar de disco.

Su amiga arqueó las cejas y yo le resté importancia con un gesto de los hombros, pero el estómago se me tensó ante sus palabras.

Los amigos de Dylan bromeaban sobre artistas de los que yo no había oído hablar mientras echaban las cabezas hacia atrás, ataviados con sus conjuntos resplandecientes. Eran fotógrafos y diseñadores y se movían por el mundo de un modo que a mí me parecía sencillo, como si se deslizaran por un lago de aguas tranquilas. Mi anhelo emanaba de mí como un tufo mientras intentaba encontrar las palabras correctas. Ellos eran personas tranquilas y serenas, con lunas crecientes y corazones tatuados en los dedos, que hacían planes para pasar un fin de semana en Italia o para celebrar fiestas en sótanos oscuros a las que yo nunca podía asistir porque siempre estaba en el trabajo. No parecían necesitar nada y yo envidiaba aquello mientras apartaba mi plato de pasta y me bebía un vaso de agua para llenar el vacío en mi interior, ahogando a mi yo animal.

A Dylan le gustaba rodearme la muñeca, uniendo el pulgar con el dedo meñique. Lo hacía de manera ausente, cuando estábamos sentados en el pub o tumbados en la cama, como si estuviera comprobando que todavía podía hacerlo. Se compraba los vaqueros en la sección femenina de las tiendas caras porque entendía de siluetas, tallas, líneas rectas y contornos suaves. Sabía cómo borrar las cosas para luego recomponerlas y yo creía en su visión del mundo porque era mayor que yo, más sabio, más alto, más plano y con una forma más fácil.

Tras unos pocos meses, me pidió que me mudara con él. Miré los libros de arte que tenía sobre la mesita de café, la lámpara de pie y los grabados de buen gusto colgados en marcos de madera y dije:

—Estaría bien.

Por las mañanas, Dylan freía salchichas con ajo y hierbas aromáticas. Yo pelaba un plátano en la mesa de la cocina y me bebía el café solo con la piel rosa y brillante tras haber salido a correr. Escuchábamos discos con las ventanas abiertas y yo apoyaba los pies descalzos sobre las lamas de madera del suelo mientras la luz brillante nos empapaba el rostro. Mientras él estaba trabajando, yo tendía la colada en su pequeño balcón para que se secara, dejando que mis vestidos y sus camisetas se arrugaran al sol. De madrugada, cuando regresaba de mi turno en el pub, me metía en la cama con los brazos doloridos y las piernas manchadas de cerveza. Me enterraba bajo las sábanas frías, agradecida por el silencio y la calma, así como por el cuerpo cálido de Dylan, que respiraba junto a mí.

Se levantó temprano y preparó café en la cocina mientras escuchaba a Philip Glass. Yo me froté los ojos para desprenderme del sueño. Entonces, entró en el dormitorio con una taza humeante, buscando el cargador de su portátil.

—Buenos días —dijo mientras pasaba por encima de mi ropa interior abandonada. Se inclinó para darme un beso y arrugó la nariz—. ¿Te importaría ducharte cuando llegues a casa del trabajo? La cama huele como una destilería.

Me envolví el cuerpo con las sábanas y detecté el hedor del lúpulo cuajado mientras la vergüenza me cubría la lengua.

—Oh —masculle—. De acuerdo. Lo siento.

—Muy bien. —Se puso la chaqueta—. Nos vemos más tarde.

A través de la ventana, observé su paso lento mientras se alejaba por la calle, uniéndose a la multitud de madrugadores que, con las camisas blancas y planchadas, iban de camino a oficinas con aire acondicionado.

44

Nos reunimos con tus amigos en un bar pequeño y abarrotado, lleno de hombres con patillas abundantes y pendientes de aro. Las paredes están cubiertas de folletos punkis antiguos y hay velas metidas en botellas de vino cuyos bordes están repletos de años de cera. Hay un mostrador de cristal con olivas, berberechos y anchoas plateadas bañadas en aceite. Fuera, en la acera, unos ancianos sostienen copitas de un licor oscuro mientras fuman puros gruesos.

Tus amigos nos hacen un gesto con la mano para que nos acerquemos y exclaman tu nombre por encima del ruido. Nos abrimos paso entre la gente para unirnos a ellos y acercamos unas sillas desvencijadas a su mesa.

—Buenas —dicen con una sonrisa mientras se ponen en pie para darnos dos besos en las mejillas.

—Este es Nico. —Señalas a un hombre pálido que lleva una camiseta negra de cuello alto a pesar del calor—. Da clases de cine en la universidad. —Lo beso en las mejillas—. Laia es escritora y Miguel trabaja en mi departamento.

—Este es Josep, mi pareja —dice Miguel. Entonces, un hombre de pelo corto y rizado con gafas estilo carey levanta los dedos a modo de saludo.

—Encantada —mascullo, avergonzada por mi incapacidad de hablar catalán o español. En el colegio, estudié español durante un par de meses y, después, lo abandoné. En aquel momento, no había sido capaz de imaginar una vida en la que pudiera necesitarlo pero, ahora, aquí estoy—. Voy a por las bebidas —te digo. Después, me acerco a la barra y pido dos cervezas frías.

Cuando regreso, estás sumido en una conversación, riéndote y gritando en un español con mucho acento. Dices algo que no puedo discernir y Miguel te da una palmadita en la espalda con los ojos muy abiertos. Habla en un susurro y, entonces, la mesa estalla en carcajadas. Yo sonrío, fijándome en las pistas sociales e intentando no desvelar lo poco que estoy comprendiendo. Me doy cuenta de que Nico me está mirando fijamente y vuelvo de golpe a la conversación.

—Perdona, ¿qué has dicho?

Él sonríe.

—Te preguntaba cuánto tiempo vas a quedarte.

—Oh… —Te echo un vistazo y tú le das un trago a tu cerveza sin mirarme—. Creo que un par de semanas más.

—Y después, ¿qué?

—¿Qué quieres decir?

Laia sacude la cabeza.

—No le hagas caso. —Su voz es profunda y rasposa—. Puede ser demasiado directo.

—No pasa nada —contesto con una sonrisa.

Nico te mira y tú te levantas para ir al baño. Intento captar tu atención, pero te mueves demasiado rápido. No hemos hablado seriamente de qué va a ocurrir a continuación. Nos limitamos a tomar las cosas tal como van llegando. Tengo un billete de avión para volver a Londres a finales de mes, pero he intentado no pensar demasiado en ello.

Josep habla en catalán con rapidez y Laia me lo traduce.

—Está hablando del libro que ha escrito —dice con tono amable—. Trata sobre el auge de la ultraderecha en Europa, vinculado a la historia del anarquismo catalán.

—Suena interesante.

—Sí —asiente ella—. Deberías leerlo, aunque creo que no está traducido todavía.

—No van a traducirme al inglés —comenta Josep, chasqueando la lengua—. Tienes que tener mucho éxito para conseguir algo así.

Asiento con torpeza, avergonzada por el dominio de mi lengua materna, ya que mientras Josep se mueve de forma fluida entre tres idiomas, yo estoy ciegamente atrapada en uno solo.

Regresas del baño y la conversación va a la deriva entre el español y el catalán mientras todos discutís sobre el movimiento independentista catalán y el trato que se les da a los prisioneros políticos. Intento comprender palabras sueltas, pero la conversación se vuelve acalorada y todos habláis demasiado rápido, así que me recuesto en la silla y dejo que la cadencia de las palabras recorra mi cuerpo. En otro idioma, hablas más fuerte, te mueves más, tus gestos son más amplios y la lengua se te enrosca en torno a las palabras. Contemplo tus labios carnosos, tu belleza nervuda y femenina y las pestañas largas y oscuras que te rodean los ojos. La mesa vuelve a estallar en carcajadas y yo te estrecho el codo.

—¿Qué habéis dicho? —te pregunto, pero tú no me haces caso y empiezas a hablar con Miguel.

Laia se da cuenta e intenta entablar conversación conmigo, pero me siento a la deriva, como si estuviera flotando en el exterior, en alguna parte.

Con tus colegas de la universidad me siento pequeña y cohibida. Cuando terminé el colegio, trabajé un par de años en una cafetería de mi ciudad. A la hora de la comida, me dedicaba a leer novelas mientras intentaba decidir qué era lo que quería hacer. Cuando me mudé a Londres, empecé un curso nocturno de Literatura Inglesa con la idea de que, tal vez, algún día podría graduarme. Sin embargo, me ponía demasiado nerviosa en los seminarios y no conseguía hablar. Mis ideas se basaban en las emociones y estaban conectadas con mi propia experiencia, sin lazos con ninguna teoría crítica o movimiento estilístico. Sencillamente, me invadían rachas de amor e ira que no podía articular, pues eran infundadas, caóticas y salvajes.

—¿Quieres otra cerveza?

Laia me arranca de mis pensamientos.

—Sí. —Sonrío—. Gracias.

Ella se acerca a la barra y yo intento hablar contigo, pero me estás ignorando. Me doy cuenta de que no hemos pasado demasiado tiempo juntos con otras personas y eso hace que me sienta sola, como si casi no te conociera.

❧

Cuando volvemos a casa juntos a través de las calles oscuras y antiguas, ambos estamos borrachos. Los callejones huelen a orina y a asfalto caliente. Me tomas la mano y yo me aparto.

—¿Qué ocurre? —me preguntas con el ceño fruncido.

—Nada.

Caminamos un rato en silencio.

—¿Estás segura?

Llegamos a Parallel y te enciendes un cigarrillo. Me molesta la despreocupación con la que te apoyas en el semáforo, alto y sin miedo.

—¿Por qué te has comportado así en el bar? —te pregunto.

—¿Así, cómo?

—Ignorándome.

El semáforo se pone en verde y cruzamos la calle.

—No te estaba ignorando.

—Entonces, ¿qué estabas haciendo?

Aprietas la mandíbula y se te crispa un músculo del cuello.

—Tan solo estaba pasando el rato con mis amigos. ¿Acaso está mal? —Con un gesto, nos señalas a ambos—. Estamos juntos todos los días.

Te miro con incredulidad. No me molesta que estés con tus amigos o que hagas cosas sin mí. Estás tergiversando la noche y haciéndome sentir como una intrusa, como una persona empalagosa y necesitada a la que tienes que cuidar.

Entramos en tu calle y, de pronto, me siento exhausta. Estoy acostumbrada a estar sola en lugares desconocidos pero, aquí, es diferente, ya que tengo la sensación de que este lugar te pertenece. Me he dejado llevar por la emoción que me generas, pero ahora me doy cuenta de que no tengo un plan o alguna idea sobre el futuro. No sé qué haré cuando regrese a Londres o qué tipo de vida quiero construir. Se supone que tendría que estar viviendo la vida de un modo que me resultara más concreto pero, en su lugar, estoy flotando en un espacio gris, vacilando entre tu nueva vida y la antigua mía. Estoy frustrada por no haber podido articular mis ideas en el bar en ninguno de los dos idiomas y me siento insegura ante el hecho de haber expuesto mis vulnerabilidades. Subimos las escaleras hasta tu apartamento en silencio. Te sirves un vaso de agua, te tambaleas un poco y te frotas los ojos.

—Me voy a la cama —dices mientras lanzas tu chaqueta sobre el sofá.

—De acuerdo. —Abro las puertas del balcón—. Yo voy a quedarme un rato aquí fuera, sentada.

Te quitas la camiseta y entras en tu dormitorio sin mirarme.

Me preparo una taza de té, me siento en el balcón con el vapor enroscándoseme entre los dedos y oigo el chirrido de los muelles de tu colchón. Alzo la vista hacia el cielo violeta pero está cubierto de niebla y no puedo ver una sola estrella. Pienso en tu actitud en el bar, en cómo evitabas mi mirada mientras hablabas con un tono de voz diferente. Entonces, me pregunto si habré cometido un error. Viniste aquí porque querías escoger tu vida y me planteo si no me estaré limitando a seguirte por callejones oscuros. Quiero vivir de una manera más profunda de lo que lo he hecho en el pasado; quiero echar raíces y dejar de limitarme a arañar la superficie. Me pregunto si podría hacer eso aquí o si no será mejor construir mi propia vida según mis propias condiciones. Me doy cuenta de que el hombre que vive al otro lado de la calle está frente a la ventana. Me mira fijamente y yo alzo el brazo para saludarlo, pero él se limita a bajar la persiana sin devolverme el gesto, como si apenas estuviera presente.

45

En Londres, tuve un trabajo de verano como asistente en una producción de teatro inmersivo. El espectáculo se desarrollaba a lo largo de las cinco plantas de un almacén y el equipo de diseño había construido un bosque interior con árboles reales y un desierto con toneladas de arena esculpida hasta formar dunas para que el público pudiera trepar por ellas. En el bar de *jazz* aterciopelado había una banda tocando en directo y la audiencia se entremezclaba con los actores, bebiendo champán en copas antiguas. Los espectadores llevaban máscaras para poder diferenciarlos de los artistas, y mi trabajo consistía en quedarme en el sótano, vestida de negro y con mi propia máscara, oculta entre las sombras.

—Deberías ser invisible —me dijo el director de escena—. No hables con nadie a menos que sea una emergencia. Ni siquiera si te hacen una pregunta.

—¿Qué clase de emergencia?

—Un incendio. O una emergencia médica. Bastantes personas tienen ataques de pánico.

—¿De verdad?

—Sí. En tal caso, tendrás que mostrarles dónde se encuentra la salida más cercana y les proporcionaremos primeros auxilios.

—Entendido.

El edificio era un laberinto y yo lo recorrí de arriba abajo para aprenderme la distribución, zigzagueando entre los troncos de los árboles, el falso quirófano, el palacio de cristal resplandeciente y la piscina fluorescente.

—Ten cuidado con la gente que practica sexo —me dijo uno de mis compañeros, guiñándome un ojo, mientras salía a fumarse un cigarrillo—. Ocurre más veces de lo que crees.

—De acuerdo —contesté con una carcajada, insegura.

—Llevar una máscara provoca cosas raras en la gente. Creen que nadie más puede verlos.

—Gracias por la advertencia.

Permanecía en el sótano seis horas al día, sudando tras la máscara. A veces, la gente se topaba conmigo y me pedía indicaciones, pero yo me limitaba a quedarme allí de pie, imperturbable, haciendo caso omiso de sus susurros de confusión y de sus manos sacudiéndose frente a mi rostro de forma frenética. De vez en cuando, algún actor pasaba con una estela de espectadores aturdidos, me susurraba al oído el nombre de algún accesorio que faltaba y yo corría a buscarlo entre bastidores.

La mayor parte del tiempo, era invisible. Observaba a los bailarines mientras saltaban y giraban en círculos, caminando orgullosos a través de la oscuridad, con los hombros echados hacia atrás. Me fijaba en sus gemelos tonificados, en los tatuajes que asomaban bajo los dobladillos de sus disfraces, en los ángulos de sus clavículas y los tendones curvados que les rodeaban los cuellos.

Observaba a los miembros de la audiencia moviéndose de forma insegura en torno a la sala. Algunas personas se aferraban las unas a las otras con fuerza, caminando con lentitud y sobresaltándose ante cualquier sonido. Otros iban solos, con las cabezas bien altas. Se colocaban demasiado cerca de los actores, tocaban los decorados y movían los accesorios. Las máscaras convertían a todos en personas anónimas y, aun así, todos se movían de manera diferente. Cargaban con sus experiencias dentro de aquel espacio oscuro y sofocante y no podían desprenderse de ellas. Algunas personas se volvían más atrevidas con el rostro cubierto. Otros, despojados de los rasgos que normalmente les ofrecían un paso tranquilo por el mundo, se asustaban.

Yo había soñado a menudo con ser invisible y con moverme por las calles sin que el destello de los ojos de un desconocido o el grito procedente de la ventanilla de un coche me recordara la forma de mi cuerpo. A menudo me había preguntado si mi paso por el mundo habría sido diferente si no hubiera sido una mujer joven; si la gente me habría tomado más en serio o si habría tenido más poder. Había intentado imaginarme cómo sería habitar un cuerpo del que no fuera tan consciente, en el que no pensara casi nunca y que tan solo fuera una parte de mí. En una ocasión se lo había mencionado a mi madre y ella me había dicho:

—Ojalá la gente me mirara. Cuando seas mayor, lo echarás de menos. Ahora, me siento invisible.

En aquel momento, había pensado que aquello sonaba a libertad pero, en aquel sótano, en el que era invisible, no me sentía más libre. Cuando volvía a casa en bicicleta después del último pase, a veces me metía en la trayectoria de un coche que se acercaba a toda velocidad, obligando al conductor a dar un volantazo para esquivarme mientras hacía sonar el claxon y maldecía a través de la ventanilla. Pasaba tanto tiempo fingiendo que no estaba presente que me olvidaba de que estaba hecha de músculos, dientes y huesos; de que era algo sólido que podía romperse.

46

Mientras estás en el trabajo, subo hasta Montjuïc y voy a nadar a la piscina exterior. Fue construida en los noventa para las Olimpiadas y el vestidor es cavernoso, con bloques de hormigón cubiertos de moho y las tuberías de metal expuestas. Me coloco bajo la ducha fría y me imagino a los atletas calentando, flexionando los hombros anchos y los bíceps sólidos o caminando sobre las baldosas frías con las cabezas bien altas, seguros gracias a la certeza de su fuerza y su poder.

La piscina es un rectángulo acuático que asoma por encima de los tejados desperdigados de terracota, con las colinas brumosas en la distancia. La Sagrada Familia emerge entre el calor y la niebla como un dragón. A mi izquierda, hay una piscina de salto abandonada. Está llena de hojas e insectos muertos y el agua está oscura y fría. Hace que me sienta extraña, así que le doy la espalda y me sumerjo en la piscina radiante. Pataleo con urgencia, deshaciéndome de la tensión que tengo enroscada en los músculos, del miedo a no ser lo bastante buena para ti bajo este cielo atravesado por el sol, y de la preocupación de que podamos perder este algo rojo y oscuro que hay entre nosotros como si nos desangráramos.

El agua está helada, pero el sol me calienta el rostro y desenmascara las pecas de mis mejillas. Nado largo tras largo hasta que siento los brazos pesados. Siempre he almacenado el miedo a no ser lo bastante buena en mi cuerpo, enterrando mis fracasos y ansiedades en la profundidad de mis tejidos y células, donde arden y me causan calambres hasta que los obligo a salir a la fuerza. Nado hasta que mi cuerpo está demasiado débil para abrirse paso por el agua y, entonces, salgo y me siento sobre el hormigón mojado que hay junto a la barrera de cristal que separa la piscina del cielo, imaginándome cómo me sentiría al caer. Contemplo la ciudad y me pregunto si podría construir una vida aquí. Observo las palmeras, los edificios antiguos y amarillentos, los coloridos grafitis y el destello verdoso del mar. Deslumbrante y bañado por el sol, resulta todo precioso, pero yo me siento como algo oscuro, afilado y plateado que se arrastra hacia la luz.

Vuelvo caminando hasta tu apartamento bajo un cielo que se desvanece y con la sangre pesada y espesa como el almíbar. Miro a la gente que está bebiendo cerveza en las terrazas de los bares mientras comen patatas bravas sin ningún miedo aparente. Desearía ser como ellos y no tener que nadar, matarme de hambre o purgar las cosas de mi interior. Desearía poder disfrutar sin más de toda esta belleza en lugar de andar tintineando con todo este nerviosismo que tengo atrapado en mis entrañas.

Tú llegas a casa poco después de que lo haga yo y traes una *baguette*. No hemos hablado de la velada con tus amigos en el bar y hay resentimiento entre nosotros, como si algo se hubiera estirado demasiado.

—¿Qué has hecho hoy? —me preguntas mientras abres el frigorífico sin mirarme siquiera.

—He estado leyendo —miento—. Y he ido a dar un paseo.

No te digo que he ido a nadar bajo el sol ardiente en un intento por borrarme a mí misma o que tu indiferencia en el bar me llenó los pulmones de agua, haciendo que me costara respirar.

—¿Qué quieres cenar? —Yo me encojo de hombros, como si no tuviera importancia—. ¿Te gusta el *tapenade*? —Sacas un tarro pequeño y me lo tiendes. Parto un trocito del extremo de la barra de pan y unto un poco de la pasta oscura—. Nunca estoy muy seguro de si me gusta o no —comentas—. El sabor es muy fuerte.

—A mí me gusta —digo, desafiante. Me gusta morder las limas directamente y tragar bocanadas de agua marina. Me gustan el vino oscuro, el anís, el *wasabi* y el hinojo. A mi cuerpo se le antojan las cosas densas: miel de un tarro y puñados de sal. En una ocasión, me comí una cucharada de granos de café secos solo para sentir el amargor en la lengua—. Me gustan las cosas que están al borde de dar asco. Como el pescado.

Tú arqueas las cejas.

—El pescado no da asco.

—Casi. Es resbaladizo y salado. Tiene un sabor que está justo al límite y por eso está tan bueno.

—¿Por eso te gusto? —Rehúyes mi mirada—. ¿Porque estoy al borde de dar asco?

—Debe de ser eso.

Quiero rasgar la distancia que nos separa, pero no sé por dónde empezar. Me da mucho miedo no ser lo bastante buena. No quiero hablar de lo que ocurrirá cuando vuelva a Londres porque ya puedo sentir cómo te estás alejando.

—¿Alguna vez has comido pulpo? —preguntas.

—No. Nunca.

—¿Quieres probarlo ahora?

—¿Ahora mismo?

Se me encoge el estómago.

—Sí. Hay un restaurante al final de la calle en el que lo sirven y paso por delante todos los días. Parece barato. Madera oscura y manteles de plástico.

—De acuerdo —contesto, tragando saliva. No quiero comer pulpo, pero quiero ser el tipo de persona que sí lo come—. Vamos.

Nos sentamos en el restaurante vacío con unas copas de cava burbujeante entre nosotros. Llevas los ojos delineados de negro y, a la luz de las velas, parecen manchados de aceite. Quiero preguntarte qué te ocurre, pero me asusta la respuesta. El pulpo llega sobre un plato, enrollado como una flor. Pareces preocupado.

—Está hervido.

—¿Eso es malo?

—No. Es solo que nunca lo he comido hervido. Creo que la última vez que lo probé, estaba frito.

Miro los tentáculos púrpura enroscados, cuyas ventosas rezuman caldo.

—Se supone que son muy inteligentes, ¿no es así? —comento antes de morderme el labio. Tienes la cara muy pálida.

—Eso creo —contestas—. Pero no podemos pensar en eso ahora.

Dejamos el pulpo sobre la mesa, frente a nosotros, y frotamos cabezas de ajo en las rebanadas de pan tostado. Se produce un silencio y, entonces, tú te sacas el teléfono del bolsillo y frunces el ceño mientras lo miras. Después, lo dejas bocabajo sobre la mesa. Pareces cansado y distraído. Jugueteas con el filtro olvidado de un cigarrillo y evitas mi mirada.

—¿Va todo bien? —te pregunto.

—Sí, ¿por qué?

—Pareces un poco distante.

—Estoy bien.

—¿Estás seguro?

—Sí —espetas—. Deja de preguntarme eso. Hace que me sienta paranoico.

Tu teléfono vibra, así que lo tomas y empiezas a teclear. Yo pincho el pulpo con el tenedor.

—Mi madre me contó que, la primera vez que me vio, pensó que había dado a luz a un pulpo.

Dejas el teléfono sobre la mesa.

—¿Qué? ¿Por qué?

—Tenía el cordón umbilical enroscado en torno al cuello y estaba toda azul y enmarañada, ya que tenía los brazos y las piernas largas.

—Menuda imagen…

—Aunque no me pasó nada. —Corto un trozo de tentáculo y lo atravieso con el tenedor—. Creo que es algo bastante común.

Me llevo el pulpo a la boca. Es chicloso y gomoso, así que no estoy segura de que me guste, pero quiero demostrar algo, tanto a ti como a mí misma: que puedo estar presente y ser poderosa; que puedo contener el mundo en mi boca y sostenerlo con la lengua.

—¿Qué tal está?

—Está bueno. —Señalo tu plato vacío—. ¿No vas a probar un poco? —Cortas un trozo y lo masticas con una mueca—. Pensaba que te gustaba el pulpo.

—Me gusta cuando está frito. —Das un trago a tu copa—. Esto es demasiado.

Me encojo de hombros y me acerco el plato. Abres los ojos de par en par cuando me llevo otro tentáculo a los labios y siento el poder recorriéndome el cuerpo al ver tu rostro deslumbrado.

—Entonces, ¿qué haremos cuando regrese a Londres? —pregunto, envalentonada y mirándote directamente. Durante un instante, abres más los ojos y, después, te los frotas con las palmas de las manos.

—No lo sé.

—¿Qué quieres hacer?

Te pasas la mano por el pelo.

—¿Qué es lo que quieres hacer tú?

Me llevo la copa a los labios y retengo las burbujas plateadas con la lengua. Quiero estar contigo y que me desees, pero me da miedo decirlo porque apenas acabo de empezar a poner nombre a las cosas que anhelo; a hablar de mis deseos en lugar de tragármelos. Me da miedo tener, pero también me aterra no tener, pedir algo y que me lo denieguen o no ser nunca suficiente.

—No lo sé —contesto.

Miras el mantel.

—Yo tampoco lo sé.

—Está bien.

Siento los ojos ardiendo. Un camarero nos trae un plato de bravas y tú tomas una con los dedos.

—¿Tenemos que hablar de esto ahora? —dices—. ¿No podemos disfrutar del momento sin más?

No sé cómo disfrutar del momento cuando siento que todo se está desmoronando.

—De acuerdo. Está bien.

Volvemos caminando en silencio hasta tu apartamento. Subimos las escaleras, abrimos la puerta y, después, me arrastras dentro y me empujas contra la pared. Entonces, me miras directamente a los ojos.

—Esto es una estupidez.

Acercas tu rostro al mío.

—¿Lo es? —te pregunto, y tú me besas a modo de respuesta.

Sin aliento, extiendo las manos hacia ti mientras me quitas el vestido por la cabeza y, después, te desabrocho el cinturón. Enroscados como enredaderas, el deseo y la ira me atraviesan el cuerpo. El pelo te huele a aceite de cocinar y la boca te sabe a vino agrio. Me muerdes el labio con fuerza y yo me aprieto a ti, empapada por un anhelo que no puedo contener.

—Te deseo —dices sobre mis labios y, entonces, te aferro con más fuerza.

Pienso en la gran extensión de cielo que hay entre aquí y Londres. Penetras en mi interior y recuerdo tu altura y tu belleza despreocupada bajo las luces de los semáforos mientras un idioma que todavía no comprendo se te enrosca en torno a la lengua. Tienes la cara resbaladiza por el sudor y, de pronto, quiero hacerte daño. No por crueldad, sino para demostrar que tengo voluntad propia y afirmar mi presencia. Te clavo las uñas en la espalda y pienso en cómo enterraste los dedos en mi vida y lo abriste todo a la fuerza de par en par. Jadeas de placer y yo aprieto con más fuerza. Quiero que sientas el dolor; que sepas lo que se siente cuando no puedes saciar tu hambre y cuando el peso de tus deficiencias te devora hasta los huesos.

—Joder… —suspiras mientras te desgarro la piel con las uñas, haciéndote sangre.

Visualizo mi diminuto cuerpo azul irrumpiendo en el mundo, estrangulado y tratando de tomar aire.

47

Shaun fue mi primer novio. Aprendimos juntos la forma de nuestros contornos mientras bebíamos Red Diesel en pubs sucios y pasábamos las noches de entre semana apiñados entre desconocidos sudorosos en conciertos abarrotados. Nos pasábamos fines de semana enteros enterrados bajo sus sábanas mohosas, explorándonos con abandono.

Cuando Shaun cumplió los dieciocho años, fuimos a Liverpool a visitar a su tío Joey, un albañil que estaba en los últimos años de la veintena. Vestía polos con pantalones de chándal y nos llevó en taxi a su pub favorito. Allí, nos presentó a la dueña, que servía pintas ataviada con una blusa brillante.

—Este es mi sobrino. —Joey, que llevaba un cigarrillo sin encender entre los labios, le revolvió el pelo a Shaun—. Y este es su pajarillo —añadió, guiñándome un ojo—. Pídele lo que quieras —me dijo mientras señalaba la barra.

—Una copa de vino blanco, por favor.

La mujer me miró.

—¿Me enseñas el carnet de identidad?

Joey desestimó su pregunta con un gesto de la mano.

—Venga ya, Liz… Viene conmigo.

Cuando salíamos con Joey, nos sentíamos como famosos. Nos arrastraba de bar en bar, donde mostraba su enorme sonrisa a todos los clientes habituales y pedía varias rondas de chupitos de tequila. Se sacaba fajos de billetes de los bolsillos sin hacer caso de nuestras protestas.

—Soy vuestro tío Joey, ¿de acuerdo? Por eso esta noche invito yo.

Paramos en una tienda para apostar en las carreras de perros. Yo escogí los que tenían los mejores nombres, como Espiral del Caos o John Mariposa. Gané cincuenta libras, así que Joey me subió a hombros y me desfiló por las calles mientras yo gritaba e intentaba bajarme el vestido diminuto para cubrirme la ropa interior.

Nos llevó a un bar de *drag queens* para cantar en el karaoke. Las *drag queens* que estaban en la puerta nos sonrieron desde sus zapatos con plataforma y tacón llenos de purpurina. Conocían a Joey y nos dejaron entrar gratis después de que él les diera un par de cigarrillos de un paquete recién abierto. Las paredes estaban cubiertas de espumillón rosa y nos sentamos en un reservado que había al fondo de la sala, bajo una bola de discoteca con forma de corazón. Las luces hacían que me mareara, y Shaun, que tenía la mano apoyada sobre mi muslo bajo la mesa, cada vez estaba más borracho y gritaba más.

Joey se subió al escenario para cantar una canción de Verve y Shaun subió la mano por dentro de mi falda. Me besó el cuello y presionó su cuerpo contra el mío. Noté el ardor del ácido en el fondo de la garganta y empecé a sentirme ansiosa mientras Joey canturreaba en el micrófono.

—Para —dije mientras me alejaba de Shaun.

—¿Qué te ocurre? —Las palabras se le amontonaban—. No seas frígida.

Las luces de discoteca tiñeron mi cuerpo de rojo, como si aquello fuera una advertencia. Las carcajadas recorrían las mesas y la voz rasgada de Joey llenaba la pequeña sala. Shaun enterró la mano entre mis piernas y yo se lo permití. Tenía el aliento cargado de vodka y cerré los ojos.

—¿Te gusta? —me susurró al oído mientras me clavaba las uñas en la piel. Asentí, fingiendo que me gustaba. No quería ser frígida o resultarle aburrida; no quería ser el tipo de chica que siempre dice que no. Quería decirle que sí al mundo, tal como hacía el tío Joey; ser un hombre deambulando por la ciudad, despreocupado y dispuesto a cualquier cosa; dejar que el placer y las emociones se acumularan bajo mi piel.

—Esta va dedicada a los tortolitos de aquel rincón —canturreó Joey mientras nos sonreía desde el escenario. Yo le devolví la sonrisa y alcé la copa en un brindis silencioso.

48

La inquietud, febril y salvaje, se arremolina en las entrañas de ambos. Es el fin de semana anterior a que tenga que marcharme y todavía hay algo cortante entre nosotros que se me queda atrapado entre el pelo y bajo la piel. Te mueves más rápido de lo habitual, haces demasiados planes, sales por la puerta a toda prisa cuando te marchas al trabajo y evitas el silencio y la calma, por lo que no nos dejas espacio para pensar. Yo emano frustración y me enfada que una parte de ti sea inalcanzable cuando fuiste tú el que me pidió que viniera a pasar un tiempo contigo.

—Ya sé lo que deberíamos hacer.

Sirves vermú rojo en una copa, haciendo que el hielo chisporrotee como la energía estática.

—¿El qué?

—Deberíamos salir a bailar.

Una esquirla de peligro brilla en tus ojos y me siento atraída por ella.

—¿Tú crees?

—Sí, nos sentiremos mejor.

Me pongo un vestido con purpurina, me pinto los párpados negros y me pinto la boca con un pintalabios oscuro.

—Toda una belleza —dices mientras me abrocho una gargantilla en torno al cuello.

Tus palabras son magnéticas, pero me alejo de ellas, dejando que la fricción que hay entre nosotros persista. Llevas unos vaqueros negros, una camiseta de los New York Dolls y aros de plata en ambas orejas. Me inclino hacia delante para besarte y te muerdo el labio con fuerza.

—Oh… —Te llevas la mano a la boca y compruebas si te he hecho sangre—. Eso ha dolido.

—Lo siento —digo, pero no es cierto.

Tomamos el metro hasta Gràcia y, en el tren, compartimos una botella de plástico llena de ginebra y tónica. Me quito los restos de limón de entre los dientes mientras llamamos al timbre que hay en el exterior de un almacén cerrado con constelaciones de plata pintadas sobre el metal.

—Buenas.

Un hombre alto con unas patillas enormes mira a un lado y a otro de la calle vacía y nos deja entrar. La habitación es pequeña y oscura y unas proyecciones de formas y colores ondulados recorren la pared del fondo. Todavía es pronto y me dices que, normalmente, la gente no empieza a llegar hasta las dos o las tres de la madrugada, cuando los bares cercanos comienzan a cerrar.

En un rincón, hay un grupo de hombres con chaquetas largas fumando de forma hosca. Una mujer con pantalones de vinilo rojo baila sola y con los ojos cerrados. La música es pesada y melancólica; araña, tintinea y ahoga mis pensamientos. Pides dos copas de ron en la barra y nos las bebemos sin nada más que un toque de lima.

—¿Te sientes mejor ya? —te pregunto.

—No —me dices al oído. Puedo sentir tu aliento cálido en el cuello.

Te arrastro al centro de la habitación y empiezo a mover las caderas. Tú das vueltas en círculos, con el rostro afilado y serio y los ojos brillando como el ónice bajo las luces. Empujo el ruido blanco que siento en el estómago hacia las extremidades. Nos movemos con más rapidez y, a nuestro alrededor, el aire cambia de forma, viscoso y maleable, como si pudiéramos tomarlo entre las manos y moldearlo hasta convertirlo en algo nuevo. Te acercas a mí y permanecemos así un instante antes de que me aparte. La música me inunda el cráneo, rechinante, como si tuviera metal bajo los dientes. Entre el calor y el humo, tú eres un peligro burbujeante y plateado, y las luces rojas te tiñen el rostro. Me doy cuenta de que no quiero dejarte y, entonces, me agarras de los hombros y dices algo que no puedo oír.

—¿Qué has dicho? —grito por encima de la música.

—¡Lo siento!

—¿Por qué?

Das vueltas en torno a la pista sin responder. Cierro los ojos y dejo que la noche me engulla. Golpeo el suelo con los pies y noto el impacto en los codos. Bailamos como los punkis y hacemos crujir los huesos mientras nos abandonamos al sonido.

Compramos latas de cerveza fría en la barra y salimos a fumarnos un cigarro. Al final de la calle hay una iglesia. Subimos las escaleras y apoyamos las espaldas contra la puerta antigua de madera. Me siento borracha y el aire circula con prisa a mi alrededor. Hueles a sudor y cuero viejo, lo que hace que me maree. Abres tu lata con un chasquido y bebes con ganas. Tragas y observo cómo se te contrae la garganta.

—Esto ha sido una buena idea.

Te enjugas la frente con el dorso de la mano. La luna tiene un resplandor naranja, como si fuera una farola eléctrica. De pronto, al pensar en la vasta distancia que está a punto de abrirse entre nosotros, me siento cansada y me pregunto qué implicaría que me quedara.

—¿Por qué has dicho que lo sentías cuando estábamos bailando? —te pregunto. Te mordisqueas los pellejos de los dedos. Los tienes rasgados e inflamados. Te tomo la mano y me la meto en la boca para lamerte la sangre. Algo cruza tu rostro y te apartas—. ¿Qué ocurre?

Sacas un paquete de tabaco y empiezas a liarte un cigarro.

—No lo sé.

Tienes los labios fruncidos y tus movimientos son erráticos.

—¿No lo sabes?

—No.

Nos quedamos sentados, en silencio, y mi ira se coagula como si fuera alquitrán. Me has arrancado de mi vida y, ahora que estoy aquí, siento como si no fuera lo bastante buena para ti; como si te estuvieras cerrando y alejándote, a la espera de que me marchase. Enciendes el cigarro y te recuestas contra la puerta con los ojos cerrados. Con tus rizos oscuros, tus labios mordisqueados y la sombra de una barba en la mandíbula estás guapísimo y tienes un aspecto oscuro. Te odio por ello. Derramas el humo sobre la noche y abres los ojos.

—A veces, tengo miedo de que esto no vaya a durar —dices en voz baja.

Se me contrae el estómago. Me aterra que esto sea demasiado bueno para ser verdad y que vayas a arrancarme la piel y a descubrir mi corazón retorcido porque, entonces, todo se hará añicos.

—¿Qué quieres decir?

—Supongo que todo se remonta a la muerte de mi padre. Tengo la sensación de que las cosas siempre se me escapan. Siento que he estado toda mi vida perdiendo lo que amo. —Me quedo callada, observando cómo el humo se te filtra entre los labios, dibujando una espiral—. A veces, es como si pudiera sentir el tiempo escurriéndoseme entre los dedos. Y aunque estemos aquí juntos y me sienta como una puñetera maravilla, tan solo estoy esperando a que todo se haga pedazos.

Me acerco a ti hasta que nuestros brazos ya se están rozando.

—Pero estoy justo aquí.

—¿Y qué pasará cuando te marches? Hace que me sienta muy solo. Es como que tenemos una conexión, pero tú vas a volver a tu vida o lo que sea… —Apagas el cigarrillo—. En realidad, al final, estamos solos.

—Eso es deprimente.

—Sí.

Se me eriza el vello de los brazos por la tristeza, pero me alivia saber que lo que te has estado guardando para ti mismo ha sido este miedo y no el hecho de que te hayas cansado de mí. Tal vez deberíamos dejar de resistirnos a esta extraña atracción que existe entre nosotros, rendirnos a ella sin más y atar nuestras vidas con fuerza para que no se nos acabe escapando todo.

—Pero sí tienes control sobre las cosas —digo—. Sobre la muerte de tu padre, no. Pero sobre otras cosas, sí. Como esto.

—¿De verdad lo crees? ¿De verdad tenemos algo de control sobre lo que nos ocurre? ¿O, sencillamente, nos dejamos arrastrar por las cosas?

Quiero creer con todas mis fuerzas que podemos manejar lo que está pasando, pero toda mi vida ha sido una batalla con el control; un intento por ejercer mi voluntad en un mundo que no quiere que la ejerza.

—Es como si nunca hubiera tiempo suficiente. —Bajo la pálida luz de las farolas, pareces muy joven—. ¿Nunca te sientes así?

Me quedo en silencio. No sé qué decir. Eres la primera persona a la que he querido aferrarme. De normal, me limito a marcharme y abandonarlo todo.

—Podemos encontrar la manera de hacer que funcione —digo en voz baja—. Si eso es lo que quieres.

Me tomas la mano y me besas el interior de la muñeca.

—Estoy cansado. ¿Volvemos a casa?

Observo la calle oscura, la luna naranja y los árboles que dibujan sombras sobre los muros. Quiero estar en tu apartamento, bajo las sábanas frías, con los cuerpos pegados en la oscuridad.

—De acuerdo.

Entrelazas tus dedos con los míos.

—¿Vamos corriendo?

—¿Qué?

—Venga.

Me arrastras por los escalones y por las calles sofocantes mientras evitamos a la gente que está fumando en el exterior de los bares. Las luces de neón se desdibujan en borrones. Pasamos corriendo frente a *scooters* que aceleran, bajo el resplandor verde de las farmacias que abren hasta tarde, junto a los quioscos cerrados que están en las esquinas y frente a restaurantes inundados de luz. Corremos hasta que nos arden los pulmones y nos duelen las piernas. Tus botas golpean con fuerza la acera y mi vestido parece iridiscente gracias a la luz de los faros delanteros de los coches. Estamos huyendo de algo oscuro, recorriendo los callejones mientras nos pisa los talones. O, tal vez, estemos corriendo hacia algo nuevo; hacia un futuro vasto y brillante o hacia una expansión incierta de cielo. Me pregunto si no serás más que otra forma de escapar de mí misma, pero me siento diferente, como si quisiera estar presente, anclada en el tiempo y el espacio. Llegamos a tu apartamento y rebuscas las llaves, jadeando. Estoy cansada y me duelen los músculos. Me pregunto si podría darme permiso para quedarme en un sitio; si podría aprender a estar aquí.

49

Un conocido de Dylan trabajaba en una revista de moda, así que me ofrecieron un puesto de prácticas. No es que quisiera trabajar en el sector de la moda concretamente, pero quería hacer algo; quería moverme por la ciudad de modo que sintiera que tenía un propósito en lugar de ir dando tumbos de un lado para otro. No me pagaban y tenía que ir en bicicleta a la oficina del Soho todas las mañanas, moviéndome entre el tráfico de la hora punta con el dobladillo de mi abrigo largo y de segunda mano cubierto de barro y lluvia.

El primer día me quedé sentada tras mi mesa, nerviosa, mientras una mujer de mi edad, vestida con un traje de Chanel y un par de mocasines de Gucci me sonreía.

—¿Te has traído el portátil, cielo?

—Eh… —Crucé y descrucé las piernas—. No tengo.

—Ella frunció el ceño—. Aunque mi novio tiene uno; tal vez pueda tomarlo prestado.

Ella me dedicó una sonrisa resplandeciente.

—Eso sería perfecto. No te preocupes por el día de hoy. Solo vamos a ir a una presentación para la prensa. Puedes sacar algunas fotografías de los productos y subirlas a Instagram. Ahora te daré los datos de acceso.

—Ah… —Sentí un poco de vergüenza—. No tengo Instagram.

—Bueno, puedes descargártelo.

—Lo que quiero decir es que no tengo un *smartphone*…

Saqué mi teléfono de plástico barato y la mujer se rio.

—¿Es una broma?

—No —contesté con una sonrisa, insegura—. Es una antigualla, lo sé, pero tiene la función de llamada falsa.

—¿La qué?

—Cuando estás manteniendo una conversación incómoda, puedes pulsar un botón y empezará a sonar. De ese modo, puedes excusarte y marcharte.

Ella se quedó mirándome fijamente.

—Vaya… Qué raro.

Pasé varios meses trabajando en la oficina a todas horas, buscando las fuentes de imágenes de zapatos y bolsos que costaban más dinero del que nunca había tenido en mi cuenta bancaria, revisando el contenido de la página web y recogiendo prendas en la tintorería. Después, iba directa en bicicleta al pub para cubrir mi turno de noche. Servía pintas, limpiaba los baños al final de la noche y volvía a casa en torno a las dos de la mañana, pedaleando bajo la luna. En una ocasión, una furgoneta que pasaba a mi lado me tiró de la bicicleta mientras contemplaba el semáforo con gesto somnoliento, sin darme cuenta de que había pasado de rojo a verde. Pasaba las noches libres en la bañera, deshaciéndome de los días con el agua e intentando hundirme en el silencio, aunque siempre oía las voces de los borrachos llamándome.

Me hice amiga de varias de las autónomas que trabajaban para la revista. Se teñían el pelo de colores pastel, llevaban aros de oro fino en las orejas y tinta negra incrustada bajo la piel de las muñecas. Se dejaban caer por la oficina con tazas de café para llevar y montones de revistas, y miraban de reojo mi abrigo raído y la sombra morada que se me estaba formando bajo los ojos.

—¿Vienes a tomar una copa? —me preguntaron una tarde bañada de sol.

Abandoné mi escritorio y fui con ellas a un pub. Me pedí un Aperol spritz y me reí bajo la luz dorada que se colaba por la ventana, fingiendo que era una de ellas y que todo era así de fácil.

Quedé con ellas en una cafetería de paredes rosas cubiertas de plantas de monstera deliciosa. Tenían los MacBooks abiertos junto a las tazas con los bordes manchados de pintalabios en las que se estaban enfriando sus cafés con leche, paquetes de American Spirit y filtros desperdigados por toda la mesa.

—Ser autónoma es una pesadilla. —Sacudieron la cabeza y pidieron unos trozos gruesos de tarta de café y nueces—. Nadie te paga nunca a tiempo.

Coloqué un puñado de almendras en mi platito y las mordisqueé lentamente. Una de las chicas abrió su mochila lila y me mostró una maraña de rubíes y zafiros que resplandecían en su interior.

—Son para el sábado, para una sesión de fotos —dijo con una carcajada mientras cerraba la mochila con fuerza—. Me los ha dado esta mañana el diseñador. Llevo todo el día volviéndome loca.

El colgante diminuto que lucía en torno al cuello destelló bajo la luz cálida.

—¿Vamos a comer algo? —preguntó una de las otras mientras cerraba su portátil de golpe—. Me estoy muriendo de hambre. Aquí cerca hay un buen lugar para comer hamburguesas.

Todas asintieron para mostrar su acuerdo y yo puse una excusa para marcharme.

La vida de mis nuevas amigas parecía dorada, repleta de películas, obras de teatro, cenas regadas con vino y cócteles amargos, viajes a lugares lejanos y apartamentos decorados con buen gusto con cojines *kitsch*, muebles de segunda mano y grabados artísticos colgados de marcos color pastel.

«¿Has leído el artículo del *New Yorker*? —me preguntaban—. ¿Vas a ir al festival de cine? ¿Has estado en ese restaurante de *sushi* nuevo que acaban de abrir? ¿Cenamos en mi casa?».

Parecían mujeres adultas que pagaban la cuenta con la tarjeta de crédito, preparaban café y comían pastas por las mañanas, encendían velas aromáticas y se compraban ropa elegante sin pensárselo dos veces para luego colgarla de perchas de madera y guardarla a salvo tras las puertas de los armarios. Envidiaba su falta de timidez y el hecho de que desearan de forma tan abierta sin intentar esconderlo. No les daban vueltas a sus necesidades porque tenían los medios para saciarlas, por lo que no tenían que enterrarlas.

Quería ser como ellas; vestir la ciudad en torno a los hombros y tomar entre las manos todas las cosas buenas. Sin embargo, en mi interior había algo duro que también les guardaba rencor. Sus vidas tenían un barniz plástico y brillante que estaba alejado de la sangre y el cartílago de las cosas. Me decía a mí misma que la forma en la que yo vivía, teniendo que luchar y escarbar, era más real. Aun así, no me sentía sólida en absoluto. Me quedaba enganchada con todo, con las rodillas negras por las moraduras y las ramitas y las hojas de los árboles enredadas en el pelo.

No podía saciar mis necesidades básicas, como tener dinero suficiente para el alquiler, para los viajes de metro, para la comida o para cambiar lo que estuviera roto en ese momento. Las cosas que deseaba eran más grandes que el lugar del que procedía y eran más de lo que creía que merecía. Me gastaba el dinero que ahorraba al saltarme las comidas en copas de vino en bares oscuros y pegajosos con personas eléctricas o en viajes de autobús por toda la ciudad, sin ningún destino específico. Me sentaba en la parte superior y observaba el crepitar y la efervescencia de los edificios como si todo aquel resplandor deslumbrante me perteneciera. Al principio el intercambio había merecido la pena, pero empezó a parecerme injusto al observar a mis nuevas amigas disfrutando de sus anhelos y dando vueltas en la boca al hambre que sentían para después saciarlo, cuando yo me limitaba a desear a todas horas.

El espacio limítrofe, cercado con alambre de espino, se convirtió en mi zona de confort y validó todas las creencias que tenía sobre mí misma: que no merecía tanto como otras personas y que debía tomar lo menos posible. No sabía cómo llegar al otro lado para poder tener siempre de todo y estar segura, abrigada y llena.

50

La noche anterior a mi viaje de vuelta a Londres, nos sentamos en la playa mientras oscurece y enterramos los pies descalzos en la arena. Los últimos rayos de luz cubren todo de violeta, como si fueran tinta derramada. Froto entre los dedos un guijarro liso, nerviosa. Tú te enciendes un cigarrillo y tu rostro se ilumina en medio de la oscuridad.

—He estado pensando en lo que hablamos la otra noche —comienzo a decir, dubitativa. Te miro, pero no consigo descifrar tu gesto.

—Yo también.

Una voluta plateada se te escapa de entre los labios.

—¿Quieres que lo intentemos? —te pregunto—. ¿Quieres que intentemos que esto funcione?

Pasas los dedos por la arena.

—Me gustaría. ¿Y a ti?

—Eso creo.

—¿Volverás aquí?

—¿Quieres decir para siempre?

Alzas la vista hacia el cielo con los ojos entrecerrados, evitando mi mirada.

—Tal vez.

Quiero estar contigo, pero también tengo miedo. Todo está ocurriendo tan deprisa que no puedo seguir el ritmo. Me miras y sonríes.

—De todos modos, ¿qué te queda en Londres?

—Todavía quedan cosas que he dejado allí —espeto.

Sé que mi trabajo parece menos importante que el tuyo, y eso me hace sentir pequeña y estúpida. Estiras el brazo hacia mí pero yo aprieto la mandíbula y me aparto. Mi vida en Londres es insignificante y desastrosa, pero es mía.

—Lo sé. —Frunces el ceño—. No quería decir eso.

—Entonces, ¿qué querías decir?

—Nada —contestas con un suspiro.

Me quedo callada, contemplando el agua conforme se acerca hacia nosotros como una bruma negra. Tú te pones de pie y te sacudes la arena de las piernas.

—¿Vamos a tomar una cerveza o algo así? Es tu última noche, no podemos estar así.

Me levanto y caminamos por la arena hasta un bar cercano pero, para mí, la noche ha perdido todo su brillo y en el aire salado se ha quedado atrapado un dolor agudo que no puedo articular.

Mi vuelo sale la tarde siguiente y el cielo está del color de la pulpa de la sandía. El avión gira sobre el agua negra y pasa por encima de los barcos que están en el puerto, bañados de oro. Presiono el rostro contra la ventanilla y te imagino fumando en tu balconcito, con el calor atrapado entre las baldosas.

Llevo en el bolsillo el guijarro liso de la playa y le paso los dedos por encima, pensando en la conversación que mantuvimos en la oscuridad. Ahora que estoy más lejos de ti y el tirón magnético que ejerces sobre mi cuerpo parece más débil, nuestro plan me parece terriblemente vago. No hablamos de cuándo podría regresar o de si vendrías a Londres a visitarme. Tampoco discutimos los parámetros de nuestra relación y si seguimos manteniéndola abierta, por lo que me parece algo impreciso e indefinido. Me estás pidiendo que dé un gran salto de fe por ti y la rabia se retuerce en mi interior, como si mi vida fuese menos importante y mis decisiones tuvieran menos peso que las tuyas.

El avión se sacude en el aire y empiezan a sudarme las manos. Abro un libro para intentar distraerme. Respiro hondo y el hombre que está a mi lado se percata de que tengo los puños cerrados, así que me sonríe.

—¿No te gusta volar? —me pregunta.

—No mucho. —Cierro el libro—. Antes, no me importaba. No sé qué es lo que ha cambiado.

El hombre se recoloca las gafas.

—A mí me pasa lo mismo. No solía darle muchas vueltas hasta que tuve hijos. Ahora, lo odio. Tengo mucha gente esperándome en casa. —Alza una copa de plástico llena de vino tinto—. Aunque esto ayuda. Te lo recomiendo.

Le sonrío y trato de sumergirme en mi libro, pero no puedo concentrarme en las palabras porque me estoy preguntando dónde está mi hogar y quién me está esperando o si es posible que haya empezado a tener miedo a volar porque tengo mucho que perder. Pienso que siempre he tenido muchas cosas que perder pero, sencillamente, antes no podía verlas. Mi yo más joven arrojaba su cuerpo a lugares peligrosos, persiguiendo la noche y los remolinos de estrellas sin preocuparse por si iba a regresar viva. A veces, me planteo si podría haberlo hecho todo de manera distinta; si podría haber tomado otras decisiones y haberme convertido en alguien mejor. Ojalá me hubiera aferrado a esos sueños como si fueran globos y hubiera atado los cordeles en torno a las muñecas para poder alzar la vista hacia ellos ahora mismo y recordarlos.

Estoy perdida en mis pensamientos cuando Londres emerge de la oscuridad, iluminada como un collar roto cuyas perlas de luz se hubieran esparcido por todo el suelo. Siento tu cuerpo muy lejos del mío, anidado entre las montañas de un mundo diferente, y me pregunto si todo esto será bueno para mí; si no sería mejor que me centrara en mi propia vida para construir algo aquí en lugar de perseguirte a través del cielo.

—Lo hemos logrado —dice mi vecino de asiento cuando aterrizamos sobre el asfalto.

—Así es.

Compruebo mi teléfono para ver si el reloj se ha actualizado, regalándome una hora más de tiempo.

51

Cuando era pequeña, siempre me metía el chaleco bien dentro de las bragas. Me cerraba el abrigo hasta el cuello y le rogaba a mi madre que me atara las zapatillas de deporte todo lo fuerte que pudiera.

—No puedo apretar más los cordones, cariño —me dijo una vez, exasperada y arrodillada a mis pies.

Después, me metió en el coche y yo me quedé en el asiento de atrás, enfurruñada y tirando del cinturón de seguridad hasta que se me clavó en el estómago.

—Vas a hacerte daño.

Mi madre se giró hacia atrás para ajustarme el cinturón y yo la aparté de mí, pues quería sentirme arropada, sana y salva.

Durante los primeros años de la veintena, perseguía las emociones fuertes. Iba a fiestas con gente a la que apenas conocía y me pasaba toda la noche bailando, cubierta de lentejuelas e intentando alcanzar las bolas de discoteca con los dedos extendidos, aferrándome a las esquirlas de luz hasta que me despertaba en la cama con lagunas en la memoria y sangre seca en las rodillas.

Una mañana, iba de camino a casa después de una fiesta cuando empezó a sonar la alarma de mi teléfono que indicaba que tenía que levantarme para ir a trabajar. Rebusqué en el bolso para apagarla y me apoyé en un muro un instante, cerrando los ojos y suplicándole al mundo que dejara de dar vueltas. Cuando volví a abrir los párpados, me fijé en que, al otro lado de la calle, había una lavandería bañada de luz cálida. Parecía acogedora, así que entré.

Había un hombre sentado en un banco, contemplando cómo su ropa daba vueltas dentro de una de las máquinas. Observó mis ojos vidriosos y la purpurina que me cubría las mejillas.

—¿Estás bien? —me preguntó.

—Estoy bien.

Le devolví la mirada, pestañeando. Nos quedamos sentados, en silencio, escuchando el movimiento del agua y los golpes del tambor metálico. El olor a jabón me hizo pensar en mi madre con sus cajas de detergente en polvo y su algodón almidonado, blanco y puro. Miré la bolsa de la colada del hombre, sus zapatillas de deporte brillantes y el periódico que tenía doblado a su lado.

—¿Por qué estás aquí? —le pregunté.

—¿Qué?

—¿Por qué estás haciendo la colada a las seis y media de la mañana de un sábado?

Él se removió en el banco y después se rio con lentitud.

—Podría preguntarte lo mismo.

—Yo no estoy haciendo la colada.

El hombre arqueó las cejas.

—Ya me he dado cuenta. —En ese momento, me fijé bien en él. Llevaba la ropa planchada y limpia, pero tenía los ojos hinchados y con sombras oscuras talladas debajo—. No puedo dormir —admitió—. El ruido de las máquinas hace que me sienta en calma. —Me froté los ojos y él me miró fijamente—. ¿Y qué hay de ti?

—Tan solo estoy descansando. Empiezo a trabajar dentro de cuarenta minutos.

El hombre soltó otra carcajada larga y lenta.

—¿Estás bromeando?

—No.

Empezó a dolerme la cabeza. Quería quedarme en la lavandería, rodeada por el ritmo de las secadoras y la promesa de redención, de entrar sucia y marcharme limpia.

—¿Estarás bien? —me preguntó él mientras me ponía de pie, pero yo le sonreí y desestimé su pregunta con un gesto de la mano.

Llegué media hora tarde al trabajo y sobreviví al turno a base de café solo y galletas digestivas mientras pensaba en el hombre de la lavandería y me reía sola de las aventuras

de la noche. La línea entre el autocontrol y la autodestrucción era muy fina. No era capaz de ver que destruirme a mí
misma no era más que otra manera de contenerme; un intento desesperado por sentirme abrazada.

52

Me abalanzo de nuevo sobre Londres con una especie de furia. Rosa viene a la cafetería y se
sienta en la barra mientras estoy trabajando. La
agasajo con café gratis, trozos enormes de tarta de zanaho-
ria, vasos altos de gin-tonic y Negronis mezclados sin ningún tipo de medida. Salimos por ahí cuando acabo mis
turnos. Me rocío desodorante sobre la ropa del trabajo,
compartimos el pintalabios en los baños y bebemos tequila
en la sala de billares que hay al final de la calle. Sorbemos
cuencos humeantes de *pho* y nos colamos en discotecas las
noches de entre semana, apretando los cuerpos contra el
cristal de la cabina del DJ con los cuellos húmedos por el
sudor de otras personas. Durante mis tardes libres, veo películas que me hacen llorar en la oscuridad y visito exposiciones gratis. En las cafeterías de las galerías, garabateo en
mi cuaderno y observo a la gente que, ataviada con ropa
colorida, bebe vino. En las mañanas luminosas y soleadas
recorro el canal en bicicleta y, con el vestido atado en un
nudo sobre los muslos y el pelo enmarañado por el viento,
me siento fuerte y sin ataduras.

Tú me mandas mensajes de manera esporádica: fotografías de una puesta de sol violeta tomadas desde tu balcón, una luna llena rosa y palmeras recortadas por la luz.

No quiero pensar con quién estarás o qué estarás haciendo, así que intento desconectarme para volverme fuerte e impenetrable, menos vulnerable al dolor.

Me escribes: «¿Qué estás haciendo?».

Yo te contesto: «No demasiado». Al hacerlo, me siento vacía y sin sentido, como si las palabras fueran ladrillos que obstruyeran nuestros sentimientos, aplastando todo aquello que queremos decir en realidad. Estoy intentando ser feliz aquí; recordar cómo era mi vida antes de que tú abrieras un agujero en ella para comprender lo que significa sentirse arraigada y aprender a estar completa por mí misma.

«Tal vez podrías volver el mes que viene», me dices. Yo me muerdo el labio. Quiero estar cerca de ti, pero no sé si está bien que no dejes de arrancarme de mi propia vida de este modo.

«Lo pensaré», replico. Sin embargo, tú no contestas.

Rosa celebra su fiesta de cumpleaños, así que llenamos su casa de tulipanes y narcisos y colgamos luces de colores entre los árboles de su jardín lleno de maleza. Encendemos velas, compramos un vino espumoso barato y nos pintamos los párpados con purpurina en su baño diminuto. Estamos borrachas antes de que llegue nadie más y acabamos en la cocina, bailando al ritmo de las Supremes con su novia Emily, mientras sus compañeras de piso recogen los restos de la cena.

Los invitados empiezan a llegar y Rosa se sube a bailar a la mesa con sus botas rosas de plataforma. Unos hombres con sudaderas negras se encienden porros en el jardín y nosotras bebemos vodka de los candelabros. Un desconocido se tropieza con un macetero y se corta la mano con un cristal roto. La casa bulle de gente y Rosa, que lleva un cigarrillo encendido entre los dedos y la marca de un beso dibujada con carmín rojo en la mejilla, me rodea con los brazos.

—Cuánto me alegro de que estés aquí. —Su aliento huele a humo y vino dulce—. Y no en España, joder.

—Yo también —le digo mientras inhalo su aroma. Sin embargo, siento una punzada en el estómago ante la mención a España, pues te imagino con tus amigos en algún bar caluroso y oscuro y deseo que estuvieras aquí.

Alguien ha preparado una tarta de cumpleaños para Rosa, así que me como un pedazo enorme y me lamo la nata de los dedos.

—Debes de tener hambre —dice el novio de alguien mientras señala mi plato.

—Así es —contesto. Mastico con la boca muy abierta, lo que hace que él suelte una carcajada nerviosa y se aleje.

Uno de los compañeros de piso de Rosa pone un disco en su dormitorio, y todos nos amontonamos allí, bebiendo vino directamente de la botella y bailando sobre la cama deshecha. Voy vestida con un mono plateado y, mientras sacudo las caderas y doy vueltas en círculos intentando enterrar tu nombre, me siento veloz y resbaladiza.

—¿Jugamos a la botella? —pregunta Emily mientras le guiña un ojo a Rosa.

Nos reunimos en torno a ella formando un círculo, todo labios, lenguas y risas. El alcohol nos hace atrevidos. Beso a Max, que trabaja con Rosa en la galería. Me rodea la cintura con los brazos y me atrae hacia él. A mí me gusta, así que dejo que sus manos se deshagan de ti. Mi amiga abre los ojos de par en par cuando Max y yo abandonamos el círculo y nos ponemos a bailar. Nos miramos fijamente. Después, unimos las manos y los labios y, entonces, la habitación se desvanece.

—Siempre me has gustado —me susurra él al oído.

Le digo que él también me ha gustado siempre, lo que no es cierto, pero ahora mismo sí me gusta, pues enmascara la atracción que ejerces sobre mí.

Acabamos pegados el uno al otro en el baño. Max me quita el mono y deja su camisa hecha una bola en el suelo. Sus manos parecen grandes y rudas en comparación con las tuyas. Tiene el pecho amplio y el cabello grueso y espeso. Me penetra con torpeza y yo le apoyo los dedos sobre los labios.

—Van a oírnos —murmuro con un pie sobre la taza del baño.

—¿Y qué más da? —contesta él, y yo me río.

Cierro los ojos y tu rostro aparece tras ellos. Visualizo tu cuerpo nadando por el agua azul con la sal atrapada entre el pelo. Entierro la cara en Max intentando borrarte, pero una aflicción me aflora en el vientre y se retuerce hasta adoptar tu forma. Max sale de mi interior y se apoya en la bañera para no perder el equilibrio.

—Jesús —dice mientras nos vestimos a toda prisa, riéndonos entre susurros. Después, vamos a buscar a nuestros amigos.

Voy al piso inferior y vierto las sobras de una botella de whisky en una taza. Me escabullo al jardín por la puerta trasera y, ataviada con mi mono, me estremezco sobre el césped con la entrepierna pegajosa. Le pido un cigarrillo a una de las amigas de Rosa y me siento en los escalones de la puerta mientras escucho la música tecno que palpita en el piso superior. El jardín me da vueltas y te tengo detrás de los párpados, friendo champiñones en tu cocina diminuta y sonriéndome en medio de la oscuridad. Saco el teléfono móvil y compruebo mis mensajes, pero no he recibido ninguno tuyo. El símbolo que hay junto a tu nombre y que significa que estás conectado se enciende. Me quedo un momento mirando fijamente tu fotografía, intentando imaginar cómo me sentiría si estuvieras aquí, a mi lado, pero es imposible y apago el teléfono.

53

La relación entre Dylan y yo se volvió tensa. Él empezó a impacientarse por toda la ropa que dejaba esparcida por su apartamento y por las botas manchadas de cerveza que tiraba por ahí. Yo me derramaba por todas partes, desordenada e incontenible, incapaz de encajar a presión en su espacio compacto y organizado. Comprendí que tan solo podía aprender a desarrollar el buen gusto si erradicaba el mío propio. Ponía tanta energía en reprimir mi apetito que comencé a desaparecer por completo. Por las noches, cuando estábamos en la cama, le daba la espalda por miedo a que sus manos anhelantes pudieran arrastrarme de vuelta a mi cuerpo y a la pequeñez que me hacía sentir.

—¿Va todo bien? —me preguntó mientras me apartaba de él, pegando las rodillas a la pared.

—Solo estoy cansada.

Hice caso omiso del suspiro que le lanzó a la oscuridad y me sumí en unos sueños espesos e inquietantes.

Un fin de semana fuimos a un festival. La gente iba vestida con capas de plumas y pantalones cortos provocativos y dorados. Las luces de discoteca hacían que las gemas que llevaban pegadas al rostro resplandecieran y dibujaran prismas sobre la hierba. Cuando oscureció, vi el destello de las luciérnagas entre los arbustos.

—Te lo estás imaginando —dijo Dylan, riéndose, cuando intenté señalárselas, pero no era cierto.

Nos emborrachamos en el exterior de nuestra tienda de campaña, pasándonos una botella de vino espumoso entre ambos y aguantando las burbujas en la boca.

—Sé que te doy asco —afirmó Dylan de forma inesperada. Las palabras se le amontonaban.

—¿Qué? —Metí la botella en una de mis botas vacías para mantenerla erguida—. ¿Qué quieres decir?

—No quieres tocarme. Hace que me sienta terriblemente mal.

No sabía qué decir. Me sentía dolida por él, por haber hecho que se sintiera indeseado. Sabía que se esforzaba por mantener una fachada; que, bajo su ropa elegante y sus gafas bonitas, era inseguro. Sin embargo, en realidad no se trataba de él. Me daba asco a mí misma. Mi cuerpo no encajaba en los espacios correctos: ni en el hueco entre su pulgar y su dedo índice, ni entre sus paredes blancas y despejadas.

—Lo siento —dije en voz baja.

—¿De qué va todo esto?

—No lo sé.

Tiré de las mangas de mi jersey para bajármelas y cubrirme las manos. Dylan dio un trago a la botella de vino.

Intentó atraerme hacia él, pero yo me escurrí de entre sus brazos.

—¿Vamos a bailar? —le pregunté.

Él me miró acalorado y atravesado por el rechazo.

—Sí. —Se acabó de golpe el resto del vino—. De acuerdo.

Bailamos durante horas en una carpa de circo roja. Con la cabeza echada hacia atrás, agité los brazos de forma salvaje, intentando hacer ver que todo iba bien. Dylan me rodeó la cintura con las manos y se inclinó para besarme, pero yo me alejé de él, fingiendo estar borracha. Él fue a buscar otra cerveza. Emanaba amargura y hacía que me sintiera crispada.

De madrugada, volvimos a nuestra tienda de campaña dando tumbos, manchados de barro y cerveza. Dylan se acercó a mí y yo me quedé muy quieta, como si mi cuerpo no respondiera. Me besó el cuello y el hombro desnudo, así que me di la vuelta y me abrí para él a pesar de que no quería hacerlo. Sentía que le debía algo porque lo había hecho sentirse indeseado a pesar de que la raíz de la cuestión se encontraba en mí misma. Estaba borracha y la tienda se sacudía a nuestro alrededor. El bajo resonaba por los campos y, en la distancia, había gente riéndose. Dejé el cuerpo suelto y esperé a que se acabara. Las lágrimas hicieron que me escocieran los ojos y me mancharon las mejillas.

—¿Estás bien? —me preguntó él tras haber terminado. Cerré los ojos y no dije nada. La cabeza me daba vueltas en la oscuridad—. No sé qué es lo que me haces… —susurró mientras se acomodaba en su saco de dormir.

Me sentía responsable por la forma de mi cuerpo y por cómo lo hacía sentirse, como si fuera culpa mía.

Nos despertamos al salir el sol, acalorados y pegajosos. Dylan salió de la tienda de campaña y orinó al aire libre, recortado contra un amanecer del color del pomelo. El chirrido de las bombonas de gas de la risa surcó la mañana. Me estreché el saco de dormir contra el cuerpo y, al cubrirme las extremidades, me resultó acogedor y seguro. La piel delicada de entre mis piernas estaba hinchada y sensible.

—Voy a darme una ducha —dijo Dylan.

—¿Qué? ¿Ahora? —Entrecerré los ojos ante la luz brillante.

—Es la mejor hora. No habrá cola. —Asomó la cabeza al interior de la tienda—. ¿Vienes?

Quería limpiarme su olor de la piel húmeda y agria por el sudor y la suciedad, pero no quería desnudarme frente a él, pues tenía el cuerpo cansado y dolorido. No quería que viera lo que me había hecho, aunque no estaba segura del todo de que me hubiera hecho algo siquiera.

—No, gracias.

Él se encogió de hombros y se alejó caminando. Yo me quedé tumbada en la tienda y lo observé a través de la apertura, recortado contra el cielo, haciéndose cada vez más y más pequeño hasta que me pareció insignificante, eclipsado por el azul infinito.

54

El día después de la fiesta de Rosa llego tarde a mi clase. Estoy demasiado soñolienta como para pedalear, así que, tras pasar la barrera a toda prisa, me subo al metro que me lleva hasta Balham. Paso prácticamente corriendo frente a cafeterías pintorescas y floristerías pintadas en colores pastel y me detengo en una esquina a recuperar el aliento. Me escuecen los ojos y tengo la piel caliente al tacto. El vómito me sube por la garganta y me lo trago antes de alisarme el vestido y subirme las medias, que se me han arrugado en torno a los tobillos.

La madre de mi alumno abre la puerta, distraída.

—Pasa. —Me acompaña hasta la cálida cocina—. Espero que no te moleste que me quede por aquí. Más tarde van a venir unos amigos y estoy dejando todo preparado.

—No pasa nada —contesto, aunque me tenso para mis adentros.

Mi alumno tiene diez años y percibe que tengo resaca. Me mira malhumorado y, cada vez que le hago una pregunta, pone los ojos en blanco y me responde con monosílabos.

—Vamos, Isaac —dice su madre por encima del hombro—. Haz un esfuerzo por tu profesora. Puedes decir algo más que eso.

Cuando se da la vuelta, Isaac le saca la lengua y yo finjo no darme cuenta. Le he pedido que hiciera un ejercicio escrito para que no tenga que hablar conmigo y siento el cerebro acartonado mientras lo observo presionar la punta del lapicero sobre la página.

Echo un vistazo a la estilosa cocina y contemplo las baldosas de color verde azulado, las encimeras de madera, los electrodomésticos resplandecientes y el ramo de lirios que hay dentro de un jarrón alargado de cristal. Me cohíbo ante la idea de mi propio cuerpo metido bajo la cara mesa del comedor y me siento como algo sucio y barato, pues no me he lavado el pelo, que me huele a humo, y mi mochila destrozada ensucia el suelo. El frigorífico está cubierto de dibujos infantiles y hay cestas de mimbre llenas de juguetes. Hay un calendario con garabatos sobre reuniones de trabajo, excursiones escolares y recordatorios de citas que ya han sido tachados. Veo un zapatero lleno de botas de agua y deportivas de diferentes tamaños y un cartel de madera que cuelga de la parte trasera de la puerta en el que se puede leer la palabra «hogar». Me pregunto si este es el aspecto que tiene un hogar: ventanas empañadas, zanahorias glaseadas asándose en el horno y todo limpio y resplandeciente.

Siento envidia de Isaac porque tiene el pulcro uniforme de un colegio caro, a su familia arropándolo, Londres en la puerta de su casa y un frigorífico lleno de comida. Intento imaginarme viviendo aquí, preparando café en la cafetera exprés y bebiendo vino en copas enormes, pero la idea hace que sienta claustrofobia, como si mi vida estuviera cerrada y determinada en base a unos parámetros que resultan sofocantes, rígidos y amurallados.

Aun así, siento un peso al pensar en mi propio mundo andrajoso, en el moho de las paredes de mi dormitorio subarrendado y en el olor a orina de gato del pasillo. Me pregunto qué es exactamente lo que estoy persiguiendo al lanzarme a la vorágine de la noche. La gente con la que crecí está comprando casas, casándose, albergando semillas en sus vientres y viendo cómo todo crece. Sin embargo, hay algo en mi interior que no consigue sentar cabeza; que

puede ver lo bueno que hay en todo ello, pero que no puede imaginarse todas esas cosas buenas siendo suyas. Te
visualizo fumando en el umbral de la puerta con el cuello
del abrigo subido para protegerte del frío y el estómago se
me retuerce de anhelo. Me pregunto si podré imaginarme
un futuro contigo cuando un futuro con otra persona es
algo que nunca antes me he atrevido a imaginar.

—He terminado —dice Isaac.

Acerco su cuaderno de ejercicios hacia mí. Le he pedido
que describiera su pasatiempo favorito y ha escrito sobre
comer pizza.

—Me encanta la pizza porque tiene queso y tomate
—lee—. Es gomosa, tiene hilos de queso y es blandita.

—¿Podrías escribir un símil? —le pregunto—. Si tuvie-
ras que comparar la pizza con algo, ¿con qué la compara-
rías?

Se queda pensativo un momento, mordisqueando el
extremo de su bolígrafo.

«La pizza es como una cama mullida y cálida», escribe.
Yo sonrío.

—¿Le gusta la pizza? —me dice.

—Me encanta —le miento.

Isaac sonríe con alegría mientras dibuja un círculo naranja sobre el papel. Yo me pregunto cómo podría crear un
hogar cuando soy incapaz de nutrirme a mí misma en condiciones.

El niño alza la vista hacia mí.

—¿Por qué está triste, señorita?

—No estoy triste —contesto, poniendo un gesto más
alegre—. Solo tengo hambre. Tanto hablar de la pizza…

—¿Puede mi profesora quedarse a cenar, mamá? —pregunta él.

Su madre se echa a reír.

—Tu profesora tiene su propia casa, cariño.

Me guiña un ojo y yo fuerzo una sonrisa.

55

Dylan y yo rompimos y encontré una habitación en un altillo de un almacén construido en una antigua fábrica de caramelos que había junto al canal. Era ilegal y no se nos permitía tender la colada en el exterior por si el consejo municipal se daba cuenta y comenzaba una investigación. El alquiler costaba más de la mitad de lo que ganaba en el pub. El propietario construyó paredes de contrachapado barato y escaleras de madera para poder hacinar a la mayor cantidad de gente posible en cada espacio. Mantuvo las ventanas originales de la fábrica, que se estaban pudriendo por los bordes, así que, por las noches, el viento se colaba por las grietas y las abría de golpe. No había calefacción y no había instalado cableado en los techos, por lo que era un lugar oscuro, iluminado por lámparas de mesa y guirnaldas de lucecitas. Había duchas compartidas en cada piso y había pececillos de plata que brillaban bajo los tubos de luz fluorescente. En los pasillos, había maquinaria esquelética y afilada que se estaba oxidando.

Al principio aquella fábrica me resultó romántica, pues estaba inundada por el incienso y la música y se acercaba más al tipo de vida que iba buscando: precaria pero con un halo de glamur. Quienquiera que hubiera vivido en el altillo antes que yo había pintado las paredes de rosa y había pegado por todo el techo constelaciones de estrellas que brillaban en la oscuridad. Había un piano y, por las mañanas, mientras el café burbujeaba en una olla caliente sobre el fogón, uno de mis compañeros de piso tocaba música clásica con las abullonadas mangas de la camisa cayéndole sobre las muñecas. Habíamos encontrado todos nuestros muebles en la calle y colgábamos las sartenes de una viga de madera que había sobre el fregadero. En la pared del baño, alguien había dibujado una sirena que desprendía escamas y espuma de mar. La colada se secaba en las vigas y del techo pendían flores de *Gysophila paniculata* atadas con cordel. Después de vivir en el piso pulcro y ordenado de Dylan, aquello me parecía enorme y salvaje. A veces, algún grupo daba un concierto improvisado en la cocina de alguien y, más tarde, subíamos a la azotea por la escalera de incendios para ver cómo el amanecer teñía las nubes de amarillo mientras los rascacielos resplandecían bajo la primera luz del día.

El brillo fue desapareciendo cuando los listones rotos de mi cama empezaron a derrumbarse en mitad de la noche de forma repetida. La cerradura de la puerta principal era defectuosa y a menudo me preguntaba si mis escasas posesiones seguirían allí cuando llegara a casa de trabajar. Por las mañanas, me despertaba con la escarcha pegada a la colcha, formando una película plateada. Compramos radiadores eléctricos para calentar nuestras habitaciones, lo que hizo que nuestras ventanas tuvieran un resplandor anaranjado y que la factura de la electricidad se disparara.

Un día, el propietario llamó a golpes a la puerta, bronceado tras haber pasado un mes en Bali, donde estaba construyendo un lugar para hacer retiros de yoga.

—Tenéis que parar con los radiadores —dijo—. Voy a tener que subiros el alquiler para poder costear las facturas.

—La ducha ha dejado de funcionar de nuevo —le dije.

—Haré que alguien venga a arreglarla hoy, princesa —contestó.

Sin embargo, nunca vino nadie.

Mi compañero de piso tenía un cachorrito que se pasaba toda la noche ladrando. La peste a marihuana y a perro mojado se me pegaba al pelo y a las fibras de la ropa. Empezaba a avergonzarme la idea de que emanara de mí cuando me sentaba en las cafeterías o en el autobús al lado de otras personas, como si pudieran oler mi extrañeza o las cosas sucias y avariciosas de mi vida. Por las noches deambulaba por la ciudad, observando los rectángulos dorados que eran las vidas de otras personas, empapándome de sus enormes estanterías llenas de libros, sus lámparas de pie y sus cocinas relucientes con copas de vino dispuestas sobre las mesas. Las ventanas eran como pequeñas pantallas de televisión, parpadeantes y luminiscentes. Me imaginaba colándome en ellas, quitándome los zapatos, caminando sobre la moqueta mullida, cerrando la puerta principal desde dentro y reclamando aquel espacio como mío. A veces, fantaseaba con registrarme en un hotel por una noche para estirarme en la oscuridad silenciosa, sentir las sábanas limpias y almidonadas y quedarme en la bañera hasta que la piel se me pusiera roja, desprendiéndose de todas las partes malas de mí misma con el sudor.

«¿Estás bien?», me escribes a altas horas de la noche, mientras estoy tumbada en la cama.

«Estoy bien —contesto, entrecerrando los ojos ante el resplandor de mi teléfono—. ¿Por qué?».

«Te siento muy distante».

«Eso es porque estoy muy lejos».

«Me refiero a emocionalmente».

Cierro los ojos con fuerza y vuelvo a abrirlos.

«Tú también pareces distante».

«Te echo de menos».

«Yo también te echo de menos».

«Ojalá estuvieras aquí».

«¿De verdad?».

«Sí. Extraño sentir tu cuerpo junto al mío».

«Yo también extraño tu cuerpo», tecleo. Después, lo borro. Me siento demasiado expuesta al decir que extraño tu cuerpo; demasiado necesitada y franca. Sin embargo, sí que extraño el olor amargo de tu sudor y los rizos que tienes en la nuca. Extraño nuestros cuerpos cuando están juntos, doloridos y brillantes, mientras mueves tus manos por mi vientre, y el palpitar oscuro de tu sangre.

«Vuelve, por favor —me escribes—. Y, en esta ocasión, quédate».

Apago la pantalla del teléfono y entierro la cara en el almohadón. Estoy intentando cerrarme de nuevo; estar sana, salva y completa por mí misma. Me da miedo necesitarte tras años de intentar no necesitar nada en absoluto. Sin embargo, tu nombre me llena los pulmones y la garganta y las líneas afiladas de tus palabras me rasgan las encías. Me incorporo y, a través de las cortinas abiertas, contemplo el exterior: la calle oscura, los tejados grises y las luces parpadeantes de las farolas. Recuerdo el sol, el agua salada, la manera en la que la luz atravesaba el cielo y lo abría de par en par, tu mano sobre mi hombro desnudo y las latas de melocotón en almíbar. Mi teléfono se ilumina de nuevo y vuelvo a mirarlo.

«¿Volverás pronto?».

Le envío a Rosa una captura de pantalla de nuestra conversación.

«¿Qué debería hacer?», le pregunto.

«Madre mía… ¡Tienes que ir!».

«¿De verdad?».

«Nunca te permites tener las cosas que deseas».

«¿Y qué es lo que deseo?».

«¡Por el amor de Dios!».

«¿Qué?».

«Ve a descubrirlo».

«De acuerdo».

«¿De acuerdo?».

«Voy a ir».

PARTE TRES

57

Reservo un vuelo solo de ida a Barcelona y busco a alguien que ocupe mi dormitorio. Estoy cansada de mudarme y sueño con echar raíces en alguna parte; en algún lugar en el que pueda deshacer las maletas y expandirme en condiciones. Mis primeros días de vuelta en España los paso entre titubeos, pues me he desprendido de varias capas de mí misma. Sin embargo, cuando divides una lata de cerveza entre dos vasos o me tomas del brazo mientras caminamos por la calle, hay cierto destello en ti. Aprietas tu cuerpo contra el mío cuando estamos en la cama y yo entierro el rostro en tu cuerpo, hecha astillas por el sol y tus dedos cubiertos de tabaco. Intento aferrarme a mí misma mientras tu lengua me abre de par en par como si fuera fruta.

—¿Estás bien? —me preguntas mientras metes pan en la tostadora y yo bebo café en la mesa de la cocina, frotándome los ojos para deshacerme del sueño.

—Sí. —Rodeo la taza con los dedos—. Tan solo me estoy aclimatando.

La tostada empieza a echar humo y abres una rendija de una de las ventanas.

—¿Quieres que vayamos a alguna parte este fin de semana? —preguntas.

—Sería agradable. —Doy un sorbo al café—. Tal vez podríamos ir a la montaña.

—Buena idea. —Arrojas la rebanada de pan ennegrecida a la basura y me besas el hombro con suavidad—. Estará bien salir de la ciudad.

Miguel nos presta su coche y nos dirigimos hacia el Prepirineo. Hay cipreses garabateados sobre un fondo azul y bajamos las ventanillas mientras cantamos al son de un CD rayado de Paul Simon y nos comemos los rollitos de canela que llevamos en una bolsa de papel marrón. Me lamo los granos de azúcar de los dedos, me quito las sandalias con una sacudida y apoyo los pies descalzos sobre el salpicadero. Pasamos por pueblos abandonados con edificios en ruinas como si fueran motas, con las persianas bien cerradas. Te doy instrucciones siguiendo un mapa de carreteras que hemos comprado en un estanco. Miro la maraña de líneas de colores con el ceño fruncido.

—Aquí, tienes que girar a la derecha.

—¿Dónde? —preguntas mientras echas un vistazo a tu retrovisor.

—Aquí. Ay, no, espera. Era ahí atrás.

—¿De verdad? —Sueltas un suspiro.

—Lo siento.

Dejas el coche en el aparcamiento vacío de un restaurante cerrado. Tomas el mapa y lo estudias mientras abro la puerta para inhalar el aire limpio.

—No está muy claro, ¿verdad? —dices con el ceño fruncido.

—No. —Pongo los ojos en blanco—. La verdad es que no.

—No te preocupes. —Te inclinas hacia mí y enredas una mano entre mi pelo—. Eres una copiloto excelente. No querría estar perdido en las montañas con ninguna otra persona. —Arrugo la nariz—. Mira. —Señalas al otro lado de la carretera—. ¿Es un supermercado? Vamos a comprar provisiones.

Compramos tarros de cristal de garbanzos, latas de tomates troceados, una hogaza de pan con una corteza muy crujiente y chocolate negro envuelto en papel de plata. Encontramos un manojo de espinacas de un color verde oscuro, un puñado de naranjas con hojas esmeralda y dos botellas de vino catalán.

—¿Necesitamos caldo, especias o algo así? —te pregunto.

—He traído de casa. Mira dentro de mi mochila.

Meto la mano en el interior y saco una selección de bolsas *zip* perfectamente etiquetadas con pimentón, salvia, comino y cúrcuma, así como manojos de hojas de laurel y romero atados con gomas elásticas.

—Vaya… —comento—. Qué impresionante.

Te sonrojas y miras una selección de setas naranjas.

—Mi madre lo hace siempre para no desperdiciar nada. No tiene sentido comprar cosas que ya tenemos.

Me paso el resto del viaje pensando en la abundancia, en tu letra diminuta y cuidadosa y en las especias que llevas entre los dedos como copos dorados y de color óxido.

El valle es conocido como Valle de los Buitres por las aves rapaces que sobrevuelan las imponentes rocas rojas. Las antiguas paredes de piedra albergan hornacinas con figuras religiosas pintadas y pasando frío bajo las sombras. El cielo está naranja y los árboles son del color del azafrán. Miguel nos ha contado que solía haber un pueblo pequeño que cayó en decadencia cuando murió la generación de los padres y sus hijos se mudaron a las ciudades para poder ganarse la vida. Los edificios amarillos acabaron en ruinas y las lagartijas y las malas hierbas habitaron sus grietas hasta que un grupo de pastores de cabras se mudó aquí y comenzó a vender leche y queso, atrayendo a gente nueva a la zona. Ahora, un puñado de personas procedentes de toda Europa vive y trabaja en las cercanías. Nos ha contado que la gente cultiva sus propias verduras, instala sus propios sistemas de alcantarillado y vive en caravanas mientras reparan las casas antiguas. Por las noches se sientan bajo las estrellas en torno a las hogueras, mientras los cencerros de las cabras resuenan por los campos.

Conducimos por un camino de tierra y nos detenemos frente a una cabaña de madera rodeada de olivos.

—¿Es aquí? —te pregunto.

—Eso creo.

Una vid derrama uvas moradas sobre el porche de madera. En el jardín, hay esculturas de tamaño humano también talladas en madera y cubiertas de musgo y suciedad. Una guirnalda de luces de colores brilla con suavidad en medio del crepúsculo.

—Hola. —Una mujer ataviada con un mono vaquero se dirige hacia nosotros a través de la hierba con un paquete de tabaco de liar en la mano—. Soy María. Bienvenidos.

—Hola. —Le tiendo la mano—. Gracias por acogernos.

—No hay de qué —contesta con una sonrisa—. Los amigos de Miguel siempre serán bien recibidos aquí.

—Es precioso. —Alzo la vista hacia las montañas, que se difuminan ante la oscuridad que va cayendo.

—Sí. —La mujer se sienta en el porche y se lía un cigarrillo—. Lo es.

—¿Llevas mucho tiempo viviendo aquí?

Pasa la lengua por el papel.

—Quince años, más o menos. Yo misma construí esta casa. —Señala al otro lado de los campos—. Ahora estoy reparando otra que está por allí. Crie a mis hijos aquí. Ya son adolescentes, y pronto querrán marcharse a la ciudad para ir a clubes nocturnos o algo así.

Exhala una nube de humo marrón y yo tomo aire.

—¿Estas esculturas son tuyas? —le pregunto mientras señalo las que hay sobre la hierba.

—Sí. —Se pone en pie—. Son mi ejército. Me mantienen a salvo. —La miro a los ojos para mostrarle que la entiendo—. Muy bien —dice mientras sacude un manojo de llaves—. Deberíais tener todo lo necesario. He encendido la estufa de leña porque por las noches hace frío. Aseguraos de dejar la rejilla abierta cuando os vayáis a dormir o se generará un gas que es venenoso.

—De acuerdo. —Tú me guiñas un ojo.

—Me he olvidado de traer las pastillas de encendido. Tenéis suficiente para esta noche. Uno de estos días iré al pueblo y compraré unas pocas más.

—Nos las apañaremos —digo con una sonrisa—. Gracias.

—Si necesitáis cualquier cosa, estaré justo allí.

Tú dices algo en español que no comprendo y María se echa a reír.

—¿Qué es lo que has dicho? —te pregunto mientras se aleja. Sacudes la cabeza y entras a la cabaña sin contestarme. Se me tensan los músculos al recordar lo pequeña que me siento aquí cuando, algunas veces, no puedo interpretarlo todo o expresar las cosas que quiero decir. Pienso en todos los años que he tenido problemas para articularme a mí misma en mi propio idioma y en cómo, en su lugar, enterraba las palabras en mi cuerpo—. Odio cuando haces eso —mascullo mientras te sigo al interior.

—¿Cuando hago el qué?

Estás de pie frente al fregadero, contemplando a través de la ventana las montañas cada vez más oscuras con los ojos iluminados por la emoción.

—No importa.

Nos sentamos en el porche de madera y escuchamos el canto de las cigarras entre los árboles mientras un resplandor naranja se posa sobre las cumbres. Abro una botella de vino y lo sirvo en dos vasos de cristal polvorientos. Entrechoco el mío con el tuyo y tú me miras con timidez.

—Me alegro de que hayas vuelto —me dices con un destello de culpabilidad en el rostro.

Miro la hierba quemada, las fresias amarillas y el jazmín que se derrama en torno al tendedero. En este momento, estoy contenta de estar aquí, pero no sé lo que significa mi vida en España. Quiero estar contigo, pero también quiero ser una persona independiente y vivir de un modo que yo misma haya elegido.

—¿Te alegras de haber vuelto? —preguntas de manera tentativa.

Inhalo el aroma de la noche y del romero silvestre, preguntándome si debería contarte lo que pasó con Max en Londres. Entonces, miro tu rostro preocupado y cambio de opinión.

—Me alegro de estar aquí —digo con cuidado.

En el pasado, nunca le di importancia a desenterrar mi vida y mudarme a otra ciudad, pero algo está cambiando y no puedo deshacerme del todo de aquellas versiones de mí misma que en el pasado estaba tan desesperada por dejar atrás.

—¿En qué estás pensando? —me preguntas.

—En nada, la verdad.

—¿En nada?

—Bueno… —Hago una pausa—. Tan solo me estaba planteando qué voy a hacer aquí, en España.

Suspiras y señalas las montañas flameantes y el cielo del color de las mandarinas.

—¿Tenemos que hablar de eso ahora? ¿No podemos disfrutar sin más del hecho de estar aquí?

Quiero que reconozcas que estoy arriesgándome por ti, que me estoy haciendo vulnerable en un lugar que te pertenece principalmente a ti.

—Muy bien —contesto en voz baja.

Una tensión se posa entre nosotros e intento desprenderme de ella. Mi silla de madera está caliente al tacto y, estando aquí, tan cerca de tu cuerpo y de la emoción amarga de tu piel, me cuesta imaginarme el bullicio de Londres. Pienso en mi húmeda habitación de Peckham, en las calles mojadas y en el olor a goma de los trenes. Recuerdo cómo, la última vez que estuve aquí, menospreciaste mi vida en Londres y me pregunto si la ciudad es mía sencillamente porque la he escogido del mismo modo que tú has escogido España.

—¿Tienes hambre? —me preguntas—. ¿Empezamos a preparar la cena?

—Sí; está bien —contesto mientras me pongo en pie y me encamino hacia la puerta.

Tú observas mi gesto reservado.

—Podemos hablar de ello otro día.

—De acuerdo —digo de manera brusca antes de dirigirme al interior.

En la ducha diminuta, me enjuago la piel para desprenderme del largo viaje mientras las especias se tuestan en una sartén. La temperatura baja en el exterior, así que me pongo una camisa de lana y un par de calcetines gruesos y siento cómo la sangre me corre cerca de la superficie. Las velas escupen sombras sobre las paredes y tú estás de pie junto a los fogones, haciendo que la cúrcuma burbujee en tonos dorados. A través de un altavoz pequeño, está sonando Etta James. Llevas un trapo de cocina colgado del hombro y la noche sin estrellas se apelotona contra la ventana. Saco una silla de madera de debajo de la mesa y me pasas una copa llena de vino tinto. Tienes la piel resbaladiza, cubierta de pimienta y sudor, y tu contorno se recorta contra el resplandor azul de la cocina de gas. Posas los labios sobre mi hombro y yo me apoyo contra ti, cayendo hacia el peligro y dándole vueltas a tu corteza con la lengua. Metes los dedos por debajo del dobladillo de mi camisa y me sujetas las caderas con las manos. El suelo está frío y me entrego a la noche, desprendiéndome de las preguntas que tengo atrapadas sobre la piel como si fueran dientes, esforzándome por permanecer presente. Mis caderas se desparraman a tu alrededor y la melena se me esparce sobre las baldosas. El ambiente cremoso está bañado de leche de coco y te atraigo hacia mí mientras saboreo el oro que emanas y me atraganto con tu amarillo interminable.

Dejamos los cuencos llenos de estofado sobre la mesa mientras la cera de las velas se derrite, formando estalactitas. La estufa de leña, cargada de resina, es agradable.

—Escucha —susurras.

—¿El qué?

—El silencio. Hacía mucho tiempo que no escuchaba el silencio.

Aparto las pesadas cortinas y una capa plateada cubre toda la mesa.

—La luna —digo en un grito ahogado mientras miro a través del cristal empañado.

Abres la puerta y sales con los pies descalzos. El frío te arranca una mueca.

—Ven. —Tu voz es un susurro—. Rápido.

Te sigo al exterior y alzo la vista hacia el cielo. Hoy hay luna llena y está enorme, como si fuera una lámpara eléctrica. Cruzas el porche y te tumbas sobre la hierba húmeda.

—¿Qué haces? —digo con una carcajada.

—Bañándome de luz de luna. Ven y únete a mí.

Presiono mi cuerpo contra el suelo y me siento arropada por la tierra sólida. La luz convierte nuestras extremidades en huesos.

—Es la luna más brillante que he visto jamás —digo.

—Es un presagio —contestas con voz siniestra.

—¿Qué clase de presagio?

—Tendremos que esperar para verlo.

58

Cuando era adolescente, mi madre se dio cuenta de que estaba comiendo menos e intentó hablar conmigo acerca de ello.

—Tienes que pensar en tu cuerpo —me dijo—. Vas a acabar enfermando.

Tras mirar los pósters de Kate Moss y Alexa Chung que había colgado por toda mi habitación, puso gesto de pánico y me sentó para conversar.

—¿Por qué quieres tener ese aspecto? Estás perfecta tal como estás.

Yo me encerré en mí misma y la alejé de mí, cerrando los ojos y negándome a hablar de ello porque no disponía de las palabras necesarias para explicárselo. Sentía que, en el interior de mi cuerpo hermético y resistente, me estaba volviendo más fuerte, sobreponiéndome a mis deseos y necesidades. En realidad, no era capaz de distinguir si estaba más gorda o más delgada. No era capaz de ver la forma de mi cuerpo en absoluto. Sentía que estaba haciendo lo correcto al practicar la privación, que estaba convirtiéndome en una mujer vacía y dura.

Empezamos a discutir sobre la comida que me dejaba en el plato y las mentiras que le contaba sobre a dónde habíamos ido Tara y yo después de las clases. Ante mi negativa a confiar en ella, su preocupación se convirtió en enfado. Nos quedamos en habitaciones separadas de la casa, solas y echando humo, hasta que yo me arrastré a la cocina, cargada de remordimientos.

—Siento ser tan horrible —le dije.

Mi madre se ablandó al ver mis ojos enrojecidos.

—No hay ni una sola cosa horrible en ese cuerpo.

Me rodeó con los brazos y yo sentí ganas de llorar, ya que se equivocaba. Sabía que tenía algo horrible en mi interior. Podía sentirlo. Era algo negro que se estaba pudriendo y que se me clavaba en el vientre, desprendiendo un aroma pútrido. Sabía que tenía que ocultarlo, cubrirlo y enterrarlo en lo más profundo de mis entrañas, donde nadie pudiera verlo.

Mi madre abrió el frigorífico.

—¿Qué quieres para cenar?

—No lo sé.

Le di la espalda. En mi interior, esa cosa horrible se hinchó, ocupando todo el espacio, haciendo que me olvidara del hambre y llenándome de miedo y vergüenza.

59

Nos despertamos con el aire limpio haciéndonos cosquillas en la piel a través de las sábanas. Te observo mientras preparas el café en calzoncillos y estudias un mapa arrugado. Miro nuestra ropa enmarañada en el suelo y la luz del día que se cuela por la ventana. A pesar de mis inseguridades, todo parece demasiado bueno y, por un instante, siento miedo, pues espero que algo malo nos persiga y nos atrape. Traes una taza humeante al dormitorio con los pies descalzos sobre las frías baldosas. Yo aparto las cortinas y alejo mis pensamientos mientras inundo la habitación de luz.

Troceo higos sobre una tabla de madera lijada y comemos yogur con miel en el jardín con el café servido en pequeñas tazas blancas. La hierba está repleta de insectos y, a través de los campos, procedente de la dirección en la que se encuentra la casa de María, nos llega el sonido del flamenco. Contemplo cómo pasas los dedos por el borde de tu cuenco y cómo lo lames. Yo doy vueltas a los higos en el plato, nerviosa, y dejo sus corazones pegajosos intactos.

—¿Cuál crees que es la historia de María? —me preguntas mientras te recuestas en la silla—. ¿Cómo crees que acabó en este sitio?

—No lo sé. —Jugueteo con la cuchara—. Me parece que lo más probable es que tenga una buena vida.

Miras a tu alrededor.

—¿Crees que se siente aislada? Está muy lejos de todo…

—Tal vez le guste…

Tú arrugas la nariz.

—Pero está desconectada del mundo.

—A mí me gustaría.

—Cómo no… —dices, poniendo los ojos en blanco.

—¿Qué se supone que significa eso?

Te pones de pie y comienzas a recoger la mesa.

—Nada. No importa.

Tras el desayuno subimos a las montañas, trepando por la tierra con la ropa cubierta de polvo amarillo. Contemplamos las rocas rojas y escuchamos el sonido de los cencerros de las cabras. En las lomas hace calor, así que nos quitamos capas de ropa y dejamos que el sol nos arrase la piel desnuda. Hacemos una pausa para comer en un antiguo muro de piedra que rodea una iglesia en ruinas. Me tiendes una mandarina y la parto por la mitad con el pulgar.

—No estaba segura de que quisieras que regresara —digo antes de que el sabor cítrico me explote en la lengua.

—¿Qué quieres decir? Dijimos que íbamos a intentar hacer que esto funcionara.

—Sí, pero en realidad no hablamos de qué significaba eso.

Te quedas callado un momento mientras haces rodar una piedrecita entre los dedos.

—No sabía si volverías.

—¿Por qué no?

—No lo sé. Es solo que, después de que te marcharas, tenía la sensación de que habíamos perdido algo.

Se me estrecha la garganta.

—¿Todavía sientes lo mismo?

Jugueteas con las malas hierbas que crecen entre las grietas del muro.

—No. Ahora que estás aquí, no. —Me miras, nervioso—. ¿Te alegras de haber vuelto?

Miro tus deportivas sucias, tus uñas mordidas y tus ojos rodeados de arrugas por la preocupación.

—Me alegro de estar contigo —dices de manera tentativa. Entonces, mis palabras quedan suspendidas en el aire, entre nosotros.

Me alegro de estar aquí, contigo, pero, por algún motivo, no puedo relajarme. Quiero vivir según mis propias condiciones, pero es difícil saber cuáles son esos requisitos cuando mis sentimientos están totalmente enredados en torno a ti.

—Tienes que darle una oportunidad a esto —comentas mientras te apartas de mí. Siento un destello de ira en las entrañas. Sí que tengo que darle una oportunidad, pero la decisión no es tuya—. Venga —dices mientras tomas tu mochila, antes de que pueda contestar—, en marcha.

Me trago las palabras y enterramos los dedos en flores amarillas mientras intentamos identificar plantas y pájaros cuyos nombres desconocemos. Caminamos por un campo de piedras cobrizas que, bajo la luz del sol que se vierte entre los árboles, parecen resquicios de un planeta distante. El suelo cruje debajo de nosotros y, cuando bajo la vista a mis pies, descubro que está cubierto de huesos. Tomo una pelvis diminuta.

—¿De qué crees que son? —te pregunto.

—Ovejas —contestas mientras lo inspeccionas—. O puede que cabras.

—¿Qué crees que les ocurrió? ¿Se las comieron?

Pasas un dedo por la sucia articulación de la cadera.

—No lo sé. Tal vez. Lo más probable es que solo fueran viejas.

—¿Deberíamos llevarnos algunos de los huesos? —pregunto mientras rastrillo la tierra.

Tú arrugas el rostro.

—Podrían tener alguna enfermedad.

—¿En serio?

—¿Por qué te interesa tanto? —dices con una carcajada—. ¿Nunca antes habías visto huesos?

—En realidad, no. Al menos, no así. ¿Y tú?

—Creo que sí.

—¿Dónde?

—Solía ir muchas veces de acampada con mi padre.

Intento imaginarme a mi propio padre montando una tienda de campaña, preparando una hoguera, cocinando la cena en un hornillo de acampada, abrochándome el impermeable o enseñándome los nombres de las plantas y los huesos. Sin embargo, es una idea tan imposible que me resulta devastadora y aparto esa imagen de mi mente.

Llegamos al lecho seco de un río, cuyas piedras están lisas tras pasar siglos con el agua precipitándose sobre ellas. Estoy en el centro del valle y casi puedo sentir el rastro de una energía enorme que atraviesa la tierra. Cierro los ojos un momento y pienso en las corrientes que arrastran el cieno hacia el mar.

—¿Tienen memoria las piedras? —te pregunto—. ¿Crees que saben que, en el pasado, estuvieron sumergidas bajo el agua?

Te arrodillas en el lecho y apoyas una oreja sobre una piedra.

—Dice que sí lo recuerda —contestas con los ojos abiertos de par en par y yo me echo a reír.

Cuando volvemos a la cabaña, arrancamos algo de romero del jardín y lo asamos junto con unos tomates, unos pimientos y unas patatas con un corte muy fino. Después encendemos las velas que hay dentro de unos candelabros metálicos. Hago bolas de papel de periódico y las cubro de combustible para intentar avivar el fuego. Observo los remolinos de luz sobre las paredes y tu rostro salpicado de oro en medio de la oscuridad. Me fijo en nuestras zapatillas polvorientas y en la pila que forman nuestros jerséis y una oleada de añoranza por un hogar me recorre el cuerpo como un calambre. Me olvido de tener miedo de que todo se haga añicos y deseo que pudiéramos quedarnos atrapados en este momento, preservar nuestras vidas en ámbar y olvidarnos de estar en cualquier otro lugar.

—¿Estás bien? —me preguntas con el ceño fruncido.

—Sí. —Saco los cubiertos del cajón y empiezo a poner la mesa—. Tan solo tengo hambre.

—La cena casi está lista.

—Estupendo.

Nos sentamos en el porche hasta que el frío nos eriza la piel, así que entramos y cerramos las gruesas cortinas que nos separan de la noche. Las ramitas golpean las ventanas como dedos mientras nos subimos a la cama y pegamos los cuerpos en busca de calor. Paso las manos sobre tu piel y pienso en los recuerdos atrapados en la roca, en los huesos rotos esparcidos por el suelo del bosque, en las especias etiquetadas con tu letra cuidadosa y en todas aquellas cosas cuyos nombres no conocemos. Pienso en tu padre, al que perdiste, así como en el mío, que está desaparecido, y en el nudo retorcido de ese amor tan difícil. Entonces, te agarro las caderas, justo aquí, donde puedo tocarte, y me siento enferma por el deseo. Siento una presencia ardiente y húmeda en el centro de tu pecho y me acerco al latido de tu corazón.

La tarde siguiente condujimos de vuelta a Barcelona. Sentada en el asiento del copiloto, permanezco callada, observando el transcurrir de la carretera bajo nosotros. La luz resplandece entre los árboles mientras la luna pálida se alza en el cielo cada vez más oscuro. El olor de la gasolina se cuela por la ventanilla abierta. Recuerdo tus palabras sobre lo de darle una oportunidad a estar aquí y me pregunto si darles oportunidades a las cosas es algo que he empezado a temer.

—Le estoy dando una oportunidad a esto, ¿sabes? —mascullo. Te miro, pero tú mantienes la vista fija en la carretera.

—Eso está bien. —Cambias de carril mientras miras por encima del hombro—. Siempre estás pensando en estar en alguna otra parte. Necesitas darte un poco de tiempo.

Trago saliva y me clavo las uñas en las palmas de las manos. No pareces percatarte de que me estoy arriesgando y de que he trasladado toda mi vida por ti, mientras que tú estás haciendo lo que ya querías hacer. Me quedo en silencio mientras nos dirigimos hacia un cielo en llamas.

—¿Qué ocurre? —preguntas con el ceño fruncido.

—Nada.

—¿De qué se trata?

Te doy la espalda y miro por la ventana.

—No puedo explicártelo.

—Tal vez sea cosa de la luna —bromeas, intentando restarle importancia al asunto.

Yo pongo los ojos en blanco para enmascarar mi inquietud. Me imagino el presagio filtrándose a través de mi piel, confirmando el miedo a que todo esto sea demasiado fácil y demasiado bueno para alguien como yo. Estoy esperando a pagar el precio de toda esta felicidad, de todas las cosas buenas que flotan a mi alrededor como si fueran plancton. Estoy esperando a que el peligro nos alcance.

60

Una tarde de verano, cuando tenía diecisiete años, estaba esperando en la parada del autobús para ir a una fiesta. Estaba de puntillas sobre mis Converse negras y una brisa floral me rozó las piernas desnudas mientras la bolsa de plástico que me colgaba de la muñeca crujía suavemente. Sentía un destello en el vientre ante la promesa de una fiesta y la idea de meterme en problemas. Siempre iba buscando acabar desatada. Un Honda Civic blanco aparcó a mi lado y el conductor bajó la ventanilla. El zumbido de un cortacésped rasgó el atardecer mientras un hombre joven alzaba el rostro para sonreírme. Me acerqué un poco más, esperando que me preguntara por alguna dirección. Eché un vistazo al interior del coche y él se desabrochó los pantalones vaqueros y se sacó el pene rosa y duro. Intenté alejarme, incrédula, pero tenía los pies paralizados. Me miró a los ojos y movió la mano arriba y abajo. Intenté buscar las palabras que lograran que se detuviera, pero tenía la lengua hinchada dentro de la boca. Movió la mano más rápido. Un gritito se me escapó de entre los labios y el hombre se rio.

—Que te jodan —espeté, pero las palabras se rompieron contra mis dientes y mi voz sonó apagada y amortiguada.

Entonces llegó mi autobús y, tras guiñarme un ojo, el hombre se alejó con el automóvil.

Cuando llegué a la fiesta, le conté a Shaun lo que había pasado.

—Cabrón asqueroso… —Me estrechó el brazo—. ¿Estás bien? ¿Has apuntado la matrícula?

Me serví un chupito de vodka.

—Estoy bien —contesté, apartándolo de mí—. No, no he apuntado la matrícula. Estoy bien, no te preocupes.

Seguía estando bien mientras bailaba en el jardín con la hierba húmeda bajo los pies descalzos. Sacudí las caderas en medio de un borrón de manos y rostros que se reían y gritaban hasta que el amanecer atravesó el porche. Los ojos me ardían por el humo de los cigarros. Di vueltas en círculos, bebiendo vino de una taza desconchada y riéndome, con una minifalda y mi flamante cuerpo nuevo, que me parecía revoltoso y descontrolado; un animal que merecía ser castigado.

61

Una tarde, voy caminando sola por el Barri Gòtic. Tú estás en el trabajo y el calor me aplasta como si fuera una manta pesada. Me detengo en una plaza sombría, bajo unas acacias, cuyas hojas verdes dibujan sombras sobre mi piel. Me siento en una mesa en la terraza de un bar y pido un Aperol spritz. El camarero me lo sirve junto con un cuenco de olivas negras, cuyos huesos me escupo en la mano. Beber sola en mitad del día me resulta lujoso. La ciudad se vuelve cada vez más cálida y el sol deforma las horas, que se tornan alargadas y extrañas. Intento pensar en cómo hacer que las cosas funcionen en Barcelona, pero el alcohol me espesa los pensamientos y empiezan a dolerme los ojos. Ni siquiera sé qué haría si regresara a Londres; dónde trabajaría o cómo viviría, pero me he privado de muchas cosas para poder escoger mi propia vida y no puedo renunciar a eso por ti.

Mi teléfono se ilumina al recibir un mensaje de Rosa. Me manda fotografías del fin de semana: una lata de cerveza, un horizonte resplandeciente, un grupo de amigos fumando en una mesa de pícnic, un tatuaje nuevo que se ha hecho en el tobillo y una taza con manchas de un pintalabios oscuro en el borde. Las imágenes me atraen y tiran de las puntas de mi pelo hasta que me duele. A cambio, le mando a mi amiga algunas de mis fotografías: tú recortado contra las montañas azules, la luna plateada y mi sombra dibujada sobre las piedras rojizas.

«Es precioso —escribe ella—. Tengo envidia».

«Sí —contesto, insegura—; supongo que sí».

«¿Supones?».

«No lo sé. Me siento rara».

Rosa me envía un emoticono poniendo los ojos en blanco.

«Se supone que tienes que intentarlo».

Saco una fotografía del Aperol, que brilla bajo el sol.

«Lo estoy intentando».

Ella me manda una instantánea de sus rodillas en el autobús, aplastadas contra el respaldo de un asiento sucio. Me río y guardo el teléfono. Alzo la vista hacia el cielo resplandeciente y cuento los pétalos que se han amontonado sobre los adoquines decorados. Intento fijarme en las cosas buenas que me rodean en lugar de dedicarme a desear estar en otro lugar.

—Voy a postularme para algunos puestos de trabajo —te digo esa noche mientras comemos berenjena al horno en la mesa de tu cocina.

—Creo que es una muy buena idea —contestas con rapidez y con el rostro iluminado por la promesa.

Con cuidado, me sirvo arroz en el plato, haciendo caso omiso del zumbido que siento en el fondo de la cabeza y que me advierte de que algo malo acecha en el futuro.

—Intento estar presente.

—Estar presente está bien.

Sonríes, dubitativo. Te miro a los ojos un instante y, después, aparto la mirada.

62

Después de que mis padres se separaran, empecé a ver a mi padre con menos frecuencia. Ocasionalmente, quedábamos en una cafetería y manteníamos conversaciones forzadas. La abundancia de café hacía que me sudaran las palmas de las manos. Cuando cumplí dieciocho años decidí reservar una mesa para ambos en un restaurante italiano.

—Querrá verte —me dijo mi madre mientras me estrechaba el brazo—. Estás haciendo lo correcto.

Para la comida, me puse un vestido corto y brillante y un par de tacones altos. Quería que mi padre se sintiera orgulloso de mí; que me mirara y comprendiera que era una persona adulta con una vida propia, capaz de controlar la distancia que nos separaba. Llegué pronto y me quedé sentada en la mesa con una copa de vino rosado mientras observaba a las familias y las parejas que me rodeaban, cubiertas de laca y perfume y con montones de pasta humeante en sus platos.

Pasaron quince minutos y comprobé mi teléfono.

«No ha llegado todavía», le escribí a mi madre.

«No te preocupes —contestó ella—. Siempre llega tarde».

Fui al baño, me retoqué el delineador de ojos y me ahuequé el pelo frente al espejo mientras intentaba alegrar el rostro preocupado. Cuando regresé a la mesa, todavía no había llegado.

—¿Le gustaría pedir ya? —me preguntó el camarero.

Me planteé pedir algo de comer pero la idea de la pizza o la pasta me resultaba pesada y sofocante.

—Todavía no —le contesté con una sonrisa—. Estoy esperando a alguien.

El camarero me miró con compasión y yo le odié por ello.

—No hay problema. Avíseme cuando esté lista.

Pasó media hora e intenté llamar a mi padre, pero me saltó el buzón de voz. El camarero me trajo una cesta de pan, pero la aparté de mí. El vino era demasiado dulce y hacía que me sintiera mareada. Jugueteé con mis pendientes mientras, ansiosa, miraba en dirección a la entrada, buscando el cuerpo alto de mi padre con sus vaqueros azules y una chaqueta Harrington sobre los hombros.

Tras cuarenta y cinco minutos, el camarero regresó a la mesa.

—Lo siento muchísimo, pero tiene que pedir ya. Tenemos otra reserva más tarde. ¿Tal vez su amigo no vaya a venir?

Lanzó una mirada significativa al asiento vacío que tenía enfrente.

—Deme solo cinco minutos más —le dije—. Por favor.

Volví a marcar el teléfono de mi padre, pero seguí sin recibir respuesta. El olor del aceite y del queso se me pegó a la piel, haciendo que me picara. La pareja que había en la mesa de al lado no dejaba de mirarme y yo me sentí acalorada y alarmada. Me puse en pie demasiado rápido y me choqué contra la mesa, haciendo que los cubiertos tintinearan. Dejé algo de dinero para el vino y salí a la noche, demasiado avergonzada como para darle ninguna explicación al camarero.

Me senté en la parada del autobús con la piel de gallina en las piernas, temblando bajo la chaqueta de cuero falso. La amargura se asentó en mis entrañas mientras observaba la carretera y el parpadeo de los coches que transportaban a gente con un propósito; gente que se dirigía a alguna otra parte. No creía necesitar a mi padre, pero sabía que quería que estuviera conmigo. Sentía que no era lo bastante buena para él; que preferiría estar en cualquier otro lugar en vez de estar conmigo.

Más tarde, descubrí que había estado bebiendo, que se había quedado sin batería y que había perdido la noción del tiempo.

—Lo siento, cariño —dijo mi madre mientras me atrapaba en un abrazo—. No es culpa tuya. Siempre va a encontrar alguna excusa.

Comprendí que yo no era suficiente y que él siempre escogería sus propios problemas antes que a mí.

La adicción corre por las venas de los hombres de mi familia como una cuerda antigua que los une a través de los años. Mis dos abuelos eran alcohólicos y sus padres también lo habían sido. Incluso yo conozco la llamada de la adicción: la seguridad de las reglas, la persecución de una sensación concreta y el destello de hambre tras los párpados. Los hombres de mi familia lloraban, se meaban y vomitaban mientras se tambaleaban por las calles, creando agujeros en las vidas de otras personas, mientras que yo me guardaba las compulsiones en las entrañas con pulcritud; estaba presente para los demás, pero creaba una ausencia en mi interior. Siempre tenía el control. Sentía la llamada de la adicción, pero de mí se esperaba algo diferente, así que, en su lugar, me enterraba debajo de la privación.

63

Tras varias semanas de búsqueda infructuosa, adorno mis cualificaciones y me ofrecen un trabajo enseñando inglés en una academia de idiomas en Collblanc. Cada mañana voy en bicicleta por las calles anchas, esquivando el tráfico de Plaça de Espanya y surcando el aroma dulzón de la bollería recién hecha mezclado con los gases de los tubos de escape. Las calles están mojadas tras el paso de los servicios de limpieza y algunas gotas se me pegan a las piernas mientras acelero por el pavimento caliente con el pelo cargado de humedad. Paso frente a fruterías con manzanas brillantes y cubos de plástico con ramilletes deslumbrantes de flores de acacia, ancianos bebiendo cerveza en las terrazas de los bares y el Mercat d'Hostafrancs, que está repleto de camisones en tonos pastel e hileras de gafas de sol que centellean bajo la luz.

Por las noches, tomo notas con frenesí de un libro de gramática para, al día siguiente, poder apuntar en la pizarra listas de nombres, adjetivos y verbos, crear un código de colores para los tiempos verbales, los prefijos y los sufijos, y para poder explicar las cláusulas y las preposiciones. Mis alumnos aprenden con rapidez, enroscando la lengua en torno a sonidos vocales desconocidos para después empujarlos al exterior. Con los estudiantes más avanzados, leo novelas y, después, coloco las sillas en círculo y los animo a debatir sobre el texto. Me sorprendo a mí misma por la facilidad con la que controlo este espacio desconocido. La mayoría de mis alumnos son bilingües en español y catalán y, algunos de ellos, también hablan otros idiomas. Les pregunto cómo se sienten al tener en su interior tantos nombres para cada cosa. Ellos arrugan la nariz mientras intentan encontrar las palabras adecuadas en inglés para lo que quieren decir.

—Cada idioma tiene un toque diferente —dice una adolescente que asiste a las clases de los viernes por la mañana—. El catalán sabe a familia, porque así es como me hace sentir. Es difícil explicarlo… Es como si pudiera saborear la historia que se esconde tras las palabras.

—Eso es interesante… ¿A qué sabe el inglés?

Parece avergonzada.

—¿De verdad tengo que contestar? Tiene un sabor duro. Como una piedra. O como esa cosa negra que ponen en las carreteras.

—¿El alquitrán?

—Sí, como el alquitrán. O algo sólido. Para mí, el español es algo más líquido pero, definitivamente, el inglés es algo duro.

Las clases les dan a mis días forma y propósito, lo que suaviza la maraña de mis pensamientos. Después del trabajo, quedo contigo para tomar vermú y nos sentamos en taburetes altos en torno a barriles de bodega mientras compartimos olivas amargas y maíz tostado. Algo se afloja en mi interior cuando, al caer la noche, nos reunimos con amigos en las plazas y, tras dejar las bicicletas apoyadas contra la pared, nos sentamos con las piernas cruzadas sobre el asfalto, compartiendo porros y comprando latas de Estrella a los vendedores callejeros. Nuestras vidas toman forma y yo me dejo abrazar por ella, pensando únicamente en el calor que hay atrapado en tu piel y en tu mano apoyada sobre mi espalda en medio de la oscuridad.

Vamos juntos a bares baratos y comemos anchoas con un sabor cítrico cubiertas de charcos de aceite de girasol y platos de patatas bravas con salsa picante. Probamos la *burrata* con rúcula picante y finas rebanadas de pan de coca con ajo. Bebemos cava barato y agua con gas, dejando que las burbujas tintineen en nuestras bocas. A veces, vamos a un restaurante sirio que hay en Sants y nos sentamos fuera, envueltos por los gases de la gasolina, mientras observamos el tráfico, untamos el pan sin levadura en *hummus* espeso, comemos hojas de parra rellenas con los dedos y, después, tomamos *baklava* y té de menta con mucho azúcar formando pequeños cristales. Pedimos a domicilio comida japonesa, que está empapada de salsa de soja, así que engullimos las rodajas rosadas de *sashimi* y extraemos los *edamames* de sus vainas.

Me preguntas qué es lo que quiero y me atrevo a lanzarme a por ello con todas las posibilidades pegadas a la piel como la salsa. El resplandor de vernos juntos bajo la luz del sol me mantiene a flote y me atiborro de tus colores y de esta ciudad voluble, donde el anhelo hace que nos escueza la lengua como si fueran guindas, donde nos saciamos el uno al otro, donde el aire está cargado de calor y humo y las nubes cuajadas de lluvia sucia.

Pasamos frente a viejos almacenes del Poblenou conforme la luz gotea en tonos neón sobre los rascacielos.

Abandonamos la ropa sobre la arena de la playa de Bogatell y nos sumergimos en el agua metálica con los cuerpos agradecidos por las olas refrescantes. Nadamos más allá de las colillas mojadas de cigarrillos y las bolsas de plástico arrastradas por la corriente que parecen medusas. Te adentras directamente en las aguas abiertas, allí donde el mar se une con el océano y se vuelve profundo y frío.

—Me gusta sentir su arrastre —me dices mientras flotas de espaldas como si fueras una estrella de mar, contemplando el cielo cada vez más oscuro—. Me gusta expandirme en medio del agua azul.

Nado contigo más allá de las boyas y confío en que mi cuerpo me lleve. Me asusto cuando nos damos la vuelta y vemos la playa diminuta en la distancia. Es como si me hubiera alejado demasiado y nunca fuera a ser lo bastante fuerte como para poder volver a tierra.

64

Cuando vivía en la fábrica trabajaba en un pub muy concurrido. Los chicos de la ciudad acudían en masa después del trabajo, se desparramaban por la acera que había frente a la puerta y charlaban en voz alta. Yo me colaba entre ellos para recoger los vasos y me miraban mientras barría las colillas que tiraban al suelo. Mi encargado siempre se estaba metiendo en problemas. Se hacía rayas de coca en la bodega para poder aguantar los turnos dobles. No dejaba de meterse en peleas y, a menudo, me llamaba en el último momento para que fuera a cubrirlo.

—Me he roto la mandíbula —me decía con voz pastosa—. He tenido un accidente con la bicicleta. Venga, cielo, hazlo por mí.

Cuando trabajábamos juntos, me observaba con ojos grasientos mientras preparaba diferentes mezclas y las vertía en vasos de chupito. Cuando nos tocaban los turnos de noche, siempre abría una botella de vino tinto.

—¿Por qué nunca comes nada, cielo? —me preguntó un día mientras contemplaba cómo le daba vueltas en el plato a la comida que nos servían a los empleados—. ¿Tienes algún problema? —Señaló a mi compañera, que estaba sirviendo pintas, ataviada con una camiseta extragrande de Nirvana y un par de medias—. Lo entendería si fueras delgada como Kate, pero no lo eres.

Estaba casado pero, en secreto, se acostaba con una abogada que se sentaba en la barra las noches de entre semana con el pelo sedoso brillando bajo las luces cálidas y el carísimo bolso apoyado en la zona de servicio. Bebía botellas de vino picapoll y me miraba sin verme mientras sacudía un billete de diez libras en mi dirección y me decía que me quedara con el cambio.

Era un verano bochornoso y el sudor me perlaba el rostro durante los turnos, se me quedaba atrapado entre los pliegues de la piel y los labios me sabían a sal. Me puse unos pantalones vaqueros cortos y una camiseta que dejaba a la vista el ombligo y me sentí cohibida ante mis muslos expuestos. Conforme me acercaba al pub, apreté la mandíbula al ver la multitud agitada que se agolpaba en la acera. La luz del sol caía sobre las pintas de cerveza y las mujeres se apartaban el pelo de los cuellos ardientes. Me abrí paso entre cuerpos húmedos para llegar hasta la barra, evitando los espejos y las superficies reflectantes. Me sentía en carne viva dentro de mi propia piel. Me encogía con una mueca cada vez que las hileras de ojos ensangrentados me miraban de arriba abajo los músculos de las pantorrillas cuando me ponía de puntillas para alcanzar la ginebra. Tiré pinta tras pinta y serví las botellas de cristal directamente de la caja, pues no había tiempo para rellenar las cámaras frigoríficas. Era demasiado consciente de la franja suave de mi piel bajo la camiseta, así como de la parte húmeda que se ocultaba bajo la cinturilla de los pantalones.

Me apoyé contra la caja registradora un momento para beber un vaso de agua fría y enjugarme el sudor de debajo de los ojos. Mi encargado apareció al otro lado de la barra con una camisa de flores y un par de Ray-Bans colgadas del bolsillo del pecho.

—¿Cielo? —dijo en voz baja. La abogada estaba sentada en la barra, con un vestido de lino muy elegante. Me miró a los ojos y, después, apartó la mirada con rapidez—. Lo siento mucho —dijo él en un susurro—, pero tienes que ponerte más ropa para trabajar.

Las piernas pálidas se me sacudieron bajo los pantalones.

—¿Es una broma? Es el día más caluroso del año.

Él se echó a reír, incómodo.

—Sí, pero la gente te está mirando. —Señaló a la abogada—. Cree que no es apropiado. —Se inclino hacia delante para prepararse él mismo un gin-tonic—. Puedes soportarlo, cielo. ¿De acuerdo?

Me di la vuelta y me dirigí a atender a la fila de clientes. Mi cuerpo parecía estar en llamas y estaba desesperada por que acabara el turno para poder tumbarme en la oscuridad de mi habitación, lejos del calor y de las miradas que me atravesaban la piel como si fueran trozos de cristal.

65

Carla, una compañera de la academia de idiomas, me invita a una fiesta que celebran en su barrio. Han colocado mesas alargadas en la calle, de las farolas cuelgan serpentinas de colores y hay un hombre tocando la guitarra en un escenario improvisado. Los amigos de Carla están acomodados en el extremo de una de las mesas, compartiendo botellas de vino en vasos de plástico, cambiando de un idioma a otro y riéndose con fuerza. Sus palabras están suavizadas por el alcohol. Me dan una cálida bienvenida y se ponen en pie para estamparme dos besos en las mejillas.

—¿Alguna vez has comido *calçots*? —me pregunta Elena, una de las amigas de Carla. Lleva pendientes plateados en las orejas y vides tatuadas en torno a las muñecas. Niego con la cabeza—. Tienes suerte —dice con solemnidad—. Está acabando la temporada. —Me sonríe—. Ojalá pudiera volver a comerlos por primera vez.

Los *calçots* son unas cebollas tiernas y alargadas que acaban ennegrecidas en un fuego enorme. Nos reunimos alrededor con platos de cartón y alguien echa sardinas a las llamas. Se cocinan con la piel y desprenden un aroma a carbón y a mar. Una de las amigas de Carla trae a nuestra mesa un montón de *calçots* envueltos en papel de periódico y todo el grupo se abalanza sobre ellos. Echan las cabezas

212

hacia atrás y se los meten en la boca, manchándose los labios con una salsa espesa y naranja. Elena me toma del brazo y me conduce hasta los *calçots*.

—Tienes que comer rápido o se acaban. —Abro el papel de periódico y me sirvo un puñado en el plato. Están cubiertos de carbón, que me mancha las manos y se me mete entre las uñas—. Úntalos en el romesco —añade mientras señala la salsa naranja—. Esa es la mejor parte.

Carla llena un porrón de vino y nos lo vamos pasando. Todo el mundo bebe por turnos, intentando no derramar el líquido cuando sale de un pitorro alargado dibujando un arco, como si fuera una cinta escarlata. Los catalanes tienen mucha práctica y se ríen cuando los demás se manchan las barbillas con el vino y se mojan la ropa.

Estoy nerviosa, pero echo la cabeza hacia atrás como los demás y me como un *calçot* con cautela. Está delicioso, ácido y dulce. Está crujiente pero suave en el interior. Los demás comen de manera frenética y mastican con la boca abierta y el aceite y el hollín manchándoles la cara. Aquí nadie conoce mi secreto, así que soy libre de comer con rapacidad; de fingir que soy el tipo de persona que se toma las cosas con calma y que come cuando tiene hambre. Y, a veces, incluso cuando no la tiene.

—Has nacido para esto —dice Carla con una carcajada mientras señala con la cabeza mis dientes ennegrecidos y las espinas de pescado que tengo entre los dedos.

—No —le digo con sinceridad mientras niego con la cabeza—; la verdad es que no.

66

Iba de camino a casa después de un turno de mañana en el pub cuando empezó a cerrárseme la garganta. Sentía los pulmones aplastados, como si tuviera dedos afilados escarbándome en el pecho. Empezaron a temblarme las manos y movía las piernas con lentitud, como si estuviera abriéndome paso por el agua. Pasó de repente y sentí miedo. De pronto, la realidad parecía algo separado de mí; algo que brillaba lejos, en la distancia. Pasé frente a una parada de autobús y me senté en el asiento de plástico, intentando recuperar el aliento. Los apartamentos y las tiendas de comestibles se deformaron a mi alrededor y el aire comenzó a brillar, como cuando el calor se levanta del asfalto. Me sentía desconectada de mí misma, como si me estuviera observando desde cierta distancia, dentro y fuera de mi cuerpo al mismo tiempo. No había mucha gente en las inmediaciones, así que me aferré al asiento con las palmas sudorosas de las manos y apoyé los pies con fuerza sobre la acera, intentando anclarme al suelo. El miedo recorrió mi cuerpo como una oleada negra y el corazón me daba sacudidas contra las costillas. Intenté sacar mi teléfono para llamar a alguien, pero la pantalla se emborronó ante mi mirada y acabé guardándolo.

Cerré los ojos e intenté respirar hondo. Entonces aquella sensación comenzó a remitir y los edificios que me rodeaban recuperaron su forma habitual. Me sentía temblorosa y notaba las extremidades ligeras, así como un dolor sordo en la base del cráneo. Me dirigí lentamente hasta el quiosco que había al otro lado de la calle y me centré en poner un pie delante del otro. Los vehículos que pasaban a mi lado me hacían estremecerme con su ruido y con el metal de sus capotas, que reflejaba el sol. Escogí una barrita de chocolate Dairy Milk y dejé unas monedas en el mostrador, pues me preocupaba tener el azúcar muy bajo por no haber comido suficiente. Me senté en los escalones de la puerta de algún desconocido e intenté comprender lo que había ocurrido, mareada por la conmoción.

Unos días más tarde, estaba sentada en el jardín de un pub con Rosa y comenzó a pasarme lo mismo. Un miedo espeso y pesado se apoderó de mí, así que me aparté de la mesa de pícnic y me senté en el suelo, metiendo la cabeza entre las piernas.

—¿Qué te ocurre? —me preguntó Rosa mientras se arrodillaba a mi lado y me apoyaba la mano en la espalda con los labios fruncidos por la preocupación.

—No lo sé. Ya me pasó el otro día. —Cerré los ojos con fuerza—. Dame un momento.

Intenté respirar de manera regular mientras el cielo se hacía añicos sobre mi cabeza. Sentí como si mi amiga estuviera muy lejos de mí, como si fuera una luz que no pudiera alcanzar. Me trajo un vaso de agua y una bolsa de patatas fritas y yo me las comí con rapidez, asustada. Pensé que tal vez me mereciera lo que fuera que me estuviese ocurriendo; que mi cuerpo se estaba vengando de mí por todas las formas en las que lo había castigado y todos esos meses y años de negligencia.

Cuando me sentí mejor intenté explicarle a mi amiga lo que había ocurrido, pero hablar de ello hizo que regresara aquella sensación. Podía sentirlo en la periferia de mi mirada, presionándome la parte posterior de los ojos y arrastrándome lejos de las manos suaves de Rosa, de la mesa de madera áspera y del tintineo de los vasos en aquel jardín luminoso.

—No sé qué es lo que me está pasando —le dije con los ojos cerrados.

Rosa apoyó su mano fría en mi espalda. Me aparté el pelo de la cara y noté que tenía la frente empapada en sudor.

—Creo que es posible que estés sufriendo ataques de pánico —dijo ella en voz baja.

—¿De verdad? ¿Te ha ocurrido alguna vez?

—Una. —Me frotó la espalda—. Fue horrible. Tan solo tienes que acordarte de seguir respirando.

—¿Pero qué es lo que me causa el pánico?

Me miró con ternura.

—La adrenalina. Si almacenas demasiada ansiedad en el cuerpo y no tienes manera de expulsarla, te ataca así, de golpe.

Me quedé sentada en la hierba, intentando respirar de forma regular y pensando en todos los años que había pasado enterrando mis sentimientos en la oscuridad de mi cuerpo. Me pregunté si podría aprender a trenzarlos en una frase que fuera como una cuerda para poder meter las manos por la garganta y arrojarlos fuera.

67

Las acacias explotan como si fueran fuegos artificiales. Las buganvillas de color fucsia crecen sobre los edificios como un sarpullido. Los cactus florecen naranjas y amarillos mientras la gente se desprende de capas de ropa como si fueran pétalos caídos y la ciudad se cubre por una capa espesa de polen y sal. Meto mis blusas y mis vaqueros en tu vieja mochila y nos subimos al autobús que lleva a Cadaqués, a unas pocas horas al norte de Barcelona. En el autobús, el aire está viciado y las sacudidas que producen las colinas hacen que nos sintamos mareados hasta que vemos el mar, de un verde botella y resplandeciente, a nuestros pies. Cargamos con nuestro equipaje por calles adoquinadas mientras admiramos las paredes blancas, las macetas pintadas, los hibiscos rojos que caen sobre las puertas y las manchas moradas que los higos han dejado sobre el pavimento. Seguimos el mapa que llevo en el móvil hasta un apartamento que está al nivel de la calle. Hay toallas limpias y sábanas tendidas al sol.

La casa es pequeña y huele a mar. Hay una tabla de surf apoyada en una pared. Encuentras un par de *snorkels* bajo la cama y llenamos una cesta de mimbre con las toallas, nuestros libros y una bolsa de papel marrón llena de uvas negras. Nos abrimos paso a través de las calles estrechas hasta llegar a una plaza repleta de gente que lleva ropa de lino blanco y Ray-Bans y que está bebiendo vino espumoso al sol. Seguimos una carretera curvada que bordea el agua, y los bares y restaurantes dan paso a los acantilados plateados. La bahía está salpicada de barcos y trepamos por las piedras hasta que encontramos una extensión de arena protegida por unas rocas. Bajamos hasta allí, nos quitamos la ropa y nos estiramos sobre las toallas como si fuéramos gatos enormes, con los cuerpos pálidos bajo un suave resplandor. Entrecierro los ojos y, entre las pestañas, observo cómo el sol convierte las olas en mosaicos. Tú me apoyas la mano en el vientre.

—¿Vamos a nadar? —te pregunto. Noto el cuero cabelludo ardiendo bajo la melena.

—¿Es necesario? —contestas con un gruñido.

—Venga. —Me pongo de pie, esparciendo arena por las toallas—. Vamos.

El agua está fría y me zambullo en ella mientras siento el tirón largo y fuerte de mis músculos y mi cuerpo se expande con ansias para llenar el espacio que lo rodea. Me giro y te veo cerca de la orilla, subiendo y bajando la cabeza como una foca, con el pelo apartado hacia atrás y la piel resbaladiza por la sal. Mientras te acercas a mí, sacudiendo los *snorkels* por encima de la cabeza, el sol arranca brillos de mis pestañas.

—¿Vamos?

Me tiendes un par de gafas de bucear.

—¿Qué tengo que hacer? Nunca antes lo he hecho.

—Es fácil. Tan solo tienes que acordarte de respirar por la boca.

Te colocas el tubo entre los labios y soplas a través de él como si fueras una ballena. Entonces desapareces bajo la expansión azul y el *snorkel* dibuja ondas en la superficie. Me paso las gafas por la cabeza. Se me pegan a la cara y la goma me atrapa mechones de pelo. Meto la cabeza debajo del agua y trago unas bocanadas de salitre.

—Espera.

Vuelvo a emerger, tosiendo y reajustándome el tubo. Sin embargo, tú ya te has alejado y yo me quedo atrás. No confío en esta pieza de plástico endeble. Me da miedo no ser capaz de respirar de la única forma que sé. Los nervios me arañan la piel pero respiro hondo y me sumerjo bajo las olas.

Debajo del agua, el tiempo transcurre de forma diferente. Los rayos de sol quedan atrapados entre el oleaje, moteando los granos de arena que van a la deriva como si fueran fosforescencias, y hay trozos de algas flotando sin ataduras. Un banco de peces plateados diminutos pasa debajo de mí a toda velocidad, ajenos a la forma oscura de mi cuerpo. Respiro por la boca y pienso en cómo el tiempo transcurre de manera diferente cuando estamos juntos. Es como estar bajo el agua, donde los minutos y las horas se extienden. Me siento anclada al tiempo, no arrastrada por él o apenas rozando su superficie. Quiero envolverte en nuestro tiempo y ponerte a salvo de tu miedo a la pérdida, pero sé que se nos escapa a la vez que lo vivimos. Me pregunto si de verdad será posible aferrarse a alguna cosa.

Intento flotar con la corriente y siento las olas en el cráneo, pero las gafas se empañan y el mundo se convierte en un borrón de luz verdosa. La respiración me resuena en los oídos. Tus piernas aparecen frente a mí, moviéndose a cámara lenta como si estuvieras bailando. La luz tiñe de plata tu cuerpo y te vuelve iridiscente como una circonita. Extiendo los brazos hacia tus pies nacarados, pero las gafas se me llenan de agua y, asustada, respiro por la nariz y doy unos tragos enormes. Sacudo las piernas y los brazos para impulsarme hacia arriba. Me quito la máscara, farfullando bajo la luz brillante del día. Tú apareces a mi lado, riéndote.

—¿Estás bien? —me preguntas. Sacudo la cabeza—. Solo necesitas práctica. —Te ríes de mi cara roja y yo te doy la espalda mientras empiezo a nadar hacia la orilla—. ¿A dónde vas? —dices a mi espalda, pero te ignoro, desesperada por sentir tierra firme bajo los pies.

Me hundo en mi toalla, empapada y temblorosa, y me pongo el jersey sobre el traje de baño húmedo, por lo que el agua de mar ensopa la lana. Recuerdo la belleza de tu cuerpo bajo el agua, tu cabello como las algas y tus piernas ondeando como lazos alargados. Sientes una comodidad dentro de tu cuerpo que yo nunca experimentaré; una fluidez de movimiento que no está cargada de dolor. Más que ninguna otra cosa, deseo existir de ese modo, despreocupada e iridiscente; poder olvidarme de la forma de mi cuerpo conforme lo arrastro a lo largo de los días.

Sales del agua y te acercas a mí, haciendo una mueca de dolor al tocar la arena caliente.

—¿Qué te ha pasado? —me preguntas con la piel resplandeciente por las gotas de agua.

Con tu cuerpo bronceado bajo el cielo cegador y los tatuajes que se te enroscan bajo la piel como signos de interrogación, eres tan hermoso que casi duele mirarte.

—No lo sé —me protejo los ojos frente al sol—. Solo he entrado en pánico.

Extiendes el brazo para tocarme, pero me alejo.

—¿Qué ocurre?

Frunces el ceño y yo sacudo la cabeza. Metes la mano en la cesta y sacas una cerveza. Te observo bebértela con ganas sin darle demasiadas vueltas.

68

Una mañana, en la fábrica, me desperté en mi altillo con una sensación opresiva en el pecho y unos espasmos de dolor revoloteando en torno al corazón. Me preparé una taza de café e intenté comer algo para desayunar, pero la sensación era aplastante y me recorría de pies a cabeza en oleadas. Ansiosa, busqué los síntomas en el teléfono, que me dijo que fuera al hospital. Me asusté y llamé al pub para decir que estaba enferma y que no podría cubrir mi turno. Mi responsable suspiró al otro lado del teléfono.

—Está bien —dijo—, pero la semana que viene no puedo garantizar que tengas horas suficientes.

—De acuerdo —contesté de forma distraída mientras, nerviosa, me dibujaba círculos sobre el pecho con el puño.

Decidí ir a Urgencias y me quedé sentada en la sala de espera durante horas mientras la gente entraba y salía a toda prisa con los rostros rojos, llorando por un tobillo inflamado, presionándose el estómago o con el gesto torcido por el dolor. Me dolía el pecho y me dediqué a ojear una revista como si estuviera en la peluquería, intentando concentrarme en alguna otra cosa. La sala de espera formaba parte del hospital y me quedé mirando la pantalla pequeña que había sobre el mostrador de recepción y que avisaba a los médicos cuando se acercaba una ambulancia, describiendo en pocas palabras la gravedad de la situación de la persona que estaba dentro. El estómago se me revolvía cuando oía a alguien llorando de dolor o el sonido de una cortina al correrse con rapidez en torno a una cama. Yo no tenía palabras, ambulancia o una receta al menos. Ni siquiera sabía si debía estar allí. No quería regresar al altillo para quedarme sentada en mi habitación con el corazón acelerado, preocupada por que algo malo fuese a ocurrir.

Me tumbé en la camilla de la consulta y, bajo la tela fina de mi vestido veraniego, la sábana de papel se me pegó a la parte trasera de los muslos. Una enfermera me enjugó una capa de sudor y me puso unos electrodos en el pecho.

—Buenas noticias —dijo el médico de forma abrupta mientras le echaba un vistazo a la pantalla—. Los resultados son del todo normales.

Me incorporé mientras me arrancaba las pequeñas pegatinas blancas de la piel.

—Entonces, ¿qué es esa sensación de opresión?

La enfermera salió de la sala. El doctor echó un vistazo a su reloj y después me miró con gesto amable.

—¿Dirías que, últimamente, has estado más ansiosa? ¿Estás pasando por algo estresante ya sea en casa o en el trabajo?

Negué con la cabeza.

—En realidad, no. Nada específico. —El hombre se quitó los guantes y se frotó las palmas de las manos con gel hidroalcohólico—. Salgo mucho a correr. —Me bajé de la cama y recogí mi chaqueta—. ¿Cree que debería dejar de hacerlo?

Él sonrió.

—No, no. Correr es bueno. Mantiene el corazón sano.

Las mejillas me ardían mientras me disponía a marcharme.

—Siento haberle hecho perder el tiempo —le dije.

Volví a casa caminando por las calles cada vez más oscuras, observando el parpadeo de los faros de los coches, que parecían rubíes sucios. El olor del pollo frito y del asfalto caliente me cubrió la piel. Me sentí idiota por haber ido al médico, pero no había sabido qué otra cosa hacer. Necesitaba una explicación a cómo me sentía; un diagnóstico, un registro, algún tipo de prueba… Necesitaba una palabra que describiera lo que era, un nombre al que poder aferrarme.

69

Regresamos a la casita blanca para enjuagarnos la sal del pelo. Cuelgo en el tendedero la ropa de baño, que gotea sobre las plantas. La ducha caliente me calma, ralentiza mis pensamientos y hace que se me espese la sangre. Mientras me visto, me contemplas a través del espejo. Tus ojos son como el vidrio marino y las pecas te surcan la nariz. Me presionas los labios contra la nunca y un ardor profundo me inunda el estómago. Bajo el vestido de algodón, siento el cuerpo caliente y un hormigueo causado por los rastros de luz.

Salimos en medio de una noche cálida. Las calles huelen a piedras calientes y cigarrillos. Las casas de las colinas están iluminadas como velas y el salitre sobrevuela el agua. Desde los restaurantes nos llegan carcajadas y el aire pesado resulta sofocante. La amenaza de una tormenta sacude los barcos pesqueros que han echado anclas en la bahía.

Las olas chocan contra el muro del puerto y se alzan sobre el pavimento como nubes de humo. Unos adolescentes se están empujando hacia el agua y la gomina se les escurre por el rostro.

Nos sentamos en la terraza de un restaurante pequeño que está escondido en una plaza tranquila. La calle está empedrada, unas glicinas de color lila se arrastran por el toldo y en el bordillo hay aparcada una Vespa roja.

Le echo un vistazo a la carta.

—¿Qué vas a pedir?

—Langostinos —dices con emoción mientras lees el menú—. Y navajas.

El camarero se acerca a nuestra mesa con unas copas de cava. Vuelvo a mirar la carta y pido salmón sin pensarlo mucho.

—Nunca antes había hecho eso —te digo mientras el camarero se dirige al interior con nuestra comanda.

—¿El qué?

—Pedir salmón.

—Bueno… —Alzas la copa—. Brindo por eso.

Las burbujas me resultan ácidas y espumosas en el estómago. Las personas que están sentadas a nuestro lado están comiendo arroz negro pegajoso y gambas rosas a las que les han quitado la cáscara. Los hombres llevan barbas oscuras y el pelo engominado y las mujeres lucen pulseras de plata sobre muñecas curtidas. Alguien se enciende un cigarrillo y el olor animal impregna el aire.

Cuando llega nuestra comida, el estómago me da un vuelco. Las navajas sangran mantequilla y ajo. Mi salmón está cubierto de mantequilla y reposa sobre una cama de yemas de espárrago. Exprimo limón sobre el plato.

—Toma una navaja —dices mientras empujas el plato hacia mí.

—¿Cómo tengo que comérmela?

—Solo tienes que abrirla y chupar. —Arqueo las cejas. La carne está tierna y noto el sabor del ajo en la lengua—. ¿Qué te parece?

—Están muy buenas.

El salmón está ardiendo y parece terciopelo cremoso. Unas gotas húmedas caen del cielo y estallan sobre la mesa. Conforme se acerca la tormenta, los barcos se sacuden en la distancia y me siento en las profundidades de mi cuerpo en el mejor de los sentidos, con la piel irritada por el sol, el olor a humedad del suelo, el vino amargo, el humo de los cigarros y la emoción de sentir tus piernas bajo la mesa.

Me observas comer y eso hace que me sienta cohibida.

—¿Qué? —Dejo el tenedor y el cuchillo sobre la mesa.

—Nada. —Apartas la mirada.

—¿Qué ocurre? —Siento una presión en el estómago. Te quedas en silencio un momento mientras rasgas el plato con los cubiertos. Vuelves a alzar la mirada con una sonrisa extraña en el rostro—. ¿Por qué me miras así? —te pregunto.

Estiras el brazo hasta el otro lado de la mesa para tomarme la mano.

—Creo que eres muy valiente.

—¿Qué?

—Que creo que eres muy valiente —repites mientras señalas la comida que hay sobre la mesa—. Sé que esto te resulta difícil.

Aparto mi mano de la tuya. Recuerdo la facilidad con la que tu cuerpo se movía bajo el agua y una llamarada se desata en mis entrañas.

—No. —Se me cierra la garganta—. No lo sabes. —Sé que estás intentando ser amable, pero el comentario me resulta condescendiente. No quiero ser valiente. Tan solo quiero ser normal y moverme por el mundo sin quedarme enganchada en sus bordes dentados—. No sabes cómo es.

—¿Qué quieres decir? —Me quedo en silencio y dejas el tenedor, exasperado—. No te pongas así.

—¿Así, cómo?

—Así.

Se me tensa el cuerpo.

—Pero no sabes cómo es. No soy valiente.

Mi voz suena demasiado alta y los hombres con barba se giran para mirarnos. Un trueno restalla sobre nosotros y se te entristece el rostro. Apartas tu plato y te recuestas en tu asiento con los brazos cruzados.

—Tan solo estaba tratando de ser amable.

Siento que has abierto algo que no puedo nombrar; algo resbaladizo por el agua que cae del cielo y que se aleja de mi alcance. Saco unos billetes arrugados de mi monedero y los lanzo sobre la mesa, donde se empapan bajo la lluvia. Mientras me pongo de pie, los cubres con un vaso vacío.

—¿A dónde vas? —dices con los labios torcidos por la confusión.

—Lo siento. —La lluvia hace que el vestido se me pegue al cuerpo—. Solo necesito un poco de espacio.

Salgo a los adoquines de la calle, resbaladizos y negros. Una lluvia pesada repiquetea sobre las piedras antiguas.

—¿Necesitas un paraguas? —pregunta el camarero a mis espaldas.

Yo niego con la cabeza y me encamino hacia el mar mientras un haz de luz rasga el cielo. Los restaurantes guardan los toldos y la gente se dispersa. De pie al borde del agua, todo huele a metal y los barcos se sacuden de forma salvaje entre las olas. La lluvia cae frente a las farolas como un manto brillante. La gente se me queda mirando fijamente, pero yo los ignoro mientras siento el crepitar del aire. Estoy molesta conmigo misma por enfadarme contigo y temo haber roto algo, pero tus palabras me han clavado los dientes de un modo que no puedo definir, aunque tiene algo que ver con la calma de tu cuerpo bajo el agua y la sensación sofocante y asfixiante que hay siempre en mi interior. Sé que estabas intentando ser amable, pero nunca vas a comprenderlo. Es una distancia entre nosotros que nunca podremos acortar. No hay puente, no hay túnel… No hay ninguna manera de llegar al otro lado.

Apareces en medio de la oscuridad, corriendo hacia mí. Te has cubierto la cabeza infructuosamente con la chaqueta, los zapatos te rezuman agua y tienes los rizos oscuros pegados a la frente. Extiendes el brazo y me agarras de la muñeca.

—¿Qué estás haciendo? —me preguntas. El cielo se ilumina de blanco con un fogonazo y la rabia bulle en mi interior. Libero el brazo de tu agarre—. ¿Qué demonios…?

Veo tu rostro preocupado bajo las nubes oscuras y tu camiseta empapada por completo y, entonces, mi rabia se convierte en culpa.

—Lo siento.

Miro el agua revuelta. Un trueno resuena a nuestro alrededor y me observas a través del diluvio con los ojos entrecerrados.

—¿Volvemos a casa? —preguntas. Yo asiento.

Chapoteamos sobre los charcos. Las calles vacías resultan inquietantes bajo la luz de las farolas y el cielo ondea sobre nuestras cabezas.

Cuando volvemos a nuestra habitación pequeña y seca, encendemos velas y temblamos bajo una colcha. Pones a hervir en el fogón una olla de agua para preparar té con menta.

—Lo siento. —Me desenredo el pelo con los dedos, avergonzada—. Por haber arruinado la cena.

—¿Qué te ha pasado? —Tu voz suena afilada pero, después, te ablandas—. No lo entiendo, de verdad. Nunca antes te había visto así.

Me pasas una taza y la cerámica ardiente me quema las palmas de las manos y hace que me sienta anclada. Las ventanas hacen ruido por la fuerza de la lluvia y las velas escupen sombras sobre las paredes.

—No lo sé. —Me dejo caer sobre los almohadones. Tú dejas la taza de té y te tumbas a mi lado mientras me pasas los dedos con lentitud por el brazo. Cierro los ojos, mareada por el cava, las navajas, el salmón y los truenos que tengo atrapados bajo la piel—. ¿Puedo mostrártelo? —te pregunto.

—¿Mostrarme el qué? —Me incorporo y te aprieto el estómago con las manos, una encima de la otra, con las palmas hacia abajo—. ¿Qué estás haciendo?

Sueltas un gemido y yo aprieto con más fuerza. No quiero hacerte daño, pero necesito que sepas cómo es cuando no eres capaz de dar con el nombre de lo que estás sintiendo; cuando has enterrado el lenguaje en tu cuerpo durante tanto tiempo que, en su lugar, empieza a hablar por ti.

—Basta —dices con los ojos llenos de miedo.

Aparto las manos y vuelvo a recostarme.

—Eso es lo que se siente. Es una especie de presión de la que no puedes alejarte. Algunos días es más fuerte y otros más suave, pero siempre está ahí.

Me acercas hacia ti y me rodeas con los brazos.

—Eso es una mierda —susurras.

—Sí…

La tormenta se acaba y nos quedamos tumbados en silencio, escuchando cómo amaina la lluvia, el agua que gotea por el canalón y el subir y bajar de nuestras respiraciones. Apagas las velas y nos perdemos en sueños. Por la mañana, el cielo vuelve a estar brillante y despejado.

Quería abandonar Londres, la cama rota de la fábrica de caramelos y mi asfixiante trabajo en el pub. Quería vivir en un lugar en el que pudiera ser cualquier persona, lejos de las paradas de autobús y las casas de empeño de mi infancia. Quería moverme por una ciudad inundada de luz. Pensaba que había escogido Londres como el lugar en el que crearía mi propia vida, pero sus contornos eran crueles y estaban afilados, así que me enganchaba en ellos, ensangrentándome los tobillos y las muñecas.

Decidí irme a París, ahumada y sepia, lejos de los autobuses que avanzaban con lentitud y de las casas adosadas. Estaba henchida por la posibilidad de convertirme en alguien diferente. Visualizaba flores de cerezo rosas, pintalabios rojos y cigarrillos al amanecer. La mujer que quería ser parecía muy lejos de mí, pero estaba segura de que se encontraba en París, esperando en el futuro con su abrigo de pieles deslumbrante, bebiendo vino en un café iluminado de rojo bajo la lluvia y riéndose con todos los dientes a la vista.

La única habitación que podía permitirme era un ático en los antiguos aposentos de la servidumbre que había en el último piso de un gran edificio *art nouveau* del decimocuarto *arrondissement*. Antes de partir hacia allí, le escribí tres veces al propietario por correo electrónico para asegurarme de que siguiera disponible. Siempre sentía que alguien iba a arrebatármelo todo.

«No te preocupes —me escribió—, la habitación te estará esperando».

Había una puerta de caoba pulida que conducía a unas escaleras de mármol y un ascensor con reja dorada y botones numerados de latón. Mi habitación era pequeña y oscura. El techo estaba inclinado y había una ventana rectangular y fina justo encima de la cama. Tenía un hornillo pequeño, un lavamanos con el agua fría, una estantería rota y un espejo resquebrajado.

Metí velas en botellas de vino viejas y coloqué postales y fotografías sobre las paredes desconchadas. En la calle, encontré un cajón de fruta y en él guardé mi tarro de café y las bolsitas de té junto con un paquete de lentejas y otro de pastillas de caldo que se desmoronaban. Pegué un mapa de la ciudad sobre la cama y, por las noches, antes de dormir, memorizaba las curvas de los nombres de las calles y los colores de las líneas de metro mientras palabras nuevas comenzaban a formárseme bajo las encías. Por las mañanas contemplaba los tejados a través de la ventana diminuta y me sentía mareada por el brillo de todo aquello, por el atractivo de un nuevo umbral y el lustre de escoger algo diferente.

Compartía un baño deteriorado con una anciana que me gritaba por hacer demasiado ruido cuando pasaba frente a su habitación. Sin embargo, no había ningún sitio en el que ducharse.

«Los inquilinos anteriores usaban las instalaciones de las piscinas del barrio —me aseguró el propietario—. Y hay una lavandería justo al final de la calle».

La piscina tan solo abría entre las siete y las ocho de la mañana. Me levantaba temprano ante una helada resplandeciente y, con la botella de champú dando tumbos en mi mochila, salía a correr por la periferia de la ciudad cuando aún estaba oscuro. Las duchas eran comunitarias, así que me colocaba de cara a la pared con mi bañador azul diminuto y me enjuagaba la espuma del pelo mientras hombres mayores con bañadores estilo Speedo y los pechos desnudos, arrugados y flácidos por la edad se frotaban jabón en los penes.

De vez en cuando, amables mujeres con brazos musculados intentaban entablar conversación conmigo y yo les contestaba a trompicones en un francés titubeante. Fantaseaba con que, algún día, cuando se me diera mejor el idioma, podría explicarles mi problema y ellas me invitarían a sus casas para que usara sus baños de mármol, donde me cubriría las piernas con sus carísimas cremas y me envolvería con una toalla enorme y mullida, calentada en el radiador. Hasta que llegara ese momento, me duchaba con rapidez, evitando las miradas de los ancianos. Volvía a salir a la calle gélida con mi ropa de correr fría y húmeda y el pelo mojado sobre la nuca.

71

El verano se abre ante nosotros y nuestras vidas cobran cierto ritmo. Nos despertamos pronto en medio del calor y bebemos café en el balcón antes de subirnos a las bicicletas para ir pedaleando a nuestras respectivas ocupaciones que se encuentran en zonas diferentes de la ciudad. Tú quedas con tus amigos después del trabajo mientras yo paseo por la playa o bebo vino tinto frío con Carla, con el cielo como una vidriera violeta sobre nuestras cabezas. Nuestras vidas son abundantes, tropicales y están llenas de luz. Mi trabajo como profesora no paga demasiado pero paga lo necesario, y por primera vez en mi vida tengo suficiente de todo.

Sé que debería estar contenta pero, mientras escojo verduras frescas en el supermercado, nado en el agua verde o bebo cerveza fría en una plaza moteada, hay algo retorcido en mi interior que no está bien, así que me siento frustrada conmigo misma por ser una persona difícil e incapaz de sentar cabeza.

Paso un sábado sola mientras tú estás en la biblioteca trabajando en tu investigación, y no sé qué hacer. La sensación aumenta tras mis ojos, nublándome la vista y haciendo que me sienta apática. No quiero beber una taza de café, ni leer un libro, ni ver una película, ni mirar las paredes encaladas del patio. No quiero quedar con ninguna amiga ni pasar los dedos por los vestidos que cuelgan de percheros en los mercadillos. No quiero sentarme a comer algo, a pesar de que ahora puedo hacerlo. No sé qué me pasa y recorro las calles durante horas, dándole vueltas a la cabeza e intentando adivinarlo.

Subo hasta los antiguos búnkeres de la guerra civil que están en lo alto de El Guinardó y desde los que se ve toda la ciudad. Evito a grupos de adolescentes que están fumando porros y reproduciendo reguetón con altavoces crepitantes y observo cómo el horizonte se tiñe de un naranja llameante y, después, de rosa. Me siento en una losa de hormigón mientras las luces eléctricas comienzan a atravesar las calles y me doy cuenta de que no sé qué hacer ahora que puedo pagar el alquiler y que siempre tengo suficiente comida y a alguien que me quiere esperándome en casa. Me da miedo este sentimiento. Es suave, envolvente y me llena de calidez. Estoy acostumbrada a la noche, al peligro y a que las descargas violetas de adrenalina me rodeen el corazón. He pasado tanto tiempo vacía que no sé cómo estar llena. Espero constantemente a que llegue el peligro, a que la realidad se acerque arrastrándose y me atrape.

Por la noche comemos raviolis humeantes en tu apartamento e intento explicártelo, pero no consigo encontrar las palabras adecuadas.

—En Londres, nunca me sentí así —digo—. Allí siempre me sentía viva, como si fuera algo casi real.

Bajo la luz de la lámpara, pareces cansado.

—¿Qué quieres decir?

No sé cómo describir lo que siento; tan solo sé que mi modo de vida actual me resulta mullido y cómodo y, como no estoy acostumbrada, hace que me sienta menos real. Vuelvo a pensar en la sensación asfixiante y de verme empujada a los límites de la ciudad que solía tener y, de un modo extraño, la echo de menos a pesar de que, en aquel entonces, no tenía demasiado poder. De hecho, tenía mucho menos del que tengo ahora.

—No puedo explicártelo.

Te pasas la mano por el pelo, exasperado.

—A veces me preocupa que esto vaya a perseguirnos allá donde vayamos.

—¿El qué?

—¿Vas a estar siempre huyendo?

Me muerdo el labio hasta que noto un sabor metálico. Sé que nunca vas a entenderlo. En Londres, tú también tenías una carga que enterrar, pero nunca estabas intentando huir de ti mismo o dejar atrás tu propio cuerpo. Me levanto y empiezo a recoger la mesa.

—Espera.

Intentas alcanzarme con una mano, pero yo me aparto. Nos miramos fijamente un momento y deseo poder ser diferente; poder ser una persona más fácil y menos intensa, capaz de obtener lo que necesita.

—Lo siento —digo mientras me alejo.

En tu rostro se refleja algo pequeño y frágil, pero pestañeas para deshacerte de ello y es como si una persiana se hubiera cerrado entre nosotros. Sé que soy mala para ti porque no soy capaz de sentar cabeza y estoy atrapada entre los límites de las cosas que me han moldeado y el tipo de cosas que creo que merezco. Me pregunto si el amor será una necesidad o un deseo y si eso significa que puedo tenerlo. Me pregunto si no estarías mejor sin mí y con alguien que sepa cómo quedarse.

72

En París, encontré trabajo como niñera de una familia con varios niños pequeños. Todas las tardes, recogía a Alec de la canguro, a Léa de la guardería y a Émilie del colegio. Juntos, íbamos al parque del barrio con Alec en el carrito y las niñas corriendo tras nosotros como unicornios y con las mochilas rosas sacudiéndose por las asas. Yo empujaba a Alec en los columpios mientras sus hermanas, ataviadas con vestidos azules a juego, se colgaban de las estructuras de barras infantiles hasta que llegaba la hora de volver a casa. Los pequeños vivían junto a la Torre Eiffel y, a veces, me sentaba en el balcón hasta que regresaba la madre para observar cómo resplandecía bajo la luz dorada. Había copas de vino con pepitas dentro apiladas en el fregadero, y yo me la imaginaba acomodada con su esposo en el sofá, con una botella de sedoso vino tinto entre ambos mientras atendían a sus amigos con las manos en las rodillas del otro, comiendo queso duro y olivas saladas mientras sus hijos ya estaban soñando. Pensé en mis propios padres; en mi madre haciendo listas de facturas que pagar con su letra pequeña y redonda, y en mi padre persiguiendo la noche en alguna parte, ansioso por olvidarse de sí mismo. Una esquirla de pérdida se me clavó en la piel pero no fui capaz de adivinar si era por ellos o por mí.

Los miércoles, Émilie terminaba el colegio antes y la llevaba a comer mientras íbamos de camino a sus clases de música. Recorríamos el barrio con las manos entrelazadas mientras observábamos los altos edificios de cuyos balcones se derramaban flores rojas, las fruterías repletas de mangos y piñas y las langostas color coral con las patas atadas tumbadas sobre lechos de hielo. El decimoquinto *arrondissement* era como un cuadro de París. Había ancianas tomando café exprés con sus abrigos de pieles, sus joyas de oro y sus perros esponjosos apoyados sobre las rodillas; jugueterías que vendían trenes de madera y muñecas de trapo, y camareros con delantales blancos y almidonados que servían a la gente en las mesas redondas que había en la calle. La luz atravesaba las copas de vino blanco y resaltaba las marcas de pintalabios rojos en los bordes y las huellas dactilares grasientas que manchaban los tallos.

A Émilie le gustaba ir a un restaurante de *sushi* con las paredes de cristal y su madre me daba un vale para que pagara su comida. Escuchaba cómo pasaba de un idioma a otro, pidiendo platos de los que yo no había oído hablar jamás en ninguno de ellos.

—¿Por qué no pides nada? —me preguntó.

—No tengo dinero suficiente —le contesté.

Y era cierto, aunque también era solo la mitad de la historia.

—¿Por qué no le pides a tu *maman* algo de dinero?

Tenía los ojos abiertos de par en par y los labios manchados de salsa de soja.

—Sí. —Di un sorbo de agua—. Tal vez lo haga…

A veces, la madre llegaba tarde de trabajar y yo ayudaba a los pequeños con los deberes y los acostaba. Alec se echó a llorar, así que encendí su lamparita de noche con forma de luna y le acaricié el pelo.

—*Maman* llegará a casa pronto —murmuré—. Intenta dormir un poco.

—¿Pero qué hay de ti? —dijo, lloriqueando sobre su almohadón.

—¿Qué quieres decir?

—¿Dónde está tu *maman*?

—¿La mía?

—Eres pequeña y también necesitas una *maman*. —Arropé bien su cuerpecito con las mantas—. ¿Dónde vive tu *maman*? ¿Está lejos?

—Sí —dije en voz baja—. Pero la tuya llegará pronto a casa.

73

Me siento en un banco en una plaza de Poble-sec y llamo a mi madre. Está haciendo las tareas del hogar y contesta un poco falta de aire. Su voz familiar atraviesa el mundo y cae en mi oído.

—¿Hace calor allí? —me pregunta.

—Abrasador. —Me llevo la mano a la frente húmeda.

—Qué suerte. Aquí hace un frío helador. Lleva toda la semana lloviendo.

—¿De verdad?

—Es horrible. ¿Y cómo estás tú?

—Estoy bien.

—¿Estás segura?

—Sí. —No sé cómo poner en palabras lo que siento; cómo decirle que añoro mi hogar pero no sé dónde se encuentra, y que no soy capaz de adivinar qué es lo que necesito. Quiero que me diga qué hacer, pero sé que no puede o que, en realidad, aunque lo hiciera, yo no le haría caso—. Es solo que me siento un poco… No sé.

—¿Qué has estado haciendo últimamente?

—Trabajando y poco más. Ir a la playa y esas cosas.

—Espera un segundo —dice ella.

La línea se queda en silencio y observo a los periquitos aleteando en los árboles naranjas que hay sobre mí y a los niños que meten la cabeza bajo el chorro plateado del agua de la fuente. Un hombre saca una guitarra pintada y comienza a tocar flamenco.

—Lo siento —me dice mi madre al oído—. Me llamaban del trabajo por el teléfono de casa. Estoy intentando conseguir horas extra.

—¿De verdad? ¿Va todo bien?

—Oh, ya sabes… Lo normal. ¿Qué me estabas diciendo? ¿No te encuentras bien?

—No; no es que no me encuentre bien. Es más como si…

De fondo, puedo oír la tetera hirviendo y visualizo a mi madre en su cocina pequeña, vestida con sus vaqueros manchados de pintura y con una pila de colada en la mesa mientras una semana de largos turnos en el *call centre* se abalanza sobre ella.

—No te oigo demasiado bien. Donde quiera que estés, hay demasiado ruido. Puedo oír a la gente hablando en español.

—No te preocupes. —Trago saliva—. Te echo de menos.

—Yo también te echo de menos. Si me dan unos días libres, podría ir a hacerte una visita.

—Eso estará bien.

—Sí, ¿verdad? Me vendría bien un poco de sol.

Nos despedimos y alzo la vista hacia el brillante cielo azul. El calor del día se ha quedado atrapado en el banco metálico y me calienta la parte trasera de las piernas. Me doy asco a mí misma por ser incapaz de apreciar las cosas buenas o de abrir las manos y tomar lo que es mío. Me siento culpable por estar escogiendo una vida diferente, como si el mundo de mi madre, con su corazón roto y su hija perdida, no fuese lo bastante bueno para mí. Y aun así, aquí, donde mi vida es algo más que mera supervivencia y no tengo que trabajar tan duro como ella, sigo sin estar satisfecha. La imagino vertiendo agua caliente en su taza favorita, sacando la bolsita de té y sirviéndose un par de galletas digestivas de chocolate en un plato. Añoro mi hogar, pero mi hogar no está allí con ella y tampoco termina de estar aquí, contigo.

74

En Navidad, tomé un vuelo barato desde París hasta Newcastle para visitar a mi madre. En su casa inmaculada me sentí sucia, como si llevara atrapado en el pelo y en la piel el polvo de los edificios ruinosos de París y de las calles empedradas. La televisión de pantalla plana y la tostadora rosa de mi madre me parecían cosa del futuro, mientras que mi ático francés daba la impresión de existir en el pasado.

Quedé con Tara para tomar una copa el día después de Navidad. Los pubs estaban abarrotados de gente con vestidos resplandecientes, *after-shave* de aroma frutal y flamantes zapatos de tacón que hacían ampollas a unos pies con bronceados falsos. Tara reservó una mesa en un bar especializado en champán y estaba preciosa con una blusa de satén color crema y las uñas falsas cubiertas de purpurina. Con mis botas arañadas y mi enorme chaqueta vaquera, me sentí como una niña. Me acerqué a la barra y pedí una cerveza.

—Es un bar especializado en champán, cielo —me dijo el camarero con un trapo almidonado sobre el hombro—. Servimos *prosecco* o champán.

El estómago se me tensó mientras pedía dos copas de *prosecco* y pasaba la tarjeta de débito, rezando para que no rechazara el pago.

—Pareces más delgada. —Cuando me senté a la mesa, Tara frunció el ceño. Me sentí complacida y me pregunté qué forma de mí misma le gustaría más. Ella se había puesto implantes en los pechos hacía poco, y se bajó la blusa para mostrarme su nuevo escote, profundo y orgulloso.

—Estás estupenda —dije mientras le daba un sorbo a mi copa—. ¿Qué se siente?

Echó los hombros hacia atrás.

—Puedes tocarlas si quieres.

—Ay, no. No pasa nada.

—¿Por qué no? —preguntó, frunciendo los labios.

—No sé… Me parece raro tocarte el cuerpo de ese modo.

Ella puso los ojos en blanco.

—Como quieras. A Liam le encantan.

—Seguro que sí.

Un grupo de hombres que estaban en la barra miraron en dirección a nuestra mesa y Tara sonrió y se apartó el pelo con un movimiento de la mano. Yo me sentía dividida, atrapada entre dos versiones de mí misma: la chica adolescente que vestía su sexualidad como si fuera una armadura y la mujer infantil e insegura en la que me preocupaba haberme convertido.

Le hablé a mi amiga de mi trabajo como niñera y de mi ático en París, embelleciendo la historia para que todo pareciera más romántico.

—Suena exuberante —dijo ella antes de beber de su copa—. ¿Comes cruasanes en los Campos Elíseos y todo eso?

—No exactamente —contesté con una carcajada.

Lanzó una mirada significativa a mis muñecas delgadas y yo las escondí bajo la mesa. Intenté imaginarme qué aspecto tendría mi vida a través de sus ojos, pero me resultaba insignificante y mugrienta gracias a las duchas furtivas en la piscina y al hecho de tener que volver a casa en bicicleta, surcando la gélida oscuridad. Me dije a mí misma que iba persiguiendo algo diferente, una manera de vivir que tuviera algún significado para mí. Sin embargo, al contemplar el resplandeciente iPhone de Tara y su bolso de cuero de marca me sentí escéptica.

Estaba ahorrando para el depósito de una casa nueva con su novio y me enseñó las fotografías de la casa piloto en el teléfono.

—Es preciosa —dije mientras ella pasaba de una a otra, mostrándome los apliques de acero inoxidable y los suelos de madera laminada. Sin embargo, me resultó fría y sosa.

La conversación se estancó. Me habló de las amigas del colegio que iban a tener bebés o que estaban teniendo una aventura amorosa y yo me reí con ella mientras le hacía las preguntas adecuadas. Sin embargo, todo me parecía distante. Pensaba que buscaba la libertad en mi afán por convertirme en un tipo de persona diferente, pero al mirar a Tara con su trabajo de asesora hipotecaria y su perfume almizclado, me pareció una adulta glamurosa y con poder. Entonces, me pregunté cuál de las dos sería más libre.

—¿Me sacas una foto? —me preguntó mientras me tendía el teléfono tras tomarse otra copa y retocarse el brillo de labios.

Observé cómo llenaba la pantalla, brillante y deslumbrante con sus perfectos pechos nuevos, y sentí el peso de la distancia que nos separaba; todas las formas en las que estaba encogiéndome a pesar de que creía que estaba ampliando los parámetros de mi mundo.

Cuando regresé a París, dejamos de mandarnos mensajes. No sabía cómo reconciliar nuestros desbocados años de adolescencia con la persona en la que me estaba convirtiendo. Tenía miedo de aquel mundo, de las cosas mías a las que me obligaba a enfrentarme y del peligro a verme arrastrada allí de nuevo, incapaz de volver a salir. No me paré a preguntarme cómo se sentiría Tara al estar conmigo. Tan solo sabía que nos movíamos en direcciones diferentes. Me envió una fotografía de las llaves de su nueva casa y dejé el mensaje sin leer.

75

Vamos en tren hasta el museo de la ciencia en las colinas de Vallcarca, cerca de la iglesia bañada de oro que sobresale del Tibidabo como una estrella. Caminamos por calles llenas de mansiones desteñidas por el sol hasta dejarlas de tonos pastel, piscinas vacías y cactus resquebrajados por el calor. Pagamos la entrada y seguimos una línea de cometas y meteoros hasta el planetario.

—Lo siento —nos dice una de las trabajadoras cuando le mostramos las entradas—. Llegáis muy tarde; es el último pase del día.

—Llegamos muy tarde para ver las estrellas… —dices mientras caminamos hacia el acuario—. ¿Puedes creerlo?

Me encojo de hombros. El aire entre nosotros está inflamado, lleno de cosas que no podemos decir. Contemplo a los peces ángel que, con ojos tristes, se esconden tras las plantas marinas. Los caballitos de mar mueven sus cuerpos frágiles bajo las luces eléctricas. Un pulpo se agita en medio del agua azul y brillante, y yo presiono las manos contra el cristal.

—No me puedo creer que te hayas comido uno de esos —dices.

—No hagas que me sienta mal al respecto.

—Estaba bromeando. —Tus palabras suenan duras.

—No, no es verdad.

Nos detenemos ante los cangrejos ermitaños, que se escabullen por las rocas y se instalan en los caparazones de otras criaturas. En la pared hay un texto escrito y lo leo en voz alta.

—«Vivir en caparazones de caracol vacíos obliga a los cangrejos ermitaños a contorsionar sus cuerpos hasta extremos inimaginables. Esto afecta al tamaño de sus pinzas». —Te miro de manera significativa y se te crispa un músculo de la mejilla—. «El cangrejo ermitaño cambia o muda de caparazón una vez al año, viéndose obligado a abandonar su hogar a causa de su incremento de tamaño. Justo cuando está más vulnerable, tiene que dejar atrás su refugio y exponer su cuerpo torpe a los depredadores. Ese es el momento de mayor inseguridad para un cangrejo ermitaño».

El animal sacude las pinzas frente a nosotros.

—Parece enfadado —dices.

—Pues claro que está enfadado —replico con el ceño fruncido.

Tú sacudes la cabeza y te diriges hacia la siguiente sala sin contestar. Me muerdo la lengua y te sigo hasta una hilera de expositores de cristal llenos de cerebros conservados en algún tipo de líquido y ordenados por tamaño. El más pequeño es el de un ratón, seguido por el de un gato, un perro, una oveja y un mono.

—El último es humano —comentas con una mueca—. Creo que hoy no estoy en condiciones de soportarlo.

Yo me acuclillo para poder verlo mejor. Me revuelve el estómago pensar que todo un mundo pueda verse reducido a algo tan pequeño. Me pregunto quién sería la persona que donó su cerebro al museo. Parece muy frágil y me inquieta pensar en todas las formas en las que no he cuidado de mi propio cerebro al privarlo de comida y nutrientes y al experimentar con el dolor. Me siento expuesta, como si al mundo le hubieran quitado la piel.

Pasamos junto a piezas de taxidermia de aves y mariposas y llegamos a la última sala. Tras un cristal hay un manglar con serpientes de agua acechando entre las raíces lodosas e insectos moviéndose entre la podredumbre. Una luz anaranjada tiñe el agua y dibuja ondas en nuestros rostros. Por un momento, me olvido de que estoy enfadada. Recorremos el bosque embelesados, sintiendo la humedad artificial que hay en el aire. Un capibara nos mira de manera lastimera.

—Es un poco triste, ¿no te parece? —dices—. Todas estas criaturas viviendo en un manglar falso en medio de la ciudad sin saber que todo ha sido creado por el hombre…

—Es verdad que es triste, aunque tal vez sí lo sepan.

—¿Cómo iban a saberlo?

—Por las hormonas. La intuición. Una sensación en los huesos.

Te echas a reír.

—¿Acaso los insectos tienen huesos?

—Entonces, lo sentirán en la sangre.

Más tarde, sigo pensando durante mucho tiempo en el manglar, creciendo en la ciudad bajo estrellas encerradas. Pienso en el pulpo moviéndose, en los caballitos de mar esqueléticos y en el mundo sin piel. Pienso en el problema de encontrar el hogar adecuado. Pienso en los cerebros en expositores de cristal, separados de sus cuerpos. Me pregunto si recordarán el dolor. Me pregunto si las criaturas sabrán que están viviendo en el lugar equivocado, si soñarán con el agua de mar y si lo sentirán en la sangre.

76

En París, pasé semanas vagando por las calles, evitando mi reflejo en el río oscuro y el canal fangoso, observando los tejados de pizarra gris y a los músicos que tocaban en las esquinas, y buscando un lugar en el que encajar. Las cosas que necesitaba y deseaba eran pequeñas y ordinarias: un sitio seguro en el que poder vivir, un abrigo de invierno calentito, una taza ardiente de café y una copa de vino durante un día lluvioso. Sin embargo, me resultaban enormes y deslumbrantes porque procedían de un mundo que no estaba pensado para mí; un mundo que se encontraba fuera de los límites de la vida a la que me habían encaminado. Por lo tanto, no tenía los medios para conseguirlas. Eran sueños dorados y riesgos que hacían que me tambaleara. La emoción que me causaban me atravesaba el cuerpo.

Salí a bailar sola y conocí a un actor llamado Louis que me invitó a un gin-tonic. El alcohol lubricó las nuevas palabras que había estado coleccionando y que comenzaron a escaparse de mis labios fruncidos en vocales alargadas. Tenía una melena suave y oscura que le caía por encima de los hombros y llevaba vaqueros ajustados y unas botas enormes. Tenía los brazos fuertes y atravesados por cicatrices marrones. Con un botellín de cerveza entre los labios, me miró de forma intensa. Sentí su atracción, el cosquilleo de estar ante un umbral y de tener la posibilidad de borrarme a mí misma para convertirme en alguien nuevo.

—¿Quieres ir a dar un paseo? —me preguntó cuando encendieron las luces.

Visualicé mi ático de techo inclinado y a la anciana con la que compartía el pasillo gritándome para que no hiciera ruido. Pensé en Tara bebiendo champán con una buena manicura y un colgante de oro balanceándose entre sus nuevos pechos.

—De acuerdo —dije mientras me terminaba la bebida de un solo trago.

Louis llevaba anillos con forma de calaveras, fumaba tabaco de la marca Pueblo y tenía un espray especial para que sus botas siempre estuvieran brillantes. Me pasaba a buscar con su moto y me llevaba a dar vueltas por la ciudad mientras me golpeaba la cara con su larga melena. Aprendí cómo rodearlo con las piernas para que el motor no me quemara la piel desnuda. En una ocasión, apareció en el exterior de mi apartamento con una rosa blanca escondida en el casco y ese gesto me hizo sentir avergonzada. La primera vez que nos acostamos, dijo:

—Hay una tristeza en lo más profundo de tu ser y eso es lo que te hace hermosa.

Le di la espalda y me quedé mirando la pared. Mi tristeza no era hermosa; era abrasadora, destructiva y pesada. No era atractiva o misteriosa y tampoco me otorgaba una profundidad oculta. Era algo que el mundo exterior había metido a presión en mi cuerpo y con lo que me había obligado a cargar. Louis se equivocaba al atisbar su brillo y su destello. No podía sentir los bordes dentados o las esquirlas de cristal roto.

—No comes demasiado —comentó cuando rechacé otra invitación para salir a cenar.

—No —contesté, tratando de ganar algo de tiempo para buscar una explicación—. No suelo tener mucha hambre.

Él arqueó las cejas.

—En París, las mujeres siempre están hambrientas.

Sentí cómo se me encendía el rostro. Quería ser como las mujeres a las que veía en los restaurantes que bordeaban el canal, disfrutando de comidas largas y lujosas, sacando los pies de las sandalias bajo las mesas y dejando que el placer se acumulara sobre sus pieles como la luz del sol sobre el agua. Quería ser alguien que pidiera vino para toda la mesa y lo pagara; alguien que durmiera en un apartamento bañado por el sol bajo sábanas frescas y limpias. No quería estar cansada, sentir los huesos pesados, estar siempre escarbando en los límites o viviendo a base de restos.

—¿Todas las mujeres de París están hambrientas? —le pregunté con tono sarcástico.

Él se inclinó hacia mí y me mordió el hombro.

—Y todos los hombres, también.

77

Nos bebemos unos botellines de cerveza en tu balcón con un cuenco de patatas fritas entre nosotros. Estás inquieto y distraído. Te muerdes las uñas, jugueteas con tu mechero y me miras para apartar enseguida la vista.

—¿Qué ocurre? —te pregunto.

Le das un trago a tu cerveza.

—He conseguido la subvención que solicité. —Te rodeas las rodillas con los brazos. El vello de tus piernas está blanco, desteñido por montar en bicicleta bajo el sol.

—¿Qué? Eso es maravilloso. ¿Por qué no me lo habías contado?

Arrancas poco a poco la etiqueta de tu botellín.

—No lo sé. —Nos quedamos un momento sumidos en un silencio incómodo—. A veces pienso que, si digo las cosas en voz alta, las romperé.

—¿Qué quieres decir?

—Que creo que, si dices algo, lo gafas; haces que no sea real.

Te miro. Creo que no puedo permitirme vivir así, guardándome las cosas dentro por miedo a romperlas. Estoy intentando mejorar en eso de verbalizarlas para que no acaben aplastándome.

—Creo que no funciona así —digo en voz baja.

—Bueno, no importa. Eso significa que puedo quedarme aquí durante al menos otro año.

Me miras de reojo.

—Eso es increíble.

Intento sonar alegre. Tú me observas con detenimiento.

—¿Lo es?

—¿No es lo que quieres?

—Sí, creo que sí. Pero ¿qué hay de ti?

Miro a través de la barandilla del balcón en dirección al apartamento de enfrente. Quiero estar donde estés tú, pero también quiero tomar mis propias decisiones. No estoy acostumbrada a cubrir mis necesidades y eso hace que me sienta asfixiada y con miedo a necesitarte.

—No lo sé.

A veces me preocupa no estar tomando las decisiones adecuadas; que los años pasen y acabe en el futuro equivocado, incapaz de volver atrás para detener los engranajes giratorios de la vida que ya he puesto en marcha.

Bajas la vista a la calle, evitando mi mirada.

—¿Quieres quedarte aquí?

—Por ahora, sí, pero un año es mucho tiempo.

—Tal vez podríamos mudarnos a un apartamento diferente. —Echas un vistazo a los muebles—. Podríamos escoger juntos otro lugar.

—Tal vez… —Me termino la cerveza demasiado rápido y las burbujas se me quedan atrapadas en el pecho. Siento la garganta tensa, pero no sé por qué. Me pongo en pie de forma demasiado abrupta y mi botellín se hace añicos—. Mierda, lo siento. —Piso los cristales rotos y tú te pones en pie.

—No te preocupes. —Te diriges a la cocina—. Yo me encargo. —Vuelves con un recogedor y yo me siento en el sofá, que se está pelando, mientras me quito un trocito de cristal que se me ha clavado en el dedo gordo—. ¿Estás bien? —me preguntas mientras lanzas los cristales a la papelera.

—Sí.

—¿Estás segura? —Me miras como si estuvieras a punto de decir algo, pero entonces cambias de opinión. Te sientas a la mesa de la cocina y abres el portátil—. Tan solo tengo que enviar un par de correos electrónicos.

—De acuerdo.

—¿Cenamos cuando acabe?

—Claro.

Me miras por encima de la pantalla de tu ordenador y yo te doy la espalda.

Mientras trabajas, tomo mi teléfono y reviso las redes sociales. Ojeo por encima las vidas de personas a las que hace años que no veo: sonrisas blancas y deslumbrantes, platos llenos de pasta, un atardecer llameante, un campo de girasoles y una hogaza de pan deforme. Me quedo atrapada por una imagen de una muñeca delgada sobre una bata verde de hospital y una pulsera de plástico con el nombre «Tara» escrito en ella. Hay un pie de foto largo y extenso con una sarta resplandeciente de corazones rosas y estrellas fugaces. Lo leo rápidamente con una sensación extraña, como si estuviera flotando o no terminara de estar presente en la habitación.

«Hoy he pasado por mi primera sesión de quimioterapia. Estoy un poco mareada, pero me encuentro bien. Me siento muy agradecida por mis amigos y mi familia. Sobre todo por Liam, que es mi pilar. Gracias a todos por vuestros buenos deseos. Puede que no aparezca por aquí durante una temporada».

Dejo el teléfono sobre la mesa con un pitido en los oídos. Te miro, tecleando en el portátil, y me pareces muy distante. Vuelvo a tomar el móvil y presiono un dedo sobre la fotografía de Tara. Hace un par de años que no hablamos. La observo en Internet, desde la distancia, como si nunca hubiéramos compartido aquellas noches pegajosas y díscolas, como si apenas nos conociéramos. Vi instantáneas de su boda: del enorme vestido blanco, la tiara de diamantes falsos que llevaba entrelazada con el pelo y los pétalos de rosa sobre la tarta. Sé que vive en una casa nueva con una isla en la cocina, que el espejo de su dormitorio está rodeado de bombillas y que, los viernes por la noche, ataviada con su bata de seda, bebe *prosecco* en una copa alta y delgada con su nombre grabado en ella.

Reviso su perfil pero no consigo encontrar más información; tan solo que está recibiendo quimioterapia y que Liam le compró un pijama con un estampado de ositos para que se lo llevara al hospital. Está muy delgada. Me enferma pensar en todas las maneras en las que dañamos y matamos de hambre a nuestros cuerpos, en lo poco que los valorábamos y lo mucho que deseábamos que desaparecieran. Regreso a la fotografía de la pulsera del hospital y la amplío para ver más de cerca su muñeca diminuta. Sus manos están tal como las recuerdo: los nudillos impecables, los dedos rechonchos y, sin las uñas falsas, las lúnulas con forma de medialuna perfecta a la vista. Siento un escalofrío en los brazos a pesar del aire caliente y pesado de tu apartamento. Con el dedo pegado sobre su nombre, me siento estática y como si una corriente metálica me estuviera cerrando la garganta. Tú sigues tecleando y el sonido me atraviesa, cortante.

—Voy a salir a dar un paseo —digo mientras me pongo las sandalias.

—De acuerdo. —Apenas alzas la vista—. Nos vemos en un rato.

Encaro colina arriba hacia Montjuïc y paso por delante de granados cargados de frutas. La noche vibra con el ruido de las motos y de las cigarras y, a mis pies, la ciudad está arrasada por una luz naranja. En una plaza hay una banda ensayando: un hombre que toca el contrabajo, un violinista de pelo largo y una mujer con un trombón. La música rebosa alegría y se me pega a la piel como la arena mojada.

En lo alto de la montaña, los escalones que conducen al Museu Nacional d'Art de Catalunya están llenos de gente hablando en diferentes idiomas, compartiendo porros y bebiendo cerveza. Más abajo, la Font Màgica de Montjuïc está iluminada en tonos dorados y los manteros lanzan al aire luces azules que, después, caen al suelo como si fueran estrellas rotas. Me siento en los escalones y pienso en Tara. Me parece mal que yo esté aquí, en el mundo, mientras ella está sola en una cama de hospital, con las cortinas cerradas a su alrededor y demasiado enferma como para mirar su teléfono. Me siento horrible por no haber contestado a sus mensajes y no haberme aferrado a ella con la fuerza suficiente.

Mi inquietud me resulta ordinaria y trivial. Pienso en todas las formas en las que no he cuidado de mi propio cuerpo; en todas las maneras en las que lo he odiado y en todos los lugares inseguros por los que lo he arrastrado. Siempre pensé que ella era la que tomaba mejores decisiones; que yo era mala por desaparecer y por desear demasiadas cosas, más de las que merecía. Tara se quedó dentro de los límites de su mundo y yo me lancé al peligro, asumiendo demasiados riesgos sin cuidado. No parece justo que su vida esté en crisis y que, para mí, que estoy aquí bajo un calor empalagoso y tengo la vida llena de amor y abundancia, siga sin ser suficiente; que siga habiendo algo en mi interior que no sepa cómo tener.

Ojalá pudiera volver atrás y encontrarnos fumando en alguna puerta con nuestros vestidos diminutos, borrachas, hambrientas y muertas de frío. Saldría de entre las sombras, apagaría los cigarrillos, nos agarraría por las muñecas y nos diría que nuestros cuerpos son valiosos de formas que no conocemos. Un chico adolescente pasa a mi lado a toda velocidad y choca conmigo, interrumpiendo el hilo de mis pensamientos. Extiendo los brazos para recuperar el equilibrio. Él se echa a reír y sale corriendo sin volver la vista atrás.

78

Cuando éramos adolescentes los padres de Tara eran muy estrictos, así que ella empezó a hacerse piercings, escondiendo secretos de plata bajo la ropa, para fastidiarlos. Se perforó las orejas con acero inoxidable y se puso una barra de metal en la lengua. Un sábado por la tarde, antes de salir a trasnochar, fue a que le hicieran uno en el centro de la ciudad y yo le sostuve la mano mientras un hombre con estrellas tatuadas en los nudillos le hacía un *piercing* en el pezón. La ayudé a limpiar la piel fruncida con agua salada antes de arreglarnos con prisas. Nos pusimos unos vestidos ajustados, bebimos copas de un rosado pálido, esparcimos bronceador instantáneo por los hombros de la otra y nos cardamos el pelo con cepillos de dientes.

—Dios, qué hinchada estoy… —dijo ella mientras se miraba el vientre en el espejo.

—No seas tonta. Estás despampanante.

Tara arrugó la nariz.

—Bueno, me pondré pedo y entonces dará igual.

Sonreímos al portero y entramos dando tumbos al bar con nuestros zapatos de plataforma y tacón, disfrutando de cómo la electricidad brillaba sobre nuestras pieles y la gente giraba la cabeza para vernos pasar, pues la juventud se desprendía de nuestros cuerpos como si fuera joyería cara. Nos bebimos las copas con rapidez, intentando emborracharnos todo lo posible. Nos gustaba llevar nuestros cuerpos al límite, sentir los golpes y aguijonazos de la noche y colgarnos de un precipicio para después regresar vivas y deslumbrantes. Cuando estábamos borrachas no nos preocupaba nada más; dejábamos que nuestro anhelo desbordara de nuestros cuerpos y ahogara todo lo que se cruzara en su camino. Bebimos chupitos de tequila hasta que las paredes se ondularon a nuestro alrededor y acabamos meciéndonos en la pista de baile abarrotada, haciéndonos fotografías con desconocidos y derramándonos cerveza sobre los vestidos. Las bolas de discoteca daban vueltas sobre nuestras cabezas como si fueran planetas y sentíamos que podíamos bailar para siempre, que nuestros cuerpos no tenían límites. En la oscuridad, los extremos dorados de nuestros cigarrillos parecían estrellas fugaces.

Cuando el club cerró, fuimos dando tumbos hasta el local que vendía patatas fritas. No habíamos comido nada en todo el día y estábamos desesperadas por unas cajas de poliestireno llenas de kétchup y grasa. Tara estaba de pie en la cola, a mi lado, cuando de pronto le fallaron las piernas. Se derrumbó como un cervatillo y yo sostuve su peso.

—¿Tara? —dije con un grito ahogado mientras la conducía hacia una mesa.

El hombre que estaba detrás del mostrador nos dio una botella de agua.

—¿Está bien?

Tara se incorporó, apoyándose en un codo.

—Estoy bien —contestó, arrastrando las palabras mientras se quitaba una de las pestañas postizas—. Solo necesito volver a casa.

Salí y paré un taxi.

—Mi amiga no se encuentra muy bien —le dije al conductor—. ¿Puede ayudarme a meterla en el vehículo?

El hombre suspiró y salió del coche.

—Espero que no vomite dentro. Eso supone una multa de cincuenta libras.

Tomó a Tara en brazos como si fuera una niña pequeña y la dejó en el asiento trasero. Yo me metí detrás de ella y le acaricié el pelo mientras las farolas le cubrían el rostro de luz.

—Estoy bien —me dijo con una sonrisa débil mientras se llevaba la botella de agua a los labios—. De verdad. —Me apartó las manos preocupadas—. Estoy bien.

A la mañana siguiente, nos despertamos apretujadas en su cama individual. Nuestra ropa y nuestros zapatos estaban esparcidos por toda la habitación.

—¿Has visto mi teléfono? —Tara se llevó las manos a la cabeza. Tenía toda la cara manchada de rímel. Miré a mi alrededor sin mucho entusiasmo, entrecerrando los ojos para ver entre la bruma provocada por el vodka y el sudor—. Mierda —dijo ella—. Creo que he debido perderlo.

—Otra vez no —gruñí.

Perdíamos nuestros teléfonos, las tarjetas del banco y las llaves de casa constantemente. Teníamos lagunas en la memoria y nos divertía reconstruir juntas la noche.

Después, aquella tarde, nos conectamos a Facebook en el ordenador de su padre para subir las fotografías de la noche anterior mientras bebíamos botellas resplandecientes de Lucozade ataviadas con nuestras batas de estar por casa. Tara recibió una oleada de notificaciones, que parpadeaban y palpitaban en la pantalla, haciendo que nos doliera la cabeza.

—Ay, Dios mío —dijo ella mientras revisaba su página principal. Estaba llena de fotografías del *piercing* que se había hecho en el pezón. Las habían sacado de su teléfono y las habían subido a su perfil.

«Esta zorra se subió anoche a mi taxi», había escrito alguien en el pie de foto. Cincuenta personas le habían dado al botón de «Me gusta».

—¡El conductor del taxi! —Tara sacudió la cabeza—. Debió de quedarse con mi teléfono y debía de estar conectada todavía. Qué imbécil.

Guardé una captura de pantalla de las fotografías antes de que las borrara.

—Tendríamos que habernos quedado con el número de la matrícula —dije, aunque ni siquiera éramos capaces de recordar qué aspecto tenía el coche.

Descargamos las imágenes de la noche de nuestras cámaras digitales y nos reímos de ellas, pues había desconocidos gritando a los que no recordábamos y nuestras extremidades formaban ángulos extraños en medio de las nubes de hielo seco. Las editamos antes de subirlas a Internet, recortando las partes de nosotras mismas que odiábamos y aumentando la exposición para que nuestros rasgos quedaran desdibujados.

79

Subimos por la sierra de Collserola. El aire está impregnado del aroma del romero y el pino y nuestros cuerpos cubiertos de polvo y sudor. Tengo los ojos hinchados y me duele la cabeza. Nos detenemos para recuperar el aliento sobre un grupo de rocas irregulares. Me quito la mochila y tú te inclinas para tocarme, pero me aparto.

—Lo siento —digo—. Hace demasiado calor.

Me miras con el ceño fruncido, pero no te hago caso mientras abro el tapón de mi botella de agua y bebo de ella, sedienta. Alzo la vista hacia el cielo despejado, tan puro que hace que me duelan los ojos. Arrancas un manojo de salvia de un matorral y lo hueles mientras lo frotas con los dedos.

—¿Qué te ocurre? —me preguntas con impaciencia.

—Nada. —Me aparto la melena de la nuca y me la recojo con una goma de pelo.

—Es evidente que te ocurre algo.

—Lo siento. Es solo que… he descubierto algo horrible sobre una amiga del colegio.

—Oh… —Suavizas el tono de voz—. ¿Qué ha pasado?

No sé cómo explicarte el horror candente que supone. En mi mente, visualizo una imagen de las manos pequeñas de Tara con un cigarrillo colgando entre los dedos. Creo que no vas a entender los rastros de mi yo adolescente que todavía me corren por la sangre.

—La verdad es que no quiero hablar de ello.

—De acuerdo. —Te metes una hoja plateada en el bolsillo—. ¿Seguimos caminando?

Trepamos más alto y hablas sobre tu investigación y sobre las personas a las que has estado entrevistando, recogiendo sus historias de migración para, después, traducirlas del español al inglés.

—¿Son difíciles de traducir? —te pregunto mientras intento apartar a Tara al fondo de mi mente.

—A veces. Es difícil trasladar con exactitud lo que la persona quiere decir en lugar de lo que yo creo que quiere decir.

—¿Y cómo sabes si lo estás haciendo bien?

—Pues no lo sé; no del todo.

—¿Y, entonces, qué pasa si lo estás contando mal?

Sacas la botella de agua de tu mochila y bebes de ella.

—Creo que es mejor contar las historias y que no sean correctas del todo que no contarlas en absoluto —contestas mientras te proteges los ojos frente al sol.

Pienso en lo que acabas de decir.

—Pero ¿y si la historia que estás contando no es cierta?

—Es cierta en su mayor parte. Lo que puede estar equivocado es solo un puñado de palabras. Además, de todos modos, los recuerdos son una especie de ficción.

—Pero las palabras adecuadas son importantes —replico mientras pienso en mi español dubitativo y en cómo no siempre puedo pedir lo que deseo; recuerdo todas las cosas que me he tragado e intento imaginar el tipo de palabras que podrían hacerme libre.

Me miras, cansado, y te enjugas el sudor de la frente.

—Sí, lo son.

Nos quedamos en silencio mientras nos adentramos bajo un grupo de árboles, agradecidos por la sombra. Mis pensamientos vagan de vuelta hacia Tara y me pregunto cómo estará, si irá a morir, si debería mandarle un mensaje o qué debería escribirle. Encontramos un claro y nos sentamos sobre la hierba quemada.

—¿Comemos? —preguntas.

Yo asiento, pero no tengo hambre. Has traído sándwiches envueltos en papel de aluminio y yo no dejo de darle vueltas al mío. Al final, saco el queso y los tomates y descarto el pan.

—¿No vas a comerte eso? —me preguntas.

—No tengo demasiada hambre.

—Tal vez deberías intentarlo.

—He dicho que no tengo hambre.

Me recuesto sobre la hierba y cierro los ojos. Los árboles arrojan sombras refrescantes sobre mi rostro. En los últimos días he sentido el estómago tenso y cerrado y noto cómo las viejas reglas se abalanzan sobre mí, expulsando la luz hacia fuera. Sin embargo, estoy demasiado cansada como para deshacerme de ellas.

No dejo de pensar en Tara. Me siento demasiado apegada a mi yo de diecisiete años; como si, al otro lado de los años que nos separan, hubiera abierto la boca y se hubiera tragado a todas las mujeres que he sido desde entonces. Veo lo vulnerables que éramos de formas que, en aquel entonces, no comprendíamos, y me pregunto por qué no nos cuidamos o por qué sentíamos que no merecíamos que nos cuidaran. Me siento culpable por verme atrapada por mis propias decisiones cuando Tara no tiene elección y, en cierto sentido, me parece que vaciarme a mí misma y tener algo a lo que aferrarme es lo correcto.

Te tumbas a mi lado. Me apoyas la palma de la mano sobre el vientre y me recorres el hombro con las yemas de los dedos. Me besas lentamente y tu pelo me cae sobre los ojos. Hueles a hierba fresca y a madera quemada. Aprietas tu cuerpo contra el mío y yo me entrego a ti, pero me siento lejos de tu piel húmeda y tu aliento cálido. Cierro los ojos y, tras los párpados, veo el nombre de Tara escrito con colores de hospital, el destello de nuestros cuerpos adolescentes con sus minivestidos de lentejuelas y su cabello teñido parpadeando en la oscuridad. Quiero preguntarle si recuerda cómo nos sentíamos cuando éramos invencibles, cuando éramos casi ingrávidas y la noche se expandía a nuestro alrededor como el agua oscura, cuando nuestras acciones no tenían ninguna consecuencia porque el futuro estaba lejos y no era más que un sueño adulto y distante. Me temo que hemos acabado en la historia equivocada; que, en algún punto, tomamos un desvío que no tocaba; que necesitamos volver al principio y empezar de nuevo para que todo pueda salir de un modo diferente. Alzo la vista hacia tu rostro, que está recortado contra el cielo, y el peso de toda esa expansión azul me aplasta y me llena la garganta.

—Joder —jadeas mientras vuelves a tumbarte sobre la hierba. Sin embargo, siento el cuerpo entumecido y tu voz suena muy bajito. Una palabra perdida da vueltas en el aire que nos separa como una antigua moneda de una divisa ya muerta.

80

Louis me presentó a sus amigos. Organizaban fiestas por todo lo alto en apartamentos con paredes blancas de las que colgaban grabados de Matisse, llenos de ceniceros desbordados y jarrones de peonías, y con discos apilados sobre los suelos de madera. En su compañía, me sentía desastrada y torpe con mis vestidos de segunda mano y mis palabras inseguras. Sin embargo, me atrajeron hacia ellos, preguntándome mi opinión sobre los pintalabios oscuros como el vino mientras sostenían sus cigarrillos demasiado cerca de mi cara.

Un sábado por la noche, nos invitaron al apartamento de alguien a cenar. Mientras daba vueltas al fragante arroz sobre el plato, unas velas altas y negras goteaban cera sobre la mesa. A mi lado, había una mujer alta, de cabello pelirrojo largo y pintalabios oscuro que me rellenaba la copa sin preguntar y me sonreía de forma generosa cuando le daba las gracias.

—¿Por qué no comes nada, *chérie*? —dijo mientras señalaba mi plato.

Desde el otro lado de la mesa, Louis intervino.

—Nunca come demasiado.

Tensé las piernas.

—¿No? —preguntó ella, mirándome con curiosidad—. ¿Por qué no?

—¿Qué quieres decir?

—¿Por qué no comes mucho?

Le miré los dedos elegantes, que tenía cerrados en torno a su copa de vino. Los pétalos rosas de las flores estaban cayendo y las sombras de manos y rostros se dibujaban sobre las paredes. Nunca antes nadie me había preguntado por qué de aquel modo tan directo. El ambiente de la sala resultaba denso por el aroma del clavo y la canela. En un rincón se estaba reproduciendo un disco rayado de Tom Waits. Miré los platos sucios que habían sido apartados a un lado de manera despreocupada y las gotas de vino tinto que manchaban el mantel de lino como si fueran sangre. No conocía la respuesta. En aquella habitación no había ningún motivo para que no quisiera tragarme el mundo y saciarme de él sin preocupaciones y miedos. No había nada afilado o peligroso; nada que me acercara al borde del precipicio; ningún agujero humeante y asfixiante al que pudiera arrojarme.

—No lo sé —dije en voz baja.

—¿No lo sabes?

Sacudí la cabeza. La mujer se encogió de hombros y me rellenó el vino. Yo me lo bebí todo y, después, pedí más.

81

La ciudad hierve. El gas de los tubos de escape forma una corteza sobre los edificios, atrapando el aire ardiente en el cemento. El cielo parece pesado, como si se nos clavara en la espalda y nos estrujara los pulmones. Las playas están repletas de cuerpos quemados por el sol y resbaladizos por el aceite para bebés, y hay vasos de plástico y colillas de cigarro arrugadas sobre la arena caliente. Los melocotones y las nectarinas se pudren en el exterior de las fruterías y los mangos se derriten dentro de sus pieles.

Los colores se tornan enfermizos y demasiado saturados. Las palmeras aguijonean el cielo azul implacable. Deambulamos por los supermercados sin comprar nada solo para sentir el alivio del aire acondicionado. Nos tumbamos en ropa interior sobre el suelo del apartamento, apoyando los cuerpos húmedos y pegajosos sobre las baldosas frescas. No tengo demasiado apetito y las calles dan vueltas frente a mí, ondulantes y viscosas. Todo el mundo está cansado y malhumorado: los desconocidos se gritan en la calle, la gente acelera sus motocicletas con enfado y los perros ladran por las noches.

El calor está haciendo que te resulte difícil trabajar, así que estás irritable y contestas de malas maneras. Tu humor pesado se filtra por todos los rincones del apartamento como si fuera un hedor amargo.

—¿Quieres que vayamos a la playa? —pregunto mientras doy vueltas por la cocina abrasadora, mirándote con cautela—. Tal vez deberíamos ir a dar un paseo.

—Tengo que terminar esto.

Bajo la luz resplandeciente de la pantalla, tu rostro parece cansado.

—¿Y después? Podríamos salir a tomar algo…

—Lo siento. —Cierras el portátil de golpe y te lo llevas al dormitorio—. Tan solo necesito un poco de espacio para pensar.

Compro una sandía enorme en la frutería. La corto en trozos color rubí, coloco queso mozzarella formando un flor y lo rocío con aceite de oliva. Tú comes en silencio mientras miras tu teléfono móvil.

—¿Estás bien? —te pregunto con tono amable.

—Estoy bien —espetas—. Deja de preguntarme.

—No pareces estar bien.

—He dicho que estoy bien.

—De acuerdo.

Hace demasiado calor para dormir, así que recorremos las calles hasta que encontramos un bar que abre hasta tarde y que sirve vermú frío. Nos sentamos en el bordillo con los pies apoyados en una alcantarilla y nos apartamos el pelo de las caras húmedas.

—¿Cómo lo soporta la gente? —te pregunto mientras alzo la vista hacia los apartamentos oscuros que rodean la plaza. Tienen las persianas bien bajadas y me imagino a gente durmiendo pacíficamente tras ellas.

—Lo más probable es que tengan aire acondicionado —contestas de mal humor, con nubes formándose tras tus ojos, mientras te metes las manos en los bolsillos.

—¿Por qué nosotros no tenemos? —digo con un suspiro.

—Siento que el apartamento no esté a tu altura…

—¿Qué se supone que significa eso?

—No lo sé. Lo siento, estoy cansado.

Nos quedamos sentados en silencio. Las voces resuenan entre los edificios, rebotando contra las viejas paredes de piedra. Contemplo el gajo de luna creciente e intento pensar en el frío que hace en el espacio exterior, pero no puedo imaginármelo.

—¿Qué te ocurre? —te pregunto.

—¿Qué quieres decir?

—¿Por qué estás actuando así?

—¿Así, cómo?

Exhalas y cierras los ojos. No sé qué te pasa y no puedo explicar el miedo y la frustración que siento en el vientre mientras mis pensamientos no dejan de girar en torno a Tara y lo desesperadamente que, en el pasado, deseamos desaparecer. No sé cómo poner en palabras mi tristeza o todas las formas en las que creíamos que teníamos que ser más delgadas para poder tener presencia en el mundo. Soy capaz de ver lo equivocadas que estábamos, pero no puedo volver atrás y cambiarlo o hacer que todo mejore. Todavía tienes los ojos cerrados y te toco el hombro.

—¿En qué estás pensando?

—En nada. —Me miras parpadeando.

—No es nada.

—Déjalo estar.

Tu voz suena tensa. Observamos cómo un grupo de adolescentes arrastra sus bicicletas a través de la plaza, riéndose y bromeando. Te frotas la cara y rebuscas el tabaco en tus bolsillos.

—No sé qué nos está pasado —digo con tristeza.

Pasas la lengua por una papelina de la marca Rizla sin mirarme.

—Tal vez deberíamos pasar un tiempo separados.

—¿Qué?

Siento un destello de miedo en el pecho. He estado intentando encontrar más espacio para mí misma, pero no quiero perderte en el proceso.

—No puedo pensar con claridad —contestas, mirando la acera—. Con este calor y estando los dos en el apartamento, no puedo pensar. Todo el tiempo haces que me sienta como si hubiera hecho algo mal.

Trago saliva.

—¿Qué quieres decir?

Las palabras te salen espesas y rápidas, como si te las hubieras estado tragando.

—Ya sé que no sabes lo que quieres, pero yo quiero estar aquí. Es importante para mí. —Sueltas una voluta de humo sobre nuestras cabezas y se te crispa un músculo del cuello—. Puede que las cosas se aclaren si nos damos un poco de espacio un par de semanas, para que ambos podamos pensar en lo que queremos.

—Claro.

El pánico arrasa mi cuerpo como si fuera un sarpullido. Me he abierto a ti, abandoné la vida que tenía en Londres y que solo me pertenecía a mí, y ahora me estás apartando de ti. Me siento rechazada, como si, en tu apartamento, resultase una molestia, lo que hace que desee hacer las maletas y marcharme. Nos quedamos sentados en un silencio tenso. Entonces te giras hacia mí y tu gesto se suaviza.

—No estoy diciendo que deberíamos romper. Es solo que hace mucho calor y tengo mucho trabajo que hacer. Es evidente que no eres feliz y siento que no dejamos de darle vueltas sin sacar nada en claro.

Pienso en la ropa que tengo en tu armario y en mis chaquetas colgando de la puerta. Pensaba que aquí podía existir, que no tenía que hacerme más pequeña o borrarme a mí misma.

—Vale, me iré por la mañana.

Me pongo en pie para marcharme.

—No hace falta que te pongas así… No es urgente; tan solo necesito un poco de espacio.

Me quedo callada, pensando en todo el espacio del que dispones aquí y preguntándome dónde podría quedarme.

—De acuerdo —digo. Entonces, me doy la vuelta y me alejo.

A mi espalda, oigo cómo me llamas, pero sigo caminando por la plaza y doblo la esquina hasta quedar fuera del alcance de tu vista. Y de pronto me derrumbo sobre un banco con un dolor de cabeza agudo y punzante. Me siento desconectada de ti y descuidada, como si pudiera aplastar lo que hay entre nosotros. Me reto a mí misma a romperlo, solo para ver lo que ocurre. En medio del calor, mis pensamientos parecen espesos y pesados, y no consigo entender lo que me estás pidiendo. Pensaba que nos comprendíamos el uno al otro, pero empiezo a plantearme si eso es verdad.

Me saco el teléfono del bolsillo y pienso en mandarte un mensaje pero, en su lugar, vuelvo a mirar las fotografías del Instagram de Tara. Ha subido una instantánea de un ramo enorme de rosas con un pie de foto que reza: «Gracias. Besos». Quiero preguntarle si alguna vez de verdad fuimos impenetrables o si todo fue una ilusión; si nuestros cuerpos han sido así de frágiles todo el tiempo. Presiono el botón que hace que un corazón rojo resplandezca sobre la imagen. Entonces, rápidamente, vuelvo a presionarlo y el color desaparece.

82

Una mañana, en París, salí de mi edificio y descubrí que me habían robado la bicicleta y que el candado barato estaba abierto y colgando. Maldije para mis adentros y le mandé un mensaje a la madre de los niños para hacerle saber que llegaría tarde.

«*Dépêchez-vous* —contestó—. Tengo una reunión a las 9».

La lluvia azotaba las calles tiñéndolas de plata mientras corría hacia el metro con el aire viciado y el olor de la goma quemada viniendo a mi encuentro a toda velocidad. Había mucha gente y me agarré a la barra de metal que había sobre mi cabeza con una mano, pegada a la melena espesa y brillante y el perfume abrumador de la mujer que estaba a mi lado. Tuve cuidado de no apoyarme en un anciano que tenía una papada enorme y que iba ataviado con un chubasquero sucio. Conté las paradas con impaciencia mientras intentaba quitarme el sueño de los ojos y me preocupaba por cómo reemplazar mi bicicleta.

Sentí que algo me rozaba la espalda y me alejé del anciano con cuidado de no pisarle los dedos de los pies. Volví a notar lo mismo y me di la vuelta mientras el tren doblaba una esquina con los frenos rechinando. La gente hizo una mueca y se cubrió los oídos. El anciano se dejó caer hacia mí con ambas manos extendidas para agarrarme los pechos.

—¿Qué demonios...? —dije en inglés mientras lo apartaba de mí. Sin embargo, él se limitó a mirarme, contrariado, como si no hubiera pasado nada. Intenté moverme a una zona más alejada del vagón, pero el tren iba abarrotado. La mujer de la melena brillante me lanzó una mirada y, con un suspiro, se recolocó el bolso, indicando que debería comportarme. Evité mirar al hombre. No le tenía miedo. Después de todo, era viejo y un poco frágil, pero no podía creerme su osadía; que hubiese estirado las manos para manosearme el cuerpo en un espacio pequeño lleno de desconocidos y que nadie hubiese dicho nada al respecto.

Llegué tarde a casa de los niños y su madre se perdió la reunión.

—No pasa nada —dijo, poniéndose los zapatos de tacón y sacudiendo las llaves del coche mientras yo le pedía disculpas. Después, salió corriendo por la puerta principal sin mirar atrás.

—No vas muy guapa —dijo Léa de forma petulante, mirándome los zapatos húmedos y la chaqueta empapada por la lluvia.

—No me importa, Léa —contesté mientras empezaba a recoger los cuencos del desayuno.

—*Tu devrais.*

Se dio la vuelta con su vestido brillante de princesa. Alex se rio y repitió sus palabras en inglés:

—Deberías.

83

La compañera de piso de Carla se ha marchado un par de semanas de Barcelona para ir a visitar a su familia y dice que puedo quedarme en su habitación hasta que regrese. Tomo el metro hasta Sants y subo las escaleras de su apartamento, cargando con mi mochila y sintiéndome desanimada. Estoy agradecida de tener un sitio en el que quedarme, pero no quiero seguir viviendo así, moviéndome de un lado a otro, habitando siempre en espacios prestados. Cuando pienso en ti me siento tensa y dolorida, como si se me hubiera caído algo pequeño y valioso y se hubiera perdido entre la arena infinita.

Cuando llego, Carla está a punto de marcharse y me da un abrazo.

—Todo va a salir bien, preciosa. —Recoge sus llaves, que tintinean—. Siéntete como en casa. Hay comida en el frigorífico.

Oigo cómo la puerta se cierra de golpe y echo un vistazo al apartamento: a las postales del frigorífico, al mantel de algodón brillante colocado pulcramente sobre la mesa y a los alféizares de las ventanas repletos de plantas que crecen en macetas pintadas. Las cosas de Carla me resultan hogareñas y familiares, pero no me pertenecen. Visualizo el caos de tus sartenes y tus libros y papeles esparcidos por el suelo. Entonces, siento una punzada de dolor, pero esas cosas tampoco son mías. Me siento sucia y amargada, como si hubiera mancillado tu apartamento como una mancha.

Escucho los sonidos que hacen los otros habitantes del edificio: un bebé llorando, una televisión a todo volumen, cristales tintineando y risas atrapadas en medio del bochorno. No quiero estar aquí, sola con mis pensamientos, así que, sin hacer caso del armario abarrotado de la ropa de otra persona, lanzo mi mochila a un rincón de mi dormitorio temporal y voy caminando hasta la playa.

El lugar está tranquilo. Hay grupos de adolescentes acomodados sobre mantas, reproduciendo a Rosalía en sus teléfonos y sacudiendo sus cigarrillos en la oscuridad. Parejas borrachas se besan sobre la arena y yo me quito la ropa y me dirijo hacia el agua negra, cubierta de plata por el rastro de la luna. El mar está frío y las olas chocan contra mi vientre desnudo, haciendo que se me escape una mueca. Bajo la luz de la luna, el agua es como el mercurio y está llena de cosas que no puedo ver. Empiezo a nadar, alejándome de la orilla y confiando en que mi cuerpo me lleve. El cielo se despliega sobre mí como un carrete de seda oscura y me pierdo en la negrura, incapaz de distinguir la tierra del mar. Las luces de la ciudad brillan más allá de la orilla como una constelación distante, lejos de mi alcance.

Te imagino cortando verduras, solo, y la tristeza florece en mí, aplastándome. Me siento negligente, como si hubiera descuidado todo lo bueno que había entre nosotros y no me hubiera aferrado a ello con suficiente fuerza. Entiendo tu deseo de tener espacio, pero me parece injusto cuando tienes un apartamento en el que expandirte y yo sigo sin tener un lugar propio. Quieres que traslade toda mi vida aquí por ti y quieres que lo haga sin ninguna fisura, sin miedos o inseguridades, sin que nada de todo ello te resulte una carga demasiado pesada. En el pasado, tal vez lo habría aceptado, pero estoy intentando hablar más alto y dar voz a mis necesidades.

Pienso en lo fácil que sería dejar de nadar, meterme bajo la superficie del agua helada y hundirme hasta el lecho marino. Entonces, siento miedo. No quiero desaparecer. Quiero vivir en el mundo sin sentirme culpable por mis necesidades y mis deseos y dejar que me recorran con su celo animal. No sé por qué tengo un instinto en mi interior que hace que a cualquier cosa buena la siga un castigo, pero no quiero seguir sintiéndolo. No quiero ser castigada, rechazada o degradada. Quiero alegría, placer, belleza y emociones, y las quiero sin sentirme mal al respecto. Pataleo con fuerza, chapoteando y jadeando, y regreso hasta la orilla.

84

Le hablé a Louis del hombre del tren.

—*Putain...* —dijo él—. París está lleno de viejos así. No deberías viajar en el metro cuando hay tanta gente.

—Pero me robaron la bicicleta.

—Tendrías que haberme llamado. Habría pasado a recogerte.

No quería que Louis viniera a buscarme y me llevara a trabajar. Quería recorrer la ciudad por mí misma; ir adonde me apeteciera sin tener que depender de nadie.

Los niños tenían un virus y yo me contagié al fregar sus vasos y sus platos y al cambiar las sábanas de sus camas. Me pasé tres días en la cama, sudando, temblando y tosiendo hasta que me dolía el pecho.

—*Arrête!* —La anciana que vivía en el mismo pasillo llamó a mi puerta a golpes—. No puedo dormir con tantas toses. *Un peu de calme s'il vous plait.*

Tras cuatro días, la madre de los niños me llamó.

—Te necesitamos —dijo—. ¿Estás lo bastante bien como para venir a trabajar?

Tenía la boca seca y los músculos doloridos. Me senté en el borde de la cama y miré en torno a la habitación diminuta. Había platos sucios apilados en el fregadero y, desde mi maleta, mi ropa se había desparramado por todo el suelo. Al principio, aquel ático me había parecido romántico, pero estaba empezando a preguntarme si me merecía algo mejor.

—*Je suis désolée.* —Me aparté el pelo de los ojos—. Necesito tomarme libre el resto de la semana.

Oí a Alec llorando de fondo y su madre suspiró.

—De acuerdo —dijo—, pero no podemos pagarte por esa semana. Espero que lo entiendas.

Era un día luminoso y la luz del sol se colaba por mi pequeña ventana, iluminando las motas de polvo como si fueran purpurina. Me puse un jersey y salí al pasillo. No había nadie en los alrededores, así que apoyé la escalera de mano contra la pared y subí hasta la trampilla que daba a la azotea. Nunca antes había subido hasta allí, pero me había preguntado a menudo cómo sería. Algunos de los edificios de París tenían tejados planos y la gente se sentaba allí a beber vino y contemplar la ciudad que se abría a sus pies. Sentía el cuerpo débil, pero me arrastré por la apertura, sintiendo la luz cálida sobre el rostro.

Me abrí paso con cuidado sobre las tejas planas y me senté justo al borde de la azotea, con las piernas colgando sobre la ciudad. Los tejados morados y grises se extendían en la distancia y, debajo de mí, el tráfico transcurría bajo el sol. Bajé la vista hacia las fruterías, las cafeterías y la gente que estaba aparcando sus bicicletas en la acera. Me sentía desconectada de todo aquello.

Quería sentirme tal como me había sentido con Louis en aquella fiesta mientras hablaba con la mujer pelirroja; tal como me había sentido cuando ella me había rellenado la copa con tanta facilidad y yo me la había bebido, no para escapar de mí misma, sino porque el mundo a nuestro alrededor me había resultado seguro y había querido formar parte de él. Estaba muy cansada de las normas, los secretos, de tanto huir y de las mentiras. Quería tener una vida plena en alguna parte, vivir de manera profunda en lugar de solo rozando la superficie. En París, era insignificante, y no quería seguir siendo pequeña.

El teléfono me vibró en el bolsillo y lo saqué. Rosa me había enviado un enlace a una habitación que una amiga suya estaba subarrendando. Amplié la imagen y acaricié las paredes blancas, los suelos de madera y las ventanas enormes. Me pregunté si podría aprender a ser una persona diferente allí, a estirarme bajo la luz del sol que se colaba a través de las ventanas, a colgar mi ropa y a organizar mi vida.

Me quedé en el tejado hasta que el sol tiñó de violeta la ciudad y, al contemplar su extensión y plantearme las posibilidades de todas las personas diferentes que podría ser, sentí un anhelo familiar en mi interior. Recordé cómo me había sentido al mudarme a Londres: como si mi vida hubiera estado empezando al fin. Sin embargo, estaba comenzando a plantearme si de verdad cabía esa posibilidad o si no sería más que un sueño inalcanzable.

Había ido a París para escoger mi propia vida pero, en realidad, no podía elegir, ya que no tenía demasiadas opciones disponibles. No tenía dinero suficiente, un lugar en condiciones en el que vivir o un título universitario. Había intentado con todas mis fuerzas convertirme en otra persona pero, bajo la superficie, siempre había estado yo. Tenía que encontrar la manera de poder vivir con esa chica, de darle lo que necesitara. Había creído que la libertad consistía en la oportunidad de convertirte en cualquiera, pero estaba empezando a pensar que me había equivocado. Tenía que aprender a mirar a la mujer que había en mi interior sin encogerme de miedo. Tenía que aprender a alimentarla, a cuidarla y a reconocerla como yo misma.

85

Llevo una semana en el piso de Carla y no he recibido noticias tuyas. La tristeza se retuerce hasta convertirse en una ira dura y metálica. Estoy intentando darte espacio, pero parece injusto que seas tú el que tome las decisiones. Estoy aquí porque tú me pediste que viniera pero, ahora, me estás alejando.

—Creo que tiene miedo —dice Carla. Yo sacudo la cabeza.

—¿Miedo de qué?

Ella se encoge de hombros y me pasa una cerveza.

—No le necesitas, guapa. Puedes crear aquí una vida propia.

A lo largo de todo el verano, la ciudad estalla en fiestas callejeras. Cada fin de semana, los vecinos de diferentes barrios colocan luces de colores en torno a sus balcones, cuelgan banderines de papel entre las farolas y bajo el cielo se sacuden candelabros hechos con botellas de plástico. Se construyen escenarios entre los bloques de pisos y, en medio del sofoco, las personas se esparcen por las calles, zapateando al ritmo del reguetón y de canciones versionadas de *pop-punk*. *Drag queens* con pelucas rubias y vestidos de estampado de leopardo tocan el saxofón, presionando las llaves con uñas falsas que brillan en la oscuridad. Se preparan pantallas de karaoke y los DJ conectan sus portátiles mientras los anarquistas bailan con sus botas de montaña y las mujeres mayores, que llevan lazos amarillos pidiendo la liberación de los presos políticos sobre sus camisetas con diamantes falsos, se sientan bajo sus pisos en sillas plegables. Los niños pequeños, subidos a hombros, sobresalen por encima de la multitud y las luces de discoteca rebotan contra sus muñecos de plástico. Los vendedores callejeros ofrecen cervezas frías por los bordillos de las aceras, la gente enciende bengalas en la oscuridad y los petardos estallan en las alcantarillas.

La tarde de la Festa Major de Sants, en el piso de Carla se oye el ruido de los martillazos para colocar los escenarios y el suave murmullo de las voces mientras la gente empieza a salir poco a poco a los bares que hay por toda la calle. El aire es bochornoso y abrimos todas las puertas y ventanas para intentar que corra la brisa. Tengo ganas de bailar para desenredar el nudo que siento en las entrañas. Compro botellas de cava en el supermercado y las meto en el congelador. Después, lleno las cubiteras y el agua me gotea sobre los pies descalzos.

Mi teléfono suena cuando recibo un mensaje tuyo.

«Te echo de menos», dice. Me complace que me desees, pero el estómago se me tensa con la frustración. Puedo sentir cómo me encierro en mí misma por miedo a que me hagas daño de nuevo. No puedes dejarme de lado sin más y, después, cambiar de opinión. Tengo la boca seca por la rabia pero, aun así, quiero verte, pasar los dedos por tu piel veraniega y sentir tu labio inferior entre los dientes.

«Esta noche voy a ir a la Festa Major de Sants —te escribo—. ¿Quieres venir?».

Pasas un par de horas sin responder y no dejo de mirar el teléfono una y otra vez, ansiosa.

«Tengo que terminar algo de trabajo —contestas al fin—. Te digo algo más tarde».

Me siento irritada y la garganta se me cierra, pero te contesto con un «De acuerdo». Un pico de energía parpadea en mi interior, punzante y amargo.

Carla y yo nos arreglamos mientras bebemos vermú mezclado con vino espumoso y bailamos en la cocina diminuta. Me pongo un vestido corto y ligero, me espolvoreo purpurina por las mejillas y me pinto los labios de rojo. Tengo el pelo encrespado por la humedad, así que me lo aparto del rostro con unas horquillas, me hago el llamado *cat-eye* en los párpados y me coloco bien el velcro de las sandalias. Todavía no he tenido noticias tuyas y me siento inquieta, como si estuviera acercándome al borde de algo y buscando problemas o como si la noche se abalanzara hacia mí como una ola.

—Olvídate de él —dice Carla antes de darme un beso en la mejilla y dejarme la marca oscura de sus labios sobre la piel—. Esta noche, vamos a divertirnos. —Se rocía perfume en el cuello y se mete un billete de veinte euros en el sujetador. Comprueba su reloj y me agarra del brazo—. Vamos. Elena nos está esperando; ya llegamos tarde.

Las calles están viscosas por el calor y los orines. Los umbrales de las puertas escupen cuerpos envueltos en los tentáculos enfermizos de la marihuana. Con los brazos unidos, nos abrimos paso entre el gentío y encontramos a Elena sentada sobre una pila de cajas de plástico en el exterior de un bar, en medio de un charco de luz. Los tatuajes se le enroscan en torno a los brazos y el pendiente que lleva en la nariz parpadea en medio del crepúsculo.

—Buenas —ronronea con su voz grave mientras me da dos besos en las mejillas.

Puedo olor su sudor amargo y el toque de lúpulo rancio en su aliento. Me pregunta si he sabido algo de ti. Yo saco mi teléfono y no encuentro nada.

—Me ha dicho que tal vez viniera después.

Elena pone los ojos en blanco.

—¿Lo hará, o solo «tal vez»?

—Tal vez…

—Que le jodan —dice, soltando un bufido burlón—. ¿Quieres una cerveza?

Nos sentamos en la terraza del bar y contemplamos el resplandor de la noche. Los graves de la música golpean el pavimento y las calles palpitan, llenas de cuerpos con las extremidades expuestas y los rostros húmedos y sonrojados. Las voces nos rodean como si tejieran una canción a nuestro alrededor. Nos terminamos las cervezas y nos vamos pasando la botella de cava, por lo que nuestros pintalabios se mezclan en el borde de plástico. No he comido demasiado en todo el día y noto una sensación tensa y burbujeante en la cabeza. Percibo algo rojo, la atracción del abandono y la vieja llamada del peligro tirándome del pelo.

Elena parte una pastilla y nos ofrece un cuarto a cada una.

—Salud —dice Carla con un guiño del ojo antes de tomar la suya con ganas y colocársela en el centro de la lengua.

Miro las púas húmedas que forman sus papilas gustativas y deseo que estuvieras aquí. Entonces, me deshago de ese pensamiento. Quiero tomar una decisión sobre mi cuerpo para demostrarme a mí misma que me pertenece.

Extiendo la mano y, después, trago con rapidez, desprendiéndome del sabor calcáreo con un sorbo de cava.

—Muy bien —dice Elena mientras se pone en pie y apaga su cigarrillo—. Vamos.

Nos metemos en medio de la masa de cuerpos. La música nos arrastra al centro de la concurrencia, que se abre como una boca húmeda y nos devora enteras. Los cuerpos abarrotan las calles como si fueran un río a punto de desbordarse y me veo empujada contra desconocidos que se retuercen y zapatean. Veo destellos de lenguas y dientes como si fueran una tormenta que se avecina. Cierro los ojos y dejo que me recorra el cuerpo. Tengo las encías secas y las manos sudorosas y el resplandor de las luces de colores cae a mi alrededor como la lluvia.

Me he estado sintiendo muy rígida, atrapada en la forma de tu cuerpo. Sin embargo, ahora me estoy derramando más allá de mi contorno, haciendo añicos mis límites como si fueran un dique roto. La alegría se me acumula en la boca y recuerdo cómo me sentí cuando estuve nadando en el agua oscura; lo mucho que deseé extender el brazo y rozar el placer. Abro los ojos y veo que Carla y Elena están bailando a mi alrededor. Me toman de las manos y me hacen girar en círculos. La muchedumbre crea una corriente y nosotras nos acomodamos y nos dejamos llevar, suspendidas sobre el asfalto hinchado por el calor.

Un hombre con los ojos oscuros y un aire humeante y almizclado baila a mi lado. Su piel parece de bronce bajo las farolas doradas, el sudor le perla los hombros desnudos y unas pulseras le tintinean en las muñecas. Puedo oler el dolor que desprende y quiero sumergirme en él, retenerlo en mis pulmones. Nos vamos acercando mientras bailamos hasta que solo somos caderas, ojos y labios. Quiero poner otro cuerpo entre tú y yo para recordar cómo ser mi propia persona. No quiero hacerte daño, pero quiero reivindicarme y recordar quién era cuando las noches destellaban por el peligro y yo corría hacia ellas, abalanzándome sobre las luces y los colores.

El hombre se inclina para besarme y yo le devuelvo el beso, cayendo en un sentimiento espeso y tórrido y dejando que se derrame en mi boca. Estoy muy cansada de ser sombría y translúcida; de huir de mí misma y ser incapaz de hacer que me escuchen. Me adentro todavía más en las profundidades de este calor acre. Quiero que me llene y que la noche calurosa y el ritmo frenético y resbaladizo de la música me asfixien. Quiero reclamar mi presencia en el mundo; estirar los brazos para tomar algo y ver olas a mi alrededor como evidencia de que existo. El hombre aprieta su cuerpo contra el mío y siento cierta emoción al romper los límites que hemos construido juntos y al recordar la atracción del mundo antes de conocerte; cómo me sentía al vivir a base de adrenalina pura y precaria. Siento una mano en el hombro y hago caso omiso pero, entonces, vuelvo a notarla con mayor urgencia y oigo a Carla y a Elena pronunciando tu nombre.

Me aparto del hombre y te veo mirándome fijamente. Tienes unas sombras profundas bajo los ojos pero sigues estando precioso con tu camisa brillante y tu pendiente de plata. El dolor te tuerce los labios, que parecen una flor aplastada. Te devuelvo la mirada, sobresaltada, y mis amigas fruncen el ceño, atrapadas entre el baile y la consternación, mientras levantan los brazos en el aire. Te das la vuelta para marcharte y yo me lanzo hacia ti.

—Quedaos aquí —les digo a Carla y a Elena por encima de la música—. Volveré a buscaros.

Me abro paso a empujones entre el calor y el humo, tambaleándome sobre botas y zapatillas de deporte y buscando el destello de tu cuerpo entre la oscuridad. Rostros enrojecidos se abalanzan sobre mí conforme te alcanzo, pero tú te mueves más rápido y te deshaces de mi agarre.

—Espera —digo con un grito ahogado cuando llegamos al borde de la multitud. Tú te das la vuelta para mirarme. En tus ojos resplandece algo roto que nunca antes había visto.

—¿Qué demonios? —Alzas las manos—. ¿Qué cojones estabas haciendo?

Intento concentrarme, pero el mundo da vueltas a mi alrededor en un borrón de sonido y luces de neón.

—No me has contestado —jadeo—. No sabía si ibas a venir. —Pareces desolado y vulnerable. Intento estirar el brazo y tocarte, pero tú te apartas, dejándome mareada e intentando aferrarme a algo, vagando sola por el mundo—. Lo siento —digo en un susurro—. Pero me pediste que me marchara...

—Te dije que necesitaba espacio.

—Bueno, pues te estoy dando espacio.

Retrocedes, alejándote de mí.

—Eres increíble.

—¿Qué?

—Lo único que he hecho estos últimos meses ha sido apoyarte, moviéndome de puntillas a tu alrededor y escuchándote hablar. Y, entonces, mientras estaba sentado en mi apartamento, trabajando a toda velocidad para poder venir a verte, tú estabas...

—Claro, porque todo gira en torno a ti y a tu trabajo, ¿no? Haciendo sacrificios por la gente y haciendo esperar a todo el mundo...

—Que te jodan. Tú te limitas a hacer lo que te da la gana sin pensar en nadie más.

Cierro los ojos y el mundo se acelera. Estoy muy cansada del calor, del dolor de mi piel y de la masa aplastante de reglas con las que cargo. Estoy cansada de estar hambrienta, de esconder secretos en el vientre y de intentar hacer lo correcto. Me miras fijamente y me siento enferma al contemplar tu rostro ceniciento.

—Siento ser demasiado para ti —digo en tono cortante.

Sacudes la cabeza, incrédulo, y yo me pregunto si de verdad crees que hago lo que me da la gana, porque es exactamente la forma opuesta a como he estado viviendo y pensaba que lo entendías. Me planteo si de verdad nos conocemos el uno al otro o si solo ha sido una ilusión, una falsedad, un error. Me doy la vuelta y comienzo a caminar para alejarme de ti y de tu ira, adentrándome en la noche.

—Espera. —Extiendes la mano y me agarras del brazo—. No te marches sola. —Tu voz se suaviza—. Estoy enfadado, pero no puedo dejar que te marches así. Tienes que ir con alguien.

—No te preocupes. —Me deshago de tu agarre con fuerza mientras el mundo se tambalea a mi alrededor—. Puedo cuidar de mí misma.

Me alejo de la fiesta, esquivando a adolescentes borrachos. Hay bicicletas encadenadas a las farolas y la gente se está congregando en el exterior de las tiendas de pizza. Oigo un sonido agudo en la cabeza y necesito alejarme de él, del clamor de mis pensamientos, del eco de tu voz, del calor, del ruido y de la gente. Todo ello está empapado de rojo. Hay un taxi esperando junto a la acera, así que abro la puerta y me subo. Apoyo la cabeza en el asiento de cuero.

—¿A dónde? —me pregunta el conductor. Yo le digo que me lleve a la estación de autobuses sin pensar en lo que estoy haciendo—. Vale.

Se encoge de hombros y sube el aire acondicionado. El frío me calma, pues me proporciona un alivio del calor implacable. Necesito ir a algún lugar más fresco y silencioso en el que poder pensar con claridad. Visualizo la cabaña de las montañas, la hierba húmeda y las estrellas frías.

En la estación, compro un billete a Tremp y le envío un mensaje confuso a María para preguntarle si la cabaña está libre. Antes de que conteste, me quedo dormida en el autobús, con la cabeza apoyada contra la ventana y el cuerpo tembloroso y dolorido. Me despierto con el amanecer despuntando sobre las montañas, las colinas de color óxido alzándose en la distancia y la luz del día tiñendo el cielo como si fuera sangre sobre la leche.

PARTE CUATRO

86

María me recoge en la estación de autobuses con su camioneta destartalada. En la radio crepitante suena *rock* suave y del retrovisor cuelgan cuentas de rosario. No se inmuta ante mi cara de cansancio o la mochila diminuta de cuero que me cuelga del hombro.

—Siento haber aparecido de este modo —digo casi sin atreverme a mirarla—. Te daré el dinero en cuanto pueda. Tan solo necesito un par de días para resolver unos asuntos.

—Tienes suerte de que la cabaña esté libre. —Se encoge de hombros mientras trepo al asiento polvoriento que hay a su lado—. Normalmente, en esta época del año, suelo tener todo reservado, pero quité el anuncio de Internet durante un par de semanas para poder arreglar unos problemas con el agua y la electricidad. —Sujeta el volante con una mano mientras, con la otra, rebusca un cigarro en la guantera—. Ahora que estás aquí, podrías ayudarme. Mis hijos están en Sevilla con sus novias. —Sacude la cabeza—. Me vendrían bien un… ¿Cómo se dice en inglés? Un par de manos extra.

Se desvía hacia una carretera secundaria de manera brusca y suelta una maldición cuando un camión hace sonar el claxon.

Me froto los ojos y bajo la ventanilla, pues me siento mareada mientras la camioneta avanza a trompicones por carreteras sinuosas. Ante nosotras asoma la familiar iglesia de piedra del pueblo cercano. El mundo es un borrón y temo haber puesto en marcha acontecimientos que escapan a mi control. Reproduzco en mi cabeza lo que pasó anoche y la culpabilidad hace que tenga ganas de vomitar. Trago saliva al recordar al hombre con el olor almizcleño y tu rostro pálido en medio de la multitud. Estoy enfadada contigo pero todo me resulta confuso, pues mis sentimientos están forjados por productos químicos y retorcidos por la falta de sueño. Sé que estarás preocupado por mí, así que saco el teléfono para mandarte un mensaje, pero se ha quedado sin batería y la pantalla está negra. María aparca frente a la cabaña.

—Ya hemos llegado.

—Muchas gracias, María —le digo en español mientras salto de la camioneta a la tierra suave.

—De nada. Usa todo lo que necesites. Por la mañana, vendré a revisar la electricidad. Ahora mismo no hay luz, pero estarás bien.

María se aleja a través de los campos y yo abro la puerta de la cabaña diminuta. El olor de la madera y el carbón se me enrosca en torno al cuerpo. Entro al dormitorio y me dejo caer sobre la cama, agradecida por que el sol haya quedado atrás. Tengo la visión nublada y me duele todo el cuerpo. Entierro el rostro bajo la sábana fina y pienso en nuestros cuerpos, juntos, cubiertos por ella; en lo hambrienta que estaba de tu cuerpo y lo lejos que parece ahora todo eso. El arrepentimiento me llena el pecho pero también me siento aliviada de poder estar a solas con mis pensamientos en un espacio que es solo mío.

Me quedo dormida y me despierto horas más tarde, bajo el atardecer azul, con la boca seca y el estómago retorciéndose de hambre. Hace calor dentro de la cabaña, así que abro la puerta y encuentro un cubo con pastillas de encendido, una botella de vino, una barra de pan y un trozo de queso de cabra suave envuelto en papel marrón. Siento en las entrañas un destello de culpabilidad ante la amabilidad de María. Enciendo un par de velas y las coloco en la mesa del exterior. Después, observo a los insectos revoloteando sobre las llamas.

Abro el grifo y, de pie, me bebo un vaso de agua tibia, dejando que las gotas me corran por la barbilla y me empapen la ropa. El vestido que llevo puesto huele a humo y sudor, así que me lo quito por la cabeza y me quedo de pie en el porche de madera, ataviada tan solo con la ropa interior. El aire de la montaña alivia mi piel húmeda y pegajosa.

Me siento sobre la tarima y arranco trozos de pan, los unto con queso de cabra y como con rapidez. La masa y la levadura me llenan y suavizan los bordes dentados de mis pensamientos ansiosos. Puedo oler la tierra quemada y el romero silvestre. El calor del día está atrapado entre la madera y el humo de la chimenea de alguien se eleva sobre los campos. Las estrellas titilan como fragmentos de cristal y recuerdo el momento en el que nos tumbamos bajo la luna llena y tú dijiste que era un presagio. Me lamo el queso de cabra que tengo en los dedos. Mi apetito ha regresado y mi cuerpo, solo bajo el cielo, se siente libre y anhelante. Me tumbo bocarriba y me fijo en los cigarrillos que María ha dejado abandonados en el borde de la mesa. Encuentro una cerilla, enciendo uno y vuelvo a tumbarme mientras exhalo volutas de humo sobre mi cabeza. Inhalo hondo y, entonces, siento el alquitrán abrasándome los pulmones y el sabor de la sal en los labios. Me paso las manos por el vientre y las caderas, palpando la piel, la grasa y los huesos bajo las yemas de los dedos. Formo parte del mundo con sus árboles y su tabaco. Soy una persona entre ellos, humana después de todo.

87

Me marché de París y volví a mudarme a Londres. Mi habitación subarrendada tenía suelos de madera y una alfombra tejida que se había dejado el inquilino anterior. Tenía un tamaño medio pero, tras el ático diminuto, me resultaba enorme. Dormía con las ventanas abiertas, dejando que la luz del día empapara mi almohadón, y me daba duchas calientes y largas, deleitándome con el agua cálida que salía a borbotones de los grifos manchados de pasta de dientes.

Mis nuevos compañeros de piso trabajaban en bares, cafeterías y como repartidores. Todos teníamos horarios diferentes, lo que significaba que siempre había alguien sentado a la mesa de la cocina, preparándose una taza de té o bebiendo latas de cerveza. Había cajas de revistas apiladas en el pasillo y anuncios de conciertos de *punk* pegados en las paredes del baño. En el alféizar de la ventana de la cocina había una hilera de plantas y tenía mucho cuidado de regarlas, de asegurarme de que la tierra estuviera siempre húmeda y de que no pasaran frío. Me gustaba contemplar sus hojas estirándose hacia el sol. A mis compañeros de piso les gustaba cocinar, por lo que preparaban chili con verduras y curri picante en enormes ollas plateadas y dejaban notas que decían: «Sírvete lo que quieras».

Alguien había tallado las palabras «Disturbios, no dietas» en la cuchara de madera y yo pasé los dedos sobre las letras mientras me servía arroz en un cuenco y me obligaba a comerlo. Me sentía una fracasada, aplastada por el peso de todo aquello por lo que se suponía que debía luchar.

Londres estaba lleno de fantasmas. Los bares y las cafeterías a los que había ido en el pasado habían cerrado y habían sido sustituidos por algo nuevo. Veía a mi yo más joven por todas partes: de pie en las esquinas con moraduras en las piernas desnudas, buscando puertas que ya no existían y con el pelo enmarañado y los ojos vacíos por el hambre. Me alejé de esa chica, atrapada entre las ganas de tomarla de la mano y prepararle un baño caliente y la desesperación por poner entre nosotras toda la distancia posible para que su vergüenza y su desprecio por sí misma no se me pegaran.

88

Duermo hasta tarde y me despierto con humedad en el aire, la mente nublada y la piel tirante. En un estante veo un tarro con granos de café viejos y pongo a hervir en los fogones de gas una olla de agua hirviendo. Abro la puerta de la cabaña y me encuentro a

María en el exterior, agachada y jugueteando con una maraña de cables.

—Buenos días —le digo en español, sorprendida—. Gracias por el pan y el queso.

Me pongo el vestido sucio y salgo, sintiendo la hierba áspera entre los dedos de los pies. Durante un instante me quedo observando a María, que está muy concentrada. Me fijo en cómo se le tensan los bíceps bajo la camiseta manchada de pintura y la pulsera de la amistad podrida que lleva en torno a la muñeca.

—¿Puedes pasarme los alicates? Lo que se usa para cortas los cables…

—¿Dónde están?

—En la bolsa negra.

Sobre la vieja mesa de madera encuentro una bolsa de herramientas sucia y rebusco los alicates. María toquetea algo y suelta una palabrota.

—¿Dónde aprendiste a hacer todo esto? —le pregunto.

—¿El qué? —contesta sin mirarme.

—A hacer la electricidad, la fontanería… A construir tu propia casa.

Se saca un lapicero de detrás de la oreja y anota algo en un cuaderno arrugado.

—Estuve unos años de okupa en Madrid. Allí aprendí cosas. ¿Puedes encender las luces?

—¿Qué?

—En el interior. Para ver si funcionan.

Pulso el interruptor con el dedo y la luz de la cocina se enciende con un parpadeo, iluminando las capas de polvo.

—¡Funciona!

—*Molt bé.* —Comienza a recoger sus herramientas—. Tenía una pareja —dice sin mirarme—. Vinimos aquí para construir juntos esta casa, pero las cosas acabaron mal y lo dejamos.

—Vaya… ¿Qué ocurrió?

—Él volvió a Francia. Cuando se marchó, yo estaba embarazada de mi segundo hijo, pero decidí quedarme.

Miro a mi alrededor y contemplo las vides que se enroscan en torno a unas celosías de madera, el jardín lleno de malas hierbas, las esculturas enormes y las rocas rojas que sobresalen bajo el cielo. Intento imaginarme cómo sería dormir bajo un techo que yo misma hubiera construido; haber tocado cada ladrillo, cada baldosa y cada trozo de madera o saber que todo me pertenece.

—Es precioso —digo, y María se echa a reír.

—Se cae a pedazos, pero es mi hogar. —Por primera vez, me mira en condiciones. Me siento cohibida por mi ropa sucia y el maquillaje emborronado. Apesto a alcohol y a sudor—. Y bien, ¿dónde está tu novio?

Se me tensa la garganta y evito su mirada.

—En Barcelona.

—¿Sabe que estás aquí?

—Me parece que no.

—¿Qué quieres decir?

—No. No lo sabe.

Siento la garganta cerrada y la piel me arde incluso antes de que el sol esté alto en el cielo. María sacude la cabeza y se echa la bolsa de herramientas sobre el hombro como si estuviera llena de aire.

—Aquí estás a salvo —dice—, pero no puedes huir sin más. —Se protege los ojos de la luz y una tristeza le atraviesa el rostro. Intento sonreírle, pero me siento diminuta y regañada, como si fuera una niña pequeña. Ella se aparta el pelo de los ojos—. ¿Quieres venir más tarde a nadar?

—me pregunta—. Cerca de aquí hay un barranco. Voy a menudo con mi vecino. Si quieres venir, iremos hasta allí en coche esta tarde.

Imagino el agua fría y me siento débil por el anhelo.

—Eso estaría muy bien.

María asiente.

—Pasaremos a recogerte.

—Gracias por haber arreglado la electricidad.

—De nada —contesta en español. Después, se encoge de hombros y observo su figura fuerte atravesando los campos.

Tiene aspecto de poder encargarse de cualquier cosa: de instalar la fontanería de su baño, de pasar los cables eléctricos y de definir los parámetros de su propio mundo. Me pregunto de qué habrá huido, por qué habrá decidido quedarse y cómo habrá sido criar sola a dos niños en este lugar. No puedo imaginármela en la ciudad, sentada en un bar o subiéndose al metro. Me pregunto si siempre habrá sido así o si se convirtió en esta persona para poder encajar con lo que la rodeaba; si definimos nuestros espacios o si ellos nos definen, y qué significaría eso en mi caso.

Pongo a cargar mi teléfono y lo enciendo con el estómago revuelto. Tengo quince llamadas perdidas, tres mensajes de Carla, dos de Elena y siete tuyos. Tengo que llamar al trabajo y decirles que mañana no asistiré. Reviso tus mensajes mientras me muerdo el labio.

«¿Dónde estás?».

«¿Estás bien?»

«¿Qué demonios?».

«¿Por qué no me contestas?».

«Llámame».

«Por favor».

«Estoy preocupado».

Elena dice:

«Preciosa, ¿dónde estás? Te estamos buscando».

Me froto los ojos. A la luz del nuevo día, mis acciones parecen melodramáticas y me siento avergonzada. No sé qué decir.

«Estoy en la cabaña de María, en las montañas —te escribo—. Lo siento. Estoy bien».

Me contestas de inmediato.

«¿Estás hablando en serio?».

Los puntitos que indican que estás tecleando aparecen y desaparecen durante mucho rato.

«Lo siento —te escribo de nuevo—. ¿Podemos hablar más tarde por teléfono?».

Todavía me escuecen las palabras que me dijiste en la fiesta y temo haber roto algo que no pueda arreglarse; haber arrugado con el puño todo lo bueno que había entre nosotros como si no tuviera importancia, incapaz de aferrarme a ello después de todo. Aun así, necesito que entiendas que, para mí, es importante saber lo que quiero y ser capaz de abrir las manos y tomarlo tras haber pasado años sin poder contestar a la pregunta de qué es exactamente lo que deseo. Miro tu fotografía mientras tecleas la respuesta, contemplando tus ojos grises y serios y los árboles que hay detrás de ti, tiñéndote el rostro de verde y dorado.

«De acuerdo», escribes. Espero a que digas algo más, pero no recibo nada.

«De acuerdo —contesto—. Hablamos pronto».

89

Rosa tuvo una exhibición en solitario en una galería de Peckham. La encontré de pie junto a su cuadro más grande, que destilaba un tono rojo tan brillante que casi resultaba doloroso.

—¡Has venido! —dijo mientras me ponía en la mano una copa de vino blanco tibio.

Cuando se inclinó hacia mí, el pelo le olía a pintura y cigarrillos. Alcé la vista hacia sus obras, que colgaban de las paredes. Siempre me impresionaba la forma en que podía convertir sus pensamientos en formas y colores para no tener que seguir guardándoselos. Un hombre alto con un jersey de cuello alto negro se acercó a nosotras y se la llevó para que le hicieran una fotografía.

—Vendré a buscarte luego —articuló con la boca por encima del hombro. Yo asentí.

Eché un vistazo a las personas que había entre la multitud, con sus chaquetas largas de cuero y sus sombras de ojos de color neón, mientras buscaba a alguien a quien conociera.

Me sentía cohibida y me bebí el vino de un trago, rápidamente, intentando encontrar algo que hacer. Me topé con Max, que estaba apoyado contra una pared con las manos en los bolsillos.

—¿Quieres salir a fumar conmigo? —me preguntó mientras se dirigía hacia la puerta. Lo seguí.

Nos sentamos en el bordillo de la acera y apoyamos los pies en una alcantarilla.

—¿Qué tal es estar de vuelta en Londres? —me preguntó él.

—Bueno, no está mal. Me voy adaptando.

Alguien a quien no reconocí se acercó a nosotros y nos pidió un mechero. Me fijé en una maraña de rizos negros, una chaqueta vaquera con agujeros y un tatuaje de un helecho asomando por debajo del puño.

—Toma.

Te tendí el mechero de Max y tú me miraste y dijiste:

—Gracias.

90

Pasamos por túneles que atraviesan directamente la montaña hasta Mont-rebei, un cañón de color verde jade que está excavado entre las paredes escarpadas de unos acantilados como si fuera una cicatriz. Sobre la superficie del agua se mecen kayaks de colores brillantes. Bajo el sol ardiente, María, su vecino Diego y yo subimos por un camino empinado y, después, bajamos hasta el agua. Hay gente saltando desde un embarcadero de madera y sus cuerpos resplandecen bajo el sol. Hay un puente colgante en lo alto de los acantilados y los adolescentes se lanzan desde él. Sus gritos quedan atrapados en los huecos que hay entre las rocas.

Me pica el cuerpo por el polvo y el sudor, así que me quito la ropa a toda prisa. Se me hace un nudo en el estómago al recordar que no llevo traje de baño, pero María se desnuda ante mí y las marcas del bronceado resultan chocantes frente a sus brazos de un tono moreno oscuro. Dudo un momento y, después, me desabrocho el sujetador, recordando cómo me sentí mientras comía el queso de cabra frente a la cabaña, como si mi cuerpo no fuera más que otra de las cosas que forma parte del mundo. Diego se deshace de la camiseta y se tiende bocarriba sobre las rocas como si fuera un gato con los ojos cerrados y un cigarrillo colgando de forma lánguida entre los dedos.

María se zambulle con suavidad en el cañón, sin apenas formar ondas. Yo salto al agua tras ella y el alivio del frescor hace que sienta un cosquilleo de placer. El agua está turbia y espesa, como si fuera leche azul, y tomo impulso hacia delante, estirándome. Me dirijo a las montañas que se ven a lo lejos y todo me parece irreal, como si el mundo se hubiera soltado de su eje y yo estuviera nadando a través del cielo. Floto bocarriba y observo cómo la luz me arranca arcoíris de las puntas de las pestañas. Resisto la necesidad de empujarme al borde de la crueldad y disfruto de la sensación de verme arropada por algo más grande que yo misma. Desearía que no se hubiera roto nada y estuvieras aquí, con tu cuerpo iridiscente bajo esta agua extraña mientras flotamos a la deriva por la extensión azul.

María aparece a mi lado con el pelo peinado hacia atrás como una foca.

—Es muy bonito, ¿no? —dice en español con una carcajada y los ojos resplandecientes bajo la luz. Se da la vuelta y observamos cómo un chico adolescente se lanza en bomba desde el puente y atraviesa el agua con un golpe seco—. *Déu meu.* —Arruga la nariz—. Eso ha tenido que doler. —El chico vuelve a emerger, riéndose y sacudiéndose el agua del pelo. Parece ileso—. ¿Quieres probar?

—¿El qué? ¿Saltar desde el puente?

—Sí —contesta ella con una sonrisa—. Todo el mundo que viene aquí debe probarlo al menos una vez. Diego te acompañará.

Salgo del agua y me pongo la ropa interior, retorciéndome para colocar bien la tela elástica, que me arruga la piel.

—Vamos —dice Diego mientras le guiña un ojo a María.

Me hago rasguños en las rodillas con las piedras ásperas mientras trepamos hacia el puente. La adrenalina me palpita al fondo de la garganta.

—¿Tienes miedo?

Diego me sonríe con sus dientes marrones y yo asiento. Él se echa a reír mientras caminamos hacia el centro del puente, que se mece con el viento. De pronto aparece una chica adolescente. Lleva el pelo enmarañado por el agua y los ojos le centellean. Pasa sobre la barandilla y se coloca en un pequeño saliente. Entonces, dobla las rodillas y salta hacia el agua como si fuera un lapicero. Desaparece durante un segundo más de lo necesario y vuelve a aparecer a la luz del sol.

—No sé si puedo hacerlo —le digo a Diego, y él se echa a reír otra vez.

—Es fácil. Mira.

Veo cómo se aferra al borde del puente con los dedos nudosos de los pies y, después, cómo se lanza con los brazos levantados al aire como si fuera una bailarina, con el viento acelerándose en torno a su cuerpo. Choca contra el agua con elegancia y, después, emerge dando brazadas. Me saluda con la mano y yo paso por encima de la barandilla hasta el saliente. Me tiembla el cuerpo mientras me mezo entre los acantilados. Bajo la luz del sol, el agua resplandece como una plancha de metal e imagino mis huesos rompiéndose, la columna vertebral partiéndose y el cráneo haciéndose añicos al alcanzar la superficie. Puedo sentir que María me está observando y que hay adolescentes en las rocas, mirándome con los ojos entrecerrados y unos porros ardiendo lentamente entre los labios. Me estremezco sobre el saliente y sé que no puedo hacerlo. Me da miedo lanzarme por el precipicio.

Un hombre con el pelo oscuro y rizado se acerca hacia mí y el puente se balancea bajo su peso.

—¿Vas a saltar? —me pregunta en español mientras vuelvo a pasar las piernas por encima de la barandilla, poniéndome a salvo.

—No. Todo tuyo.

Él salta del puente y atraviesa el agua en un ángulo raro. Aun así, reaparece riéndose y tosiendo entre las salpicaduras de agua. Yo vuelvo a bajar hacia donde están María y Diego. Me siento patética. Ellos se ríen y me dicen que no me preocupe, pero siento que los he decepcionado. En el pasado, habría saltado sin pensarlo demasiado, deleitándome con el destello del cañón acercándose a mi encuentro a toda velocidad y abandonándome por completo al viento.

Mientras regresamos al pueblo, permanezco en silencio. Las nubes comienzan a oscurecerse y una amenaza plateada destella en las colinas. El aire está cargado de electricidad y me pregunto qué ha cambiado; por qué ya no me siento atraída por el exterior y por qué me alejo del saliente.

—¿Quién era el tipo con el que estabas hablando anoche? —le pregunté a Rosa mientras aliviábamos la resaca en la cafetería que estaba al fondo de la calle en la que se encontraba su apartamento. Di un trago a mi taza de té, que estaba fuerte, y unté mantequilla en la tostada—. Fuera, en la calle. Alto. Pelo negro. Voz suave.

Rosa rompió la yema de su huevo frito y me miró con el delineador corrido manchándole la parte inferior de los ojos.

—Un viejo amigo de Goldsmiths. —Se le curvaron los labios—. ¿Por qué?

—Por nada. —Le di un mordisco a mi tostada—. Parecía agradable.

—¿Hablaste con él?

—En realidad, no.

Rosa sonrió de medio lado.

—¿Te gustaría?

Sentí un dolor de cabeza tras los ojos y di un gran trago de agua.

—Ay, no lo sé…

—¿Por qué no?

—Hace siglos que no tengo una cita.

Ella se sirvió un poco de kétchup en el plato.

—Si quieres, puedo darte su número de teléfono.

—No puedo mandarle un mensaje sin venir a cuento —dije, entrando en pánico.

Mi amiga puso los ojos en blanco.

—¡Venga! Será divertido. No lo pienses demasiado.

Enciendo el fuego en la estufa de leña y tomo un jersey de punto que hay en un armario. Huele a humedad, pero me lo pongo, agradecida. Gotas fuertes de lluvia golpean el techo de metal y caliento una lata de sopa en los fogones mientras me sirvo una copa de vino y recuerdo cuando estuvimos aquí juntos y todo era diferente. Miro las tazas que están apiladas en los estantes y las sartenes que cuelgan de clavos en la pared y me pregunto cómo sería quedarme aquí, convertirme en parte de esta comunidad, necesitar menos y vivir con poco. Aun así, ya he probado a reducir mi vida a lo estrictamente esencial y eso me convirtió en alguien ingrávido que casi no dejaba huella en el mundo.

Me suena el teléfono, sacándome de mis pensamientos con un sobresalto. La pantalla se ilumina con tu nombre, así que trago saliva y respondo la llamada.

—Hola. —Tu voz suena muy bajita y distante.

—Hola. —Se produce un silencio y escucho la lluvia torrencial, el chasquido de la leña y la sopa burbujeando en la olla—. ¿Estás bien? —te pregunto de manera tentativa.

—En realidad, no. ¿Y tú?

—No, la verdad es que no. —Hago una pausa—. Lo siento. —La voz me sale en un susurro.

Exhalas con fuerza y yo me muerdo el labio.

—¿Qué demonios? —dices, haciendo que el cuerpo se me ponga en tensión—. ¿En qué demonios estabas pensando?

Sé que no tendría que haber desaparecido de ese modo, pero me sentía sin poder en tu nueva vida, pequeña y rechazada, así que me alejé de ti y me lancé de nuevo a la noche.

—Lo siento —digo otra vez.

—Estaba preocupado.

—Lo sé. —Se hace el silencio—. Siento lo que hice.

—¿De verdad? —Tus palabras suenan duras.

—Sí. —Doy un sorbito de vino—. Fui una estúpida. No quería hacerte daño, pero me dolió que me pidieras que me marchara.

—No te pedí que te marcharas.

—Eso fue lo que pareció.

Se produce un largo silencio. Te imagino sentado en el suelo de tu apartamento, vestido con una camiseta arrugada y mordiéndote las cutículas. Cuando hablas al fin, tu voz suena tensa, como si estuvieras cargando con algo pesado.

—Me paso el tiempo preocupado de que vayas a marcharte.

—¿Qué?

—No puedo vivir así, con tanta inseguridad.

—¿Qué quieres decir? —Te quedas callado y tus palabras me corroen—. ¿Quieres decir que no sabes si puedes vivir conmigo?

—Tal vez.

La rabia me inunda la garganta. Quiero arreglar las cosas y volver a atrapar todo el oro que dejé que se me escapara entre los dedos, pero también quiero alejarte todavía más; llevarnos al borde de un precipicio solo para oír cómo todo se hace añicos.

—De acuerdo —digo con amargura, recordando que no me diste una respuesta clara sobre si ibas a venir a la fiesta o no—. Entonces, tal vez esto no esté funcionando.

—Entonces, ¿eso es todo?

—¿Es eso lo que quieres?

Contengo la respiración.

—No. —Tienes la voz hueca—. Quiero que vuelvas.

Echo un vistazo a la pequeña cabaña, a las sombras azules de las montañas a través de la ventana y a mis sandalias abandonadas de cualquier manera junto a la puerta. He estado buscando un lugar que sienta que es mío, pero no sé dónde encontrarlo. He asumido riesgos para ganarme el derecho a elegir mi propia vida y no puedo dejar que me arrebates eso. He estado luchando con uñas y dientes para intentar regresar a lo que me resulta familiar, desprenderme de todas las cosas buenas que me rodean porque creo que no las merezco y recordar cómo es sentirse hambrienta y desbocada.

—¿De verdad? —te pregunto.

—Sí —contestas. Me quedo callada, esperando a que prosigas—. Siento haberte pedido que te quedaras en otra parte —dices—. Es que te pusiste muy rara cuando te pregunté si querías que nos mudáramos juntos. Pensé que querías marcharte.

La sopa está lista, así que me pongo en pie y apago el fogón. Miro por la ventana los árboles que se mecen en la oscuridad y me doy cuenta de lo que debió parecerte: que estaba rechazando tu oferta de crear un espacio juntos cuando, en realidad, tan solo necesitaba que fuese decisión mía.

—¿De verdad crees que siempre hago lo que me da la gana? —te pregunto. Se vuelve a hacer otro silencio. Presiono los dedos sobre el grano de la encimera de madera mientras espero tu respuesta.

—No —dices con tristeza—, pero lo hiciste en la fiesta.

Vuelco la sopa en un cuenco y observo cómo el humo asciende en espiral bajo la luz de las velas.

—Tal vez solo necesitaba intentarlo.

Te quedas callado mucho rato.

—Estoy muy cansado —dices al fin—. ¿Hablamos de nuevo mañana?

—Eso estaría bien.

Nos despedimos y llevo mi sopa a la mesa. Tengo el estómago revuelto y titubeo un instante. Entonces, me llevo el cuenco a la boca y bebo demasiado rápido, quemándome los labios y la lengua.

93

Decidimos vernos en un pub de Camberwell. Yo fui pedaleando bajo la lluvia y acabé con la melena colgándome en torno al rostro como una cuerda mojada. Te vi con una camiseta arrugada, leyendo un libro con los codos apoyados sobre la mesa. Se me hizo un nudo en el estómago y estuve a punto de darme la vuelta y salir de allí, pero entonces alzaste la vista y sonreíste.

—¿Quieres algo de beber? —te pregunté cuando llegué a tu mesa, rezando para que mi tarjeta del banco funcionara.

—Ya estoy servido, gracias. —Cerraste el libro y señalaste la pinta de cerveza amarga que tenías enfrente—. ¿Te pido una?

—No te preocupes, puedo pedirla yo.

Cuando me senté con una copa de vino, me fijé en la suciedad que llevabas en las uñas, la pequeña cicatriz que tenías en la ceja izquierda y la fina cadena de plata que te colgaba del cuello. Estabas nervioso y parecías un gato. Olías a humo y regaliz y tuve una sensación de balanceo, como si estuviera al borde de un precipicio.

94

Me despierto temprano y me pongo unas de las zapatillas de deporte viejas de María, que son una talla más pequeñas que las mías, unos pantalones cortos y una camiseta que he encontrado metida al fondo de un armario. Me mojo el rostro con agua fría y salgo a la luz de la mañana. Antes de que caiga el calor, el aire huele húmedo y fresco y siento la hierba mojada en torno a los tobillos. Atravieso los campos y paso junto a la granja, oyendo el sonido de los cencerros de las cabras e inhalando el aroma del barro y el estiércol. Llego al camino de tierra que cruza las montañas y recuerdo el día que lo recorrimos juntos, mirando los árboles y las plantas, pasando las manos por las flores amarillas y tocando cosas cuyos nombres no conocíamos.

Empiezo a correr y me siento aliviada cuando se me va acelerando el corazón y se me relajan los músculos, deshaciéndose de la tensión que tengo enroscada entre los huesos. Me empujo a seguir adelante, saltando sobre las rocas y las ramas caídas, escuchando el crujido de las piedras bajo mis zapatillas demasiado ajustadas y notando la ráfaga ardiente y acelerada de mi aliento. Pienso en ti pelando gambas y caminando bajo los naranjos, en tus gemelos manchados de aceite para bicicletas, en tu rostro teñido de dorado en la parte trasera de un taxi y en tu mano metida bajo mi vestido sobre la encimera de la cocina. Corro más rápido, intentando escapar del dolor que me causas, hasta que me arden los pulmones y el sudor me corre por el rostro. Corro hasta que dejo de pensar; hasta que solo soy aliento y aire, dejando atrás los músculos y los tendones.

Me tropiezo con una piedra y caigo al suelo con fuerza. Me hago rasguños en las manos cuando las extiendo para recuperar el equilibrio y me golpeo la rodilla con algo afilado. Grito de dolor pero no hay nadie que pueda oírme, tan solo el zumbido de los insectos entre la hierba alta y los pájaros que vuelan en círculos sobre mi cabeza. Me quedo quieta un momento. La rodilla me palpita y me escuecen las manos. Entonces me incorporo, veo la sangre que me corre por la pierna y estallo en lágrimas. Lloro como una niña, con enormes sollozos y la boca abierta de par en par, mientras la sal me recorre el rostro. Estoy muy cansada de contorsionarme para encajar en espacios pequeños y angulosos, de intentar convertirme en una forma imposible.

Me sacudo la arenilla de las piernas y me pongo de pie con dificultad. Ya tengo la rodilla amoratada e inflamada. La cabeza me palpita mientras intento recoger mis cosas. Entonces, me doy cuenta de que estoy a kilómetros de distancia de la cabaña. Me saco el teléfono del bolsillo, pero no hay cobertura. Recobro la compostura y recorro el camino con una gran cojera. Me he vuelto a presionar demasiado y me pregunto si alguna vez romperé este ciclo y aprenderé a aceptar quién soy.

Pienso en Tara y recuerdo cómo me sentía cuando éramos más jóvenes y las noches no tenían límites. Parecíamos invencibles, corriendo hacia un futuro desconocido. Tal vez, ya haya llegado allí. Me hago mayor, y ahora tengo menos opciones disponibles. O, tal vez, nunca hubo tantas como solía creer cuando me aferraba a ciudades engarzadas en el cielo como joyas, relucientes, cegadoras y fuera de mi alcance. Me marché a Londres y a París para perderme a mí misma y acabaron devorándome entera. Sin embargo, ya no quiero sentirme intrascendente ni lanzarme contra muros impenetrables.

Paso cojeando junto a rocas y matorrales con la esperanza de estar caminando en la dirección correcta e intentando no apoyar demasiado peso sobre la rodilla. Al final, veo la granja de cabras en la distancia y vuelvo a la cabaña dando tumbos, sedienta y dolorida, con los gemelos arañados e irritados por las ortigas y la rodilla pegajosa por la sangre. Inhalo el aire ardiente y noto el corazón latiéndome con fuerza contra las costillas y las caderas derramándose por fuera del elástico de los pantalones cortos. Mi cuerpo es un animal desesperado que palpita con una necesidad constante, pero tal vez podría aprender a no avergonzarme de tener deseos y necesidades. En su lugar, a lo mejor podría aprender a verlo como algo vivo.

Saco el teléfono y le mando un mensaje a Tara, diciéndole que la quiero y que espero que esté bien. Dejo el pulgar suspendido sobre tu nombre pero no lo presiono, ya que no sé qué es lo que quiero decirte. Me lavo la rodilla con cuidado con agua caliente y me quito el polvo. Tengo un trozo grande de piedra atrapado bajo la piel, así que lo desentierro cuidadosamente con un pequeño giro, como si fuera un diente de leche suelto arrancado de las encías, y me deja un agujero diminuto y húmedo. Lo hago rodar entre los dedos, preguntándome cuánto tiempo lo habría llevado

conmigo si no me hubiera dado cuenta de que estaba allí.
Me imagino la piel sanando y creciendo sobre la piedra,
sellándola en mi interior. Me pregunto si se habría infecta-
do o si mi cuerpo la habría desintegrado. Tal vez habría
cargado con ella el resto de mi vida sin haber sabido siquiera que estaba ahí.

95

Albergué en mi interior la idea de tu persona
como si fuera algo delicado, demasiado nuevo y
frágil, que pudiera romperse con facilidad. El
tirabuzón de tus consonantes se enroscaba en torno a los
rascacielos de cristal y las farolas escupían tu nombre al
atardecer. Presioné el pulgar sobre las letras que me lleva-
rían a ti y escribí:

«¿Te gusta bailar?».

Me respondiste de inmediato con un corazón palpitante.

96

María me invita a una hoguera en el jardín de su
vecino. La gente está sentada en sillas de plástico, bebiendo copas de vino, comiendo olivas
negras frías y mirando fijamente las llamas. Me siento junto a Diego con la rodilla vendada bajo el vestido y el pelo
apelmazado por el humo y tomo un cuenco de patatas

fritas saladas. Me siento en carne viva, como si me hubieran pelado, y dejo que el fuego me calme. Oigo a medias a alguien que está tocando la guitarra y me pregunto dónde estarás y qué estarás haciendo, deseando que estuvieras aquí.

Diego está borracho y me mira con amabilidad.

—¿Todo bien? —me pregunta en español.

Yo le sonrío y asiento. María se acerca a nosotros y nos ofrece rellenarnos el vino. Bajo la luz de la hoguera, que le resalta las arrugas en torno a los ojos y las hebras plateadas de la cabeza, parece mayor. Se mueve en torno al círculo y Diego me ofrece una calada de su porro. Yo niego con la cabeza y él me estrecha la rodilla con afecto, arrancándome una mueca de dolor.

—Estuve casado —me dice de forma inesperada—. Hace muchos años.

—¿De verdad? ¿Qué ocurrió?

—La cosa se acabó. —Se cruza de piernas y suelta el humo por las fosas nasales—. Ahora, tengo a María —añade mientras la señala.

—¿Estáis juntos? —le pregunto, sorprendida.

—Más o menos. —Sonríe—. Tenemos un acuerdo que nos va bien a ambos. —Mira el fuego—. Después de que mi matrimonio fracasara… —Sacude la cabeza, buscando las palabras adecuadas—. María y yo nos queremos, pero ¿hasta cuándo? —Vuelve a mirar la hoguera—. ¿Cuánto tiempo nos querremos? Ahora, sé que el amor puede abandonarte como el agua bajando por un desagüe.

Niega lentamente con la cabeza y yo trago saliva.

—¿Dónde está ahora tu exmujer?

—Vive en Galicia. Tiene una familia nueva. —Empieza a liarse un cigarro—. ¿Y tú? —Sonríe—. ¿Qué haces aquí?

Observo cómo, con los dedos manchados, mete tabaco en una papelina marrón de la marca Rizla. La rodilla me duele y no dejo de pensar en ti una y otra vez. Entiendo que me alejaste porque tienes miedo de la pérdida y que pensaste que mi confusión era algo diferente. Pienso en tus manos sobre mi cuerpo en medio de la noche oscura y densa y en cómo me atrapaste el lóbulo de la oreja entre los labios mientras me preguntabas qué era lo que quería.

No supe cómo explicarte que, en el pasado, deseé emociones, belleza y caos, pero que tuve que tragarme mis necesidades más básicas para poder alcanzar mis deseos, que eran más grandes de lo que podía permitirme. Quería superar los límites de la vida que me habían marcado; colocarme en el umbral y ver el mundo que había más allá. Sin embargo, saltar del precipicio tuvo un precio que no había esperado. Quiero habitar un espacio sin preocupaciones; un lugar aireado y luminoso con espacio suficiente para poder crecer. Quiero formar parte del mundo en lugar de limitarme a bordearlo y sentir que merezco amor y cariño. Quiero aferrarme con fuerza a las cosas buenas y aprender lo que significa quedarme.

—No lo sé —le digo a Diego mientras los ojos me lagrimean por el humo.

—¿No lo sabes?

Se ríe y yo niego con la cabeza. Alzo la vista hacia la perla que dibuja la luna, que es como un presagio fluorescente, y, entonces, saco mi teléfono y busco tu nombre.

97

Te vi en la oscuridad, ataviado con una camisa plateada. Te quitaste la máscara y el gesto de tu rostro estaba abierto de par en par. Un rayo de luz estroboscópica me condujo hasta ti en medio del humo y yo me entregué a ello, dejando que me arrastraras a un lugar que no reconocía, lleno de árboles y agua clara y bañado por una luz dorada como la miel. Nos sentamos fuera sobre unas cajas de madera y contemplamos cómo el cielo iba cuajando. Sostuviste una llama entre tus dedos y quise devorarte, pero tenía miedo del sabor de mi propio deseo: lejía, gasolina y melocotones cubiertos de sal. Tú trenzaste tu deseo hasta formar una cuerda y me la lanzaste. Yo me estremecí en medio del amanecer mientras contaba estrellas muertas y, después, estiré la mano y la tomé.

98

María me lleva de vuelta a la estación de autobuses. Salimos pronto para que pueda pasar la mañana ocupándose de un agujero que hay en el tanque de agua y dejarlo arreglado a tiempo para los nuevos huéspedes que llegan por la tarde. Está cansada y distraída. Mira el reloj mientras me despido de ella, me da un beso en la mejilla y se marcha. En los últimos días ha sido amable conmigo, pero no soy más que otra persona temporal en busca de una escapatoria; alguien cuyas sábanas debe lavar, cuya papelera debe vaciar y cuyo pelo debe sacar del desagüe y quitárselo de las manos. Parece cansada y ahora soy capaz de ver que, aunque ha cavado para sí misma un resquicio de libertad, su vida aquí también es dura.

La estación de autobuses es pequeña y tiene un aire somnoliento. En un banco, hay un hombre tumbado con la mochila haciendo las veces de almohada. Hay una ventanilla para comprar los billetes con la persiana bajada y una pareja de ancianos sentada bajo la sombra con un carrito de la compra entre ellos. Atisbo un bar pequeño con mesas en la terraza, así que saco una de las sillas y me siento.

Mi vestido huele a sol y a humo de hoguera y la rodilla me duele bajo el vendaje mugriento. En la distancia, veo a los buitres sobrevolando en círculos las rocas rojas y te imagino de camino al trabajo, bajando las escaleras con fuerza, con los cordones desatados y la mirada todavía nublada por el sueño.

Jugueteo con la carta, que está pegajosa gracias a las cervezas derramadas sobre ella y tiene adherido algún que otro grano de sal. El bar sirve berenjena con miel, pulpo frito y patatas bravas con una salsa espesa. Un camarero se acerca a mi mesa y pido la comida rápidamente, antes de poder cambiar de opinión. Frente a mí, hay un anciano fumándose un cigarro. Me hace un gesto con la cabeza y yo le respondo con una sonrisa llena de dientes. El camarero me trae una cerveza fría y me la bebo con ganas, degustando la amargura con la lengua. Saco el teléfono y, cuando lo desbloqueo, veo que he recibido un nuevo mensaje tuyo.

«¿Qué es lo que quieres?», reza.

Paso los dedos sobre las letras. Quiero extender los brazos y abrazar toda la belleza que me rodea, sin miedo al placer. Quiero amor, pegajoso y doloroso, henchido de deseo y moteado de luz.

Llega la comida que he pedido, reluciente por el aceite. Mastico con lentitud, saboreando la masa, el azúcar y las olas del mar. Todo me resulta delicioso incluso aunque una parte de mí todavía esté preocupada por mi cuerpo y lo que esto vaya a costarme. La culpabilidad me cierra la garganta, pero sigo comiendo de todos modos, metiéndome la vida en la boca y escogiendo formar parte de ella a pesar de tener miedo. Quiero hacerme más grande que mi vergüenza, tener masa y densidad, dejar marcas y huellas… Demostrar mi propia existencia. Me lamo el pimentón de los dedos mientras el sol atraviesa las nubes y rebota sobre la mesa de metal, deslumbrándome con su luz dorada. Vuelvo a encender mi teléfono y leo de nuevo tu mensaje.

«¿Qué es lo que quieres?».

Quería no querer nada, pero tú has hecho que eso fuera imposible. Has rasgado mi vida, abriéndola de par en par, y todos mis anhelos se han desbordado. Quiero sabores y abundancia; estar llena y expandirme. Quiero todo eso y lo quiero contigo.

«Lo quiero todo», escribo. Después lo borro.

«Quiero demasiadas cosas», tecleo. Después, lo vuelvo a borrar.

«Quiero ser capaz de escoger», escribo. Entonces, lo envío.

Tú respondes rápidamente.

«Pero puedes hacerlo».

Me quedo sentada bajo la luz cálida hasta que el autobús con destino a Barcelona entra en la estación. Recojo mis escasas pertenencias y percibo el olor amargo de mi piel y del pelo sin lavar, pero no me importa. Estoy soltándome y liberándome, abriendo la boca y tragándome el mundo entero, con toda su mantequilla y su sal. El camarero se acerca a limpiar mi mesa. Asiente con gesto de aprobación al ver mis platos vacíos, que brillan con los restos de grasa y miel. Me pregunta de dónde soy y hacia dónde me dirijo. Me pregunta mi nombre y yo se lo digo.

AGRADECIMIENTOS

Gran parte de esta novela se escribió a lo largo de varias cuarentenas durante la pandemia del covid-19, cuando era fácil perder de vista la importancia de crear arte. Gracias a todos los escritores y amigos que me ayudaron a encontrar el camino de vuelta.

Me gustaría dar las gracias a los lectores y libreros que trataron con tanta generosidad mi primera novela. Sobre todo a la Portico Library, cuyo premio validó mi identidad como escritora norteña y cuyo apoyo económico me permitió seguir escribiendo.

Muchísimas gracias a Chris Wellbelove por darme espacio para desentrañar una maraña de preguntas difíciles y a todas las personas de Aitken Alexander por tratarnos tanto a mi obra como a mí con tanto mimo. Un agradecimiento enorme para la gente de Spectre por su trabajo duro y su apoyo. Especialmente para Francine Toon, por lograr que siempre sienta que mis ideas son valiosas; para Louise Court y Helen Flood por su genialidad; y para Charlotte Humphery por sus consejos. Gracias a Kamila K. Stanley por dejarnos usar otra de sus preciosas fotografías para la cubierta.

Una mención especial para Roisin, que volvió a entregarme las llaves de su hogar en Donegal y que murió mientras estaba escribiendo este libro. Nunca olvidaré su amabilidad.

Moltes gràcies a Aida, Tom, Hauke, Aldi, Pedro y todxs los de Garraf por darme la bienvenida a su comunidad durante las primeras etapas de esta novela. Siempre recordaré las fresias amarillas, las tormentas pesadas y la luna rosa alzándose sobre el agua durante aquellos días largos y extraños de cuarentena. Un beso especial para Marina, que me ofreció su casa entre las rocas cuando necesitaba un hogar y que me recordó cómo era soñar.

Un agradecimiento especial para Félix y Francesca por compartir sus idiomas conmigo. Y a Sarah, Miranda, Cat, Mel, Lee y Colin por ser los primeros lectores.

Mando todo mi amor a mi familia por creer en mí; especialmente a mi madre, que siempre me ha hecho sentir que todo el mundo es posible. Y a Jack, por todos los relámpagos.

¿TE HA GUSTADO
ESTA HISTORIA?

Escríbenos a...

plata@uranoworld.com

Y cuéntanos tu opinión.

Conoce más sobre nuestros libros en...

 plataeditores

 PlataEditores